僧侶さまの恋わずらい

Kano & Sousyun

加地アヤメ

Ayame Kaji

エタニティ文庫

目次

僧侶さまの恋わずらい

一　花乃《かの》、出会う

「え、いつものお坊さんじゃないの？」

「それがねぇ、加藤《かとう》さんぎっくり腰やっちゃったらしくて。今年はお弟子《でし》さんが来るそうよ」

お盆が始まった、ある夏の暑い日。

精霊棚《しょうりょうだな》に飾る茄子《なす》の牛とキュウリの馬を作っていた私に母が告げた。

現在我が家は、毎年恒例となっている棚経《たなぎょう》の準備の真っ最中である。棚経《たなぎょう》とは、お盆の時期にお坊さんが一軒一軒檀家《だんか》を訪問してお経をあげること。

現代の住宅事情では仏壇が無かったり精霊棚《しょうりょうだな》を作らないお宅も増えてきた。だが、仏教徒で祖父母の代から一軒家に住む我が家では、毎年この時期になると仏壇の前に小さなテーブルを置き、そこに真菰《まこも》のゴザを敷いてお供え物と位牌《いはい》を並べた精霊棚《しょうりょうだな》を作る。

こうして先祖の霊をお迎えする準備をするのだ。

うちにはいつも、菩提寺《ぼだいじ》の住職である年配のお坊さんが来てくれていたのだけれど、ぎっくり腰では仕方がない。

「なんだ……これから加藤さんの好きな水羊羹《みずようかん》を買いに行こうと思ってたのに。じゃあ何買ってきたらいいんだろう？」

「代わりに来るのお弟子《でし》さんみたいだし、何でも食べてくれるわよ」

私は茄子《なす》とキュウリの牛馬を母に渡し、よいしょと立ち上がる。

「お弟子《でし》さんって、若いの？」

「六十代後半の加藤さんよりは若いんじゃないの？」

「まあ、そうよね……」

仏壇を掃除しながら、母が「ほら、早く買いに行け」とばかりにしっしっと手を振る。

「もう。分かったわよ、行ってくる」

お坊さんが来る時間まであと三時間ほど。私は鞄《かばん》と日傘を持って、足早に家を出た。

到着した百貨店は、最近始まった夏物セールで随分と賑《にぎ》わっていた。時間があればゆっくり見たいところだけど、残念ながら今日はそういった余裕はない。

後ろ髪を引かれつつ、混み合うデパ地下のお菓子売り場へ向かった。

お盆時期ということもあり、お菓子の種類は充実している。

加藤さんは毎年いらっしゃるから、どんなものが好きか何となく分かる。でも、年齢すら分からないお弟子《でし》さんの好みとなると、さっぱりだ。

いろいろと悩んだ末、私は小ぶりの葛饅頭《くずまんじゅう》と水羊羹《みずようかん》を買った。

葛饅頭《くずまんじゅう》は見た目も涼しげだし、喉越しもいいから食べやすいだろう。

棚経《たなぎょう》に来てくれるお坊さんは、たくさんの檀家《だんか》さんのお宅で何かしらご馳走になっている。だから、お茶菓子の量は控えめで、お腹が冷えすぎないものがいいらしい。

なんせお坊さんは出されたものを残せないからね。

水羊羹《みずようかん》のほうは、ぎっくり腰の加藤さんへのお見舞いだ。

百貨店からの帰り道、日傘をさして住宅街を歩いていると、原付に乗ったお坊さんが私の横を通り過ぎた。

「ほんと、この時期は忙しそうね……」

お盆とはいえ、父も弟も仕事が忙しく休みが取れなかった。そのため今日は、シフト制で比較的融通《ゆうずう》の利きやすい私が仕事を休み、母を手伝うことにした。必ずしも棚経《たなぎょう》に二人以上いなきゃいけない決まりがあるわけじゃないんだけど、母が「せっかく来てくれるのに私一人でお経聞くのも寂しいじゃない！」と言うもんだから。

葛原《くずはら》花乃。二十九歳独身、彼氏なし実家暮らし。これといって没頭している趣味もなければ特技もない。隣町にある洋食店で働きながら平凡な毎日を過ごしている。

同い年の友達がどんどん結婚して出産していく中、未だ独り身で若干肩身の狭い私はこんな時くらい家族に協力しなくては。とはいえ、特に結婚を焦っているわけではない。

仕事をしながら平穏に自分のペースで生きていければいいと思っていた。

　この時までは。


　家に戻ってきた私は、仏間の掃除に追われる。

そんなにもの凄く綺麗にする必要はないんだけど、やっぱり仏間に身内以外の人が入る機会ってなかなかないから、これを機にと思ってせっせと掃除をした。

「花乃。お坊さんもうすぐいらっしゃるから。名前は確か……支倉《はぜくら》さん。インターホン鳴ったら出てよ？」

「はいはい」

　すでにお坊さんを迎える用意はできている。

　精霊棚《しょうりょうだな》の準備も終えたし、仏間は掃除をした後エアコンをつけて涼しくしてある。おしぼりは冷蔵庫で冷やしてるし、お茶菓子も支度済みだ。あとは支倉さんとやらが来るのを待つばかり。

　しかし、予定の時刻が過ぎてもインターホンの鳴る気配はない。おやっと思っていると、我が家の固定電話が鳴った。

「はいはい」

　母が電話に出ると、相手は例のお坊さんのようだ。どうやら、迷ってしまったらしく家の場所を確認する電話だった。

ざっくりと説明し受話器を置いた母は、私のほうへくるりと振り返る。

「花乃、外に出て支倉さん案内してあげて。近くまで来てるみたいだから」

「はーい……」

家の前に出て、キョロキョロと周りを見渡す。だが、近くにそれらしき人は見当たらない。

──もしかして、一本、通りを間違えたのかな。

そう思った私は、少し広い通りまでサンダル履きのまま出てみることにした。ちょっと近道して、細い路地から角を曲がろうとした瞬間、目の前をスッと影がよぎる。

「わっ!!」

「おっと」

出会い頭《がしら》に人とぶつかりそうになり、咄嗟《とっさ》に避けようとしてバランスを崩してしまった。そんな私の腰を、相手の男性が片手で支えてくれる。

「ごっ、ごめんなさいっ！」

「申し訳ありません、大丈夫ですか」

その声に、私の背中がゾクリと粟立《あわだ》つ。

低くて、少し甘い優しい声──

私の目の前には、下の白衣が透けて見える黒紗《こくしゃ》の法衣と、茶色の輪袈裟《わげさ》を身につけた男性の広い胸がある。はっとして顔を上げると、すっきりとした短髪に、やけに綺麗な顔をした僧侶が私を見下ろしていた。

「……は、支倉……さん、ですか？」

「はい、支倉です。あ、もしかして葛原さんでしょうか？」

「そうです」

私が答えると、その人はほっとしたように表情を綻《ほころ》ばせた。

「よかった。一本、道を間違えてしまったようですね。では、これからお伺《うかが》いします」

そう言って微笑んだ支倉さんに間近から見つめられて、私の心臓がおかしな音を立てる。

「お、お願いします。ところで……あの、腰に手が……」

もう危険は回避したはずなのに、何故だか支倉さんの手は私の腰を支え続けている。

「ああ、これは失礼いたしました」

全然そう思っていなさそうな笑みを浮かべて、静かに彼の手が離れていった。だけど、彼自身は私のすぐ側に立ったままだ。

なんだろう、この人。悪気はないのだろうけど……やけに距離が近い気がする。

動揺して立ち尽くす私に、微笑んだ支倉さんが声をかけてきた。

「葛原さん？　参りましょう」

「は、はい。こちらです……」

……きっと気のせいね。支倉さんがあんまりにも綺麗な顔をしてるから、びっくりして動揺したんだ。しっかりしろ、私。

家に着くと、支倉さんは出迎えた母に丁寧な挨拶《あいさつ》をする。たちまち目をキラキラさせた母が、支倉さんを仏間に案内していった。私もその後に続く。

支倉さんは持っていた黒い鞄《かばん》を開き、中から鈴と木魚《もくぎょ》のようなものを取り出す。そして精霊棚《しょうりょうだな》の前に正座をすると、私達が座るのを待って静かに読経《どきょう》を始めた。

しかしさっきのアレは、なんだったんだろう。

柄《がら》にもなく初対面の男性にドキドキしてしまった。しかも相手はお坊さんだというのに……

綺麗な顔立ちのせい？　それとも間近で見つめられたから？　もしかして、腰を触られたせい？

ありがたい読経《どきょう》の最中だというのに、私の頭の中は煩悩《ぼんのう》でいっぱいだ。

しかし、良い声だなあ……

いつも来てくれる加藤さんも、落ち着いた素敵な声をしている。でも、支倉さんの声はうっとりするほど綺麗な低音で、凄く艶《つや》があった。

まるで心地いい音楽を聞いているような気持ちになって思わず聞き惚れてしまう。

どれくらいの時間が経ったのか。リーンと高い鈴の音《ね》が聞こえて、我に返る。

気づくと読経《どきょう》は終わっていて、振り返った支倉さんが頭を下げた。

「ありがとうございました」

その声にハッとして、私は急いで立ち上がる。

キッチンに行き、お茶の準備をする。その間、心得たように母が支倉さんの話し相手となってくれていた。それにしても、母の声はやけに華やいでいる。

――お母さん、支倉さんがイケメンだから嬉しそうだな……

そんなことを考えながら手早くお盆に煎《い》れ立てのお茶とお茶菓子、冷たいおしぼりをのせて仏間に戻った。そこにはすでに小さなちゃぶ台が用意されていて、上機嫌な母の声が響いている。

「まあ、じゃあ将来は実家のお寺を継がれるんですか？」

「そうですね。たぶんそうなると思います」

私が支倉さんの前にお茶を置くと、にっこりと会釈《えしゃく》された。

つられて私も笑顔で会釈《えしゃく》する。

「支倉さんて、今おいくつ？」

唐突な母の質問に、支倉さんは穏やかに三十一ですと答える。

「じゃあもうご結婚はされているのかしら」

「いえ、独身です。なかなかご縁が無くて」

少しはにかみながら、彼は葛饅頭《くずまんじゅう》に竹楊枝《たけようじ》を刺して少しずつ口に運んだ。

そんな支倉さんの手に、私はつい目がいってしまう。

綺麗な手だな……。指が長くて、ちょっと骨ばってて。なにより所作が美しい。

気づくと、彼の手の動きをじっと目で追っていた。

「あら、じゃあうちの娘なんてどう？　二十九で彼氏もいないし。顔立ちだって悪くないのに、ちっともご縁が無くてねえ……そろそろお見合いでもと思っていたのよ」

思いがけない母の言葉に、カアーッと顔が熱くなる。私は、隣にいる母を睨《にら》みつけた。

「ちょっとお母さん!!　何、いきなり。そういうことはご迷惑だから、やめてよ！」

私が割り込むと支倉さんは、「いえ、そんなことは決して」と言って優しく微笑んだ。

ここでタイミングよく、家の電話が鳴る。これ幸いと私が立ち上がろうとすると、何故か母に止められた。

「私宛かも！　ちょっとごめんなさい！　花乃、お相手してて」

勢いよく立ち上がった母は、少し慌てぎみに仏間から出て行ってしまう。

私は母が出て行った襖《ふすま》を見つめたまま、しばし茫然《ぼうぜん》とした。

――ええー、ちょっと、このタイミングで二人きりにしないでよ。……どうしよう、一体何を話せばいいわけ……

「花乃さん、と仰《おっしゃ》るのですか」

困惑して言葉が出てこない私に、文倉さんが静かに声をかけてきた。

「あ、はい」

「どのような漢字ですか？」

「植物の花に、乃……って分かりますか、こう……」

指でちゃぶ台に乃の字を書くと、文倉さんは理解した様子で「ああ」と頷いた。

「素敵なお名前ですね。貴女にぴったりだ」

「あ、ありがとうございます……」

きっと気を使ってくれているのだろう。ちょっと申し訳なく思いながら会釈《えしゃく》をした。

「先ほどの話ですが」

「はい？」

先ほどの話ってなんだ？

文倉さんが優しい笑みを浮かべながら私を見つめる。

「お付き合いをされている方は、本当にいらっしゃらないのですか？」

そこ、突っ込んできますか。

「……ええ、まあ」

「世の中の男は見る日がありませんね。こんなにお綺麗なのに」

「…………」

あまりにストレートな褒《ほ》め言葉に思わず固まる私。

この人、よくこんな恥ずかしいこと面と向かって言えるな。こっちが照れるんだけど……

「き、綺麗かどうかはさておき、なかなかご縁が無くて。それに、こういうことは自然に任せようと思っています」

話している間、支倉さんはずっと私から視線を逸《そ》らさなかった。

そんなにじっと見られると、落ち着かないのですが。なんか……今すぐ洗面所の鏡で自分の姿を確認したくなってくる。

……大丈夫かしら。私、どっか変なとこでもある……？

「そうでしたか、ならばこれもご縁でしょうか」

私をじっと見つめていた彼が、そう言って笑みを深めた。

「え？　何がですか？」

支倉さんが何を言いたいのかよく分からず、彼の顔を凝視する。彼も何故か私の顔をじっと見つめた。

その時、電話を終えた母が、パタパタと小走りで仏間に戻って来る。

「途中でごめんなさいねぇ。娘、ちゃんとお相手してました？」

「はい。楽しくお話しさせていただきました」

支倉さんが母ににっこりと笑みを向けた。

どこが楽しく？

疑問に思いながら、黙って母と支倉さんの会話を聞いていると、ふと支倉さんが腕時計に目をやった。

「ああ、楽しくてつい喋《しゃべ》りすぎてしまいました。次に行かねばなりませんので、これにてお暇《いとま》いたします」

そう言うと深く頭を下げ、支倉さんは立ち上がる。

玄関に向かう支倉さんの後を母がついていく。その後ろ姿を見送っていたら、ふと加藤さんへのお見舞いを渡すのを忘れていたことに気づいた。急いでキッチンに戻り紙袋を掴《つか》むと、私は小走りで玄関に向かった。

「あ、すみません、これ……」

支倉さんに紙袋を渡そうとしたら、横から母の声が飛んできた。

「花乃、支倉さんお車でいらっしゃってるそうだから、そこまでお見送りしてあげて！」

「…………はい」

こういう時、母の命令は絶対だ。私は紙袋を持ったまま家を出て、彼が車を停めている近所のコインパーキングまで、支倉さんと並んで歩く。

「車でいらしてたんですね……」

「さすがに徒歩で全てのお宅を回るのでは、時間がかかってしまいますからね。バイクの日もありますけど、今日はお伺《うかが》いするお宅の範囲が広かったので車にしました」

私の何気ない呟《つぶや》きにも、いい声で、丁寧な答えが返ってきた。

「今の時期はやっぱりお忙しいんですか？」

「そうですね、かなり……。特に今年は住職が回れないこともあり、いつも以上の忙しさですね」

「そうなんですか……大変ですね……」

毎年加藤さんも忙しそうだったけど、今年はその加藤さんが動けないんだから余計に大変だよね。

「花乃さんは普段どういったお仕事をされているんですか？」

今度は逆に質問された。

「隣町の、老舗《しにせ》の洋食店で働いています」

「なんというお店ですか？」

間髪《かんはつ》を容《い》れず、支倉さんが聞き返してくる。

「菫亭《すみれてい》っていう店ですけど……」

「ああ、聞いたことがあります。あの辺りにも檀家《だんか》さんがいて、その店のオムライスが美味《おい》しいと仰《おつしや》っていました」

「あ……ありがとうございます。お近くにお越しの際はぜひお立ち寄りください」

「はい、ぜひ」

当たり障りのない会話をしながら歩いていたら、コインパーキングが見えてきた。支倉さんが鍵を取り出すと、ハイブリッドのセダンがピピ、と音を発する。

これでようやくお役御免だとばかりに、私は持っていた紙袋を支倉さんに差し出した。

「これ、加藤さんのお好きな水羊羹《みずようかん》です。よかったら皆さんで召し上がってください」

支倉さんの視線が、紙袋ではなく私に注《そそ》がれる。彼は紙袋を差し出した私の手を、大きな手で包み込んだ。その行動の意味が分からなくて、私は一瞬頭の中が真っ白になる。

「へっ？　あの……」

「花乃さん」

彼の声のトーンが少し低くなったような気がする。見上げると、支倉さんが射抜くような眼差しを向けてきた。

「貴女さえよければ、本気で考えていただきたい」

「え、何を……」

「私の妻になることを」

思いがけない突然の言葉に、私の思考が停止した。

………つま⁇

「……は、支倉さん、いきなり何を仰《おっしゃ》ってるんですか？」

まるで状況が理解できない私は、なんとか平静を装《よそお》い支倉さんから視線を逸《そ》らした。

しかし、包まれた手を通して伝わってくる支倉さんの熱に、変な汗が出てくる。

「ここで出会ったのも何かのご縁。私はこの出会いが意味の無いものとは思えない」

支倉さんが、じり、と私との距離を詰めてきた。

「すぐにどうこうとは言いません。ただ、私との未来を考えてみていただけませんか」

「そ、そんなこと急に言われても困ります！　大体、今日お会いしたばかりの方と、いきなり結婚なんて無理です！」

私の言葉に少し冷静さを取り戻したのか、支倉さんがふっ、と笑った。

「……そうですね。貴女が仰《おっしゃ》る通り、いきなり過ぎました」

そう言いながら彼は一歩後ろに退《ひ》いた。私の手から掌《てのひら》を離し、代わりに紙袋の持ち手を掴《つか》む。

「すみません、驚かせてしまって。でも――」

紙袋を受け取る間際、彼の長い指が私の手の甲を、つ、と撫《な》でた。

予期せぬ接触に、私の胸がドキンと跳ねる。

「先ほどの言葉に嘘はありません。お土産《みやげ》をありがとうございます。では、また」

きっぱりとそう言い放った彼の表情は、なんだかとても嬉々《きき》としたものに見えた。大《おお》袈裟《げさ》かもしれないけど、まるで宣戦布告されているような気になる。

茫然《ぼうぜん》と突っ立ったままの私をその場に残し、支倉さんの乗った車がコインパーキングから出ていく。私の横を通り過ぎる時、それはそれは綺麗な笑みを残して。

……いまのは、なに？

二　花乃、逃げる

「葛原さん、どうした？」

店長に声をかけられた私は、ハッとなって我に返る。

いけない、仕事中だった……！

老舗《しにせ》の洋食店、菫亭のランチタイム。いつもなら誰より忙しく動き回っている時間帯だというのに、私は空《くう》を見つめたままぼーっとしていたようだ。

「すみませんっ、何でもないです」

慌てる私を不思議そうに見ながら、店長は出来上がったオムライスをカウンターに置いた。

「珍しいねえ……葛原さんがぼーっとするなんて。何かあった？」

「い、いいえ！　何もないですよっ!?　行ってきます」

オムライスの皿を手に取り、私は笑顔を取り繕《つくろ》ってカウンターを離れた。

すみません店長。何もないどころか、大ありです！

そう、あれは一週間前の出来事。

なんと、会ったばかりの人に、いきなりプロポーズされたんです。あんなの、動揺しないほうがおかしいでしょう。しかも相手は美形のお坊さん……

もう、一体何に突っ込んでいいやら分からない。支倉さんと別れた後、魂が抜けたみたいに何も頭に入らず、そのまま一日を終えた。

それから数日は何事もなかったけれど、頭が冷静になってくると、徐々に疑問が浮かんでくる。

支倉さんは結婚に縁が無いと言っていたけれど、あれだけ格好よかったら、絶対に周りが放っておかない。きっとたくさんの縁談が来ているはずだ。

それなのに何故、会ったばかりの私にプロポーズ？　それこそ、意味が分からない。

まるで狐《きつね》にでも化《ば》かされた気分だ。

とはいえ、お盆が終われば お坊さんに会う機会など滅多にないし、会わなければ支倉さんだって私のことなど忘れるでしょう！

なーんて思っていた私に、今日母が、衝撃の事実を告げた。

『あ、花乃。来月お祖母《ばあ》ちゃんの三回忌だからね。お盆の時にちゃーんと支倉さんにお願いしておいたから。加藤さんの腰もその頃はおそらく大丈夫だろうけど、自分もお手伝いしますって言ってくれたわ』

その話を聞いた瞬間、ガツン、と頭を鈍器で殴られたような衝撃を受けた。

別れ際に、支倉さんが口にした言葉を思い出す。

――では、また、って……そういうことだったのか……！

一体どんな顔をして会えばいいのか考えると、私は途端に滅入《めい》ってくる。

つい、ため息をついてしまうと、店長が心配そうな顔で近づいてきた。

「本当に大丈夫かい？　具合が悪かったら奥で休んでれば？」

店長は五十代半ばの温厚な人だ。先代が始めたこの店の味を二十年近く守り続けている。

そんな店長と私は、学生時代のアルバイト以来、そろそろ十年の付き合いになる。

「だっ大丈夫ですよ！　先日ちょっといろいろあって、疲れただけなんで」

だめだ、こんなことで店長に心配をかけてはいけない。

「ならいいけど。看板娘の葛原さんが元気ないなんて知ったら、葛原さん目当ての常連さんがみんなすっ飛んで来ちゃうよ？」

「やだ、店長ったら。そんなわけないじゃないですかー」

「いや、気づいてないの葛原さんだけだから……」

店長が何故か苦笑してため息をつく。

まあ、目当てかどうかはさておき、確かによく話しかけてくれる常連さんは多い。だけど、そこから恋愛に発展するかというと……そんなことはなかったりする。

でも、今回のは今までと何か違う。

『妻に』なんて言われたのは、生まれて初めてだ。

もの凄い直球ストレート。それも豪速球だ。

そりゃ、凄くイケメンだったし、声も良くて、体型だってスラッとして背も高かった。

そんな素敵な人に妻になってくれ、なんて言われたら決して嫌な気はしない。

かといって結婚するかと問われたら答えはノーだ。

相手がどんな人かも分からないし、まして会ったばかりなのに、結婚なんてできるわけがない。

それに……お坊さんでしょ。正直なところ、お寺や仏教やお坊さんについてなんてよく分からないし。イメージとして厳しい世界という印象もある。私には無理だよ、きっと……

「……うん。ちゃんとお断りしよう」

どうして支倉さんが私を気に入ってくれたか分からないけど、彼だって結婚するならしっかりと自分を理解してくれる人のほうがいいに決まってる。

「よし、仕事しよ……」

頬をぱちぱちと軽く叩き、気持ちを入れ替えた私は再び仕事に戻った。

そして迎えた、祖母の三回忌。

あんなに悩んでいたくせに、ここ一週間くらいはすっかり支倉さんのことを忘れていた。今日になってまた思い出し、にわかに緊張する。

会ったらちゃんと、お断りする――そう心に決めて、私は家族と一緒に家を出た。

うちの菩提寺《ぼだいじ》であるこのお寺は、そこそこ歴史のある大きなお寺だ。大きな山門《さんもん》から覗《のぞ》く本堂は立派で、そこに安置されている御本尊は秘仏《ひぶつ》となっている。

今日は休日ということもあり参拝客もちらほら見えた。

喪服に身を包んだ私達は控え室に通され、法要の始まる時間までお茶を飲んだりして待つことになる。

「姉貴、なんかそわそわしてねえか？」

弟の佑《たすく》が湯呑にお茶を注《そそ》ぎながら、私に疑惑の視線を送る。ちなみにお茶はセルフサービスだ。

私は一瞬ビクッとするもののなんとか平常心を装《よそお》った。

「し、してないし。久しぶりのお寺だから緊張してるだけ」

佑はふーん、と言ってお茶菓子に手をつけるが、表情はまだ訝《いぶか》しげだ。

「何か朝から様子がおかしいんだよなぁ」

「気のせいよっ」

くっ、佑。何故こんな時ばっかり鋭いんだ……

「頭の後ろ、髪ほつれてるぞ。トイレで直してきたら」

お茶菓子の袋をビリビリと破きながら、佑が私の後頭部を指さした。

「えっ、ほんと？」

頭に手を持っていく。今日は背中のまん中まであるストレートの髪をハーフアップにしてきたのだが、いつの間にか乱れていたようだ。

法要が始まるまでもう少し時間がある。私は、髪を直すために一人で控え室を出てお手洗いに向かった。

廊下を足早に進んでいると、後方から聞き覚えのある声に話しかけられて、肩が跳ねた。

「こんにちは」

すぐに誰なのか分かった。けれど、何故か金縛りにあったように体が固まってしまい、後ろを振り向けない。

「お久しぶりですね、花乃さん。あれから貴女のことを忘れた日は一日もありませんでしたが……貴女は？」

支倉さんが私に問いかける。

まさかこんなところで会っちゃうなんて……‼　どうしよう……

ちゃんと断ると決意してきたものの、いざ彼を前にすると戸惑ってしまう。

だが、このまま逃げ出すわけにもいかないので、私はおそるおそる背後を振り返った。

すると、法衣に身を包んだ支倉さんが私に向かってニコリと微笑む。

その綺麗な笑みに怯《ひる》みつつも、私は意を決して口を開いた。

「お、お久しぶりです……あの、支倉さん、私……貴方にお話が……」

「お手洗いを、お探しですか？」

あ、そうだった。うう……せっかく勇気を振り絞って話を振ったのに……

出鼻をくじかれた形になってしまいガックリするが、当初の目的を思い出した。今は彼とゆっくり話をしている場合ではない。

「ええ、ちょっと、髪を直しに行こうと思って……」

「ああ、それでしたら私が直して差し上げますよ」

私の返事を聞いた文倉さんが、すっと後ろに回り込んだ。

「え、いいです。自分でやりますから」

「もうすぐ法要が始まります。結い直すより、ピンで留めたほうが早いですよ」

そう言うと、彼の指が慣れた手つきで私の髪に触れた。

うっ……なにこれ!!　心臓の跳ねっぷりがヤバイんですけどっ……！　いや、動揺してる場合じゃない。今言わないと、もうチャンスは無いかも……！

私は覚悟を決めて、再び切り出した。

「あの、文倉さん、先日のお話なんですけど……」

「……貴女が言いたいことは、おおよそ見当がつきます」

静かに文倉さんが口を開いた。

文倉さんは私の髪からピンを抜くと、指で整えた髪に再びピンを挿す。

「差詰《さしずめ》め、『先日のお話は無かったことに……』といったところでしょうか」

「え」

「申し訳ありませんが、その言葉は受け入れられませんね」

そう言って、彼の指が優しく私の髪を梳《す》いてくる。くすぐったくて、こそばゆくて、何故か体が熱くなった。

「……どうしてですか」

動揺しつつも、私は必死で平静を装《よそお》い彼に尋ねる。すると彼の気配がより近づき、私の耳のすぐ横で甘い低音が響いた。

「私は貴女と結婚したいので」

みっ、耳に息がかかった……!!　わざとだ、絶対わざとやってるこの人……!!

彼の息がかかった耳に咄嗟《とっさ》に手を当て、私はなんとか声を出す。

「で、ですから！　急にそんなことを言われても困ります」

「それではせめて、私のことを知ってから判断していただけませんか？」

支倉さんの手が、髪から私の肩にするりと移動した。

「私を知っていただく機会なら、幾らでも作りますよ」

彼の手が触れている肩が、意思を持ったように熱を持つ。気持ちとは真逆の反応をする自分に動揺し、居たたまれなくなって思わずギュッと目を瞑《つむ》った。

背後にいる彼のことを意識して、さっきから胸のドキドキが止まらない。

もう、この状況無理……!!

思いきって振り返ると、優しく微笑む支倉さんと視線がぶつかった。

「……もうすぐ法要が始まります。控え室にお戻りください」

そう言い残して、支倉さんは衣擦《きぬず》れの音と共に去っていった。
ド、ドキドキし過ぎて心臓が破裂するかと思った……

胸に手を当てて深呼吸を繰り返す。

あの人を相手にするとどうも調子が狂う……言いたいことが全然言えなかった。

うるさい心臓をなんとか落ち着かせて控え室に戻ると、私の顔を見た佑に「なんで顔真っ赤なの？」と不思議そうに言われた。


うう……お祖母ちゃんごめんね。ほとんど読経《どきょう》が頭に入らなかったよ……

あの後、すぐに三回忌の法要が始まったんだけど、読経《どきょう》の際、住職の加藤さんだけでなく、支倉さんまで現れたから、私は静かにお経を聞くどころじゃなくなってしまった。

支倉さんはもう一人のお弟子《でし》さんと中央を向いているので目が合うことはなかったんだけど……私は顔を上げることができなかった。

読経《どきょう》の後、お墓参りと卒塔婆《そとば》の供養《くよう》を行《おこな》い、私達は会食にあたる、お斎《とき》のためにお寺の中の広間へ移動した。集まった三十人程の親族が、それぞれ用意された席に着く。最後に読経《どきょう》をあげてくれた住職の加藤さんが祭壇側の上座に着席する。

私は周囲を見回し、支倉さんがこの場にいないことに心底ほっとした。

会食が始まってしばらく経つと、私の両親と叔父が住職と和気藹々《わきあいあい》と談笑しているのが目に入った。

はっ、よく見たら叔父さん、お酒入ってない？

うわー……叔父さんお酒入ると、要らんお喋《しゃべ》りを始めるんだよな……

なんて思っていたら、叔父とばっちり目が合ってしまった。

「そういや花乃はまだ結婚しないのか」

ほらきた……お酒飲むといつもこれだよ……

「叔父さん。お酒飲む度にそれ聞くのやめてよ。こんな席で……」

ウンザリしながら、叔父を軽く睨《にら》みつける。だが、そんな苦情など気にもかけず、叔父は滔々《とうとう》と話し続けた。

「おばあちゃんの一周忌の時、付き合ってる相手がいるって言ってたじゃないか。その彼はどうした？」

ぐっ！　……あの時も相当お酒入ってたくせに、そういうことはちゃんと覚えてるのね……

「残念ながら、とっくに別れました……！」

「なんだ別れたのか。お前もうすぐ三十だろ～？　俺の会社の若いヤツ紹介してやろうか？」

「結構です」

私と叔父の会話にさりげなく耳を傾けていた父が、ここで口を開いた。

「花乃は結婚したくないのか？」

まさか父まで参戦してくるとは……

「そ、そういうわけじゃないけど、私は今の生活に満足してるから！」

「でもなあ……」

「ほんとに！　私のことより、佑のことを心配して」

「なんで俺!?」

矛先《ほこさき》を弟に向けて、何とかその場をやり過ごす。

どうやら叔父さんは、会社に紹介したい若い子がいるみたいで、お酒が入ると毎回この流れになるのだ。本当に勘弁してもらいたい。

そんなこんなで、ぼちぼちお斎《とき》もお開きになりそうなので、私はすいているうちにと、トイレに立った。

――精進《しょうじん》料理は美味《おい》しかったけど、いろいろあって疲れた。もう、早く帰りたい。

ハンカチで手を拭きながらトイレを出ると目の前に支倉さんがいて、驚きのあまり飛び退《の》いた。彼は腕を組んで壁に凭《もた》れ、口元に笑みを浮かべている。

「っ!!　なっ!?」

なんでここにっ!?

「本日はお勤め御苦労様でした」

驚きに目を丸くする私に構わず、支倉さんは壁から背を離すと丁寧に一礼した。彼は先ほどまでの礼装ではなく、略装に着替えている。

「いえ、こちらこそ。ありがとうございました」

何とか平静を装《よそお》って私も礼をすると、支倉さんは優しく微笑んだ。

「弟さんがいらっしゃるんですね。貴女とよく似ていらっしゃる」

「そうですか？　自分ではよく分からないんですけど」

「……この間の薄いブルーのワンピースも素敵でしたが、喪服もとてもお似合いですね。このまま私の部屋にさらってしまいたいくらいです」

「……は……？」

口元に不敵な笑みを浮かべた支倉さんがそんなことを言うもんだから、また顔に熱が集中してしまう。

「変なこと言うのやめてください。支倉さんは、いつもそんなことを檀家《だんか》の女性に言っているんですか？」

「おや、心外ですね。私がこんなことを言ったのは貴女が初めてですよ」

支倉さんは本当に心外そうに少し肩を竦《すく》める。嘘ばっかり……

「それはどうでしょう。これまでも、女性とお付き合いされてきたでしょう？」

絶対この人経験豊富に違いない、と思って鎌《かま》をかけてみた。

「はい」

やっぱり。意外にあっさり認めたな。

「しかしながら、自分から望んでお付き合いした女性は一人もいません。これまでは全てあちらから来てくださったので」

なにそれ！　超モテモテじゃないの!!

思わずため息が零《こぼ》れてしまう。

「だったらなおさら……」

「なので、自分から女性にアピールするのは実は初めてなのです。正直、加減がよく分かりません。花乃さん。どうしたら私が本気だと分かってくださいますか？」

「………」

そんなこと言われても分かんないし。

口をきゅっと真一文字に結んだまま、私は黙り込んだ。そんな私を支倉さんは少し困ったように覗《のぞ》き込んでくる。

「何も仰《おっしゃ》ってくれないのですか？」

「わ、分からないんですよ！　私だってこんな状況、初めてですから」

私の答えに対して、支倉さんは口元に手を当てて何やら考える仕草をした。そしてチラリと私に視線を向ける。

「貴女が許可してくれるなら」

「なんです？」

「抱き締めてもいいですか？」

――はっ!?

突拍子《とっぴょうし》もない申し出に思わず目を丸くした。でもすぐ彼の要求を理解し体が熱くなってくる。

「……そんなのっ！　却下します!!」

私はぶんぶんと首を横に振りながら彼を睨《にら》みつけた。だけど支倉さんは表情を変えない。

「じゃあキスは？」

「あっ、ありえません!!」

間髪《かんはつ》を容《い》れず即答した。

私の返事にくっくっくっ、と肩を震わせて笑う支倉さん。

「金城鉄壁《きんじょうてっぺき》とはまさにこのこと。花乃さんを口説《くど》き落とすのは一筋縄ではいかなそうですね」

そう言いながらも、彼の態度からは余裕が感じられる。

私がいろいろ理由をつけて断っても、きっと支倉さんのペースに持っていかれるに違いない。そんな気がする……。やだ、逃げたい。もう帰ってもいいかな。

「すみません、私そろそろ戻ります」

支倉さんから目を逸《そ》らし、お斎《とき》の会場に戻ろうと踵《きびす》を返したところで、いきなり腕を掴《つか》まれた。

「え！　なにす……」

「事前に許しを請《こ》うと断られるので、いささか強引な手段に変更致します」

耳元で囁《ささや》かれたと思ったら、あっという間に私の体は支倉さんの腕に包まれていた。

「っ!!」

——どっ、どうしよう！　私、抱き締められてる……！

この状況を自覚した瞬間、私の体は石のように固まってしまった。

「棚経《たなぎょう》の日、よろけた貴女を支えた時も思いましたが、細いですね」

そう囁《ささや》きながら、彼の掌《てのひら》が私の背中を優しく撫《な》でる。壊れ物を扱うような手つきについ身を任せそうになってしまった。しかし、今はそれどころではない。

「はっ……離してください！」

私は彼の腕から逃れようと身を捩《よじ》る。

「貴女に、私の胸の音が伝わりますか？」

そう問うた後、彼は私の頭を自分の胸に優しく押しつけた。私は一瞬抵抗を忘れて支倉さんの胸元に耳を当てる。

……あれ、結構ドキドキしてる？

思わず、支倉さんの顔を見上げたら、彼と視線がぶつかった。

「……本当に、なんて可愛らしい……」

「え」

「このまま、貴女を私のものにしてしまえたら……」

支倉さんが蕩《とろ》けるような眼差しで私を見つめながら、絞り出すように呟《つぶや》いた。

そのとんでもない呟《つぶや》きに一瞬固まってしまった私は、すぐに我に返る。

「なっ、何言ってるんですか!!　お、お坊さんがそんなこと言っていいんですか!?」

「僧侶だって人間です。少なくとも、うちの宗派で恋愛は禁忌《きんき》ではありません。私の両親も恋愛結婚ですし」

しれっともっともらしく言われ、こっちは何も言い返せない。その隙に支倉さんはさらに私を包み込む腕に力を込めた。

――なんかこれ、ヤバくない？　は、早く離れなければ……!!

「は、離してください！」

身の危険を感じ、腕に力を入れて支倉さんを押しやるも、支倉さんはびくともしない。

「花乃さん。私との結婚を真剣に考えてくださいませんか」

「もう、からかうのは止めてください」

こんな超イケメンで今まで女性に苦労したことなどなさそうな人に、平穏な私の日常を引っ掻き回されるのはご免蒙《こうむ》りたい。

「私は本気です」

「いっ、嫌です!!」

そう言った瞬間、私を抱く支倉さんの腕の力が緩《ゆる》む。

気がついたら、私は両手で支倉さんを強く突き飛ばしていた。

「……もうっ、二度と私の前に現れないでください」

驚いたように立ち尽くす支倉さんに、これ以上ないくらいはっきり告げる。

そのまま私は踵《きびす》を返し、振り返ることなくお斎《とき》会場に戻った。そして、引ったくるように自分のバッグを手にする。

「私、歩いて帰るからっ」

突然戻ってきた私の剣幕に驚き、キョトンとしている家族へそう宣言し、私は逃げるようにお寺を後にしたのだった。

三　花乃、譲歩する

──はあ……

もうすぐ鬼のように忙しいランチタイムが始まる。呑気《のんき》にため息なんかついている場合ではないと分かっているのだが、どうもここ最近、私の気分は下降する一方だ。

「葛原さん……最近ため息が多いけど、何か悩みごとでもあるの？」

そんな私を近くにいる店長が心配してくれる。

「……店長……人間誰しも失敗することってありますよね……」

私は遠くを見つめながら、店長に同意を求めた。

いきなりそんなことを言われた店長は、ちょっと困惑した顔をしている。

「そりゃあ、ねぇ。……もしかして葛原さん何か失敗でもしたの？」

「……まあ、ちょっと……」

コーヒーカップを拭きながら、また一つため息を落とす。

あれから一週間が過ぎた。

支倉さんに突然抱き締められ再び求婚された私は、動揺した勢いでかなり酷《ひど》いことを言ってしまった。

でも時間と共に、少しずつ冷静さが戻ってくると、さすがにあれは言い過ぎたかもしれないと自己嫌悪に陥《おちい》る。

支倉さんにも、確かに行きすぎたところがあったと思う。それでも、あんな風に頭から拒絶しなくてもよかったのではないか……

そう思うとキリキリと胃が痛んでくる。

……いやいや、別に好きでもない人にどう思われたっていいじゃない。何度もそう思うようにしても、やっぱりどこか気分が晴れないのだ。

あんな捨て台詞《ぜりふ》、言わなきゃよかった……

「葛原さん……本当に大丈夫？」

店長がまた私を見て心配そうに呟《つぶや》いた。

「すみません……もうすぐ上がりなんで、今日はさっさと帰って休みます」

「よく休んで、早くいつもの葛原さんに戻ってよ？」

「……はい」

ほんと、戻りたいです……

勤務を終えた私は、のんびりと商店街を散歩しながら帰ることにした。

太陽が沈みつつある夕方六時。昼間の暑さが少しおさまり、吹く風もどことなく心地いい。

私は落ち込んだ気分を変えようと、お気に入りの洋菓子店のプリンを買って帰ることにした。その店のプリンは今流行《はや》りのとろっとしたクリーミーなプリンではなく、昔ながらの弾力のあるプリンだ。甘さも控えめで、下の方にあるカラメルソースと一緒に食べると甘さとほろ苦さとの加減が絶妙の美味《おい》しさなのだ。

そのプリンを無事にゲットして、再び帰路につく。

しかし支倉さんに対する罪悪感と、このいまいちすっきりしない気持ちは一体どこから来るのか。ちょっと考えたくらいでは、その答えは見つからなかった。

ま、いいか……考えても分からないことは仕方がない。今日はこれ食べて早く寝よっと。

気持ちを切り替えて、やや気分が浮上した私はいつもと変わらない調子で自宅のドアを開けた。

「ただいま……」

家のドアを開けて玄関に入った私は、そこにあるはずのないものを見つけて立ち止まった。狭い玄関に綺麗に揃えて置かれているのは、まさかの草履《ぞうり》――

まさか……まさか、まさか……！

「あっ、花乃！　支倉さんがいらしてるわよ」

廊下の向こうから母がパタパタとスリッパを鳴らしてやってきた。

やっぱり!!

「……な、なんで？　なんでうちにいるの……？」

私は玄関に立ち尽くしたまま、やっとのことで喉から声を絞り出した。

「あんたが三回忌の時にお寺に落としたハンカチをわざわざ届けてくださったのよ。ほら、早く客間に行ってお礼を言ってきなさい！　私は、スーパーのタイムセールに行ってくるから、後は頼んだわよ！」

母は私にハンカチを手渡すと、足早に家を飛び出していった。

「…………嘘でしょ……」

私は玄関の上がり框《かまち》に手をついて、がくりと項垂《うなだ》れる。

なにこの展開。

確かに言いすぎてしまったことを謝りたい、という気持ちはあった。だからって、どうしてこの人はいきなり家まで訪ねてくるの？　ほんとこの人の行動は私の想像の斜め上をいくものばかり。

とはいえ、こうして忙しい中、忘れ物を届けに来てくれた相手を、無視するわけにもいかない。

私は、大きく深呼吸をしてから客間に向かった。一声かけて襖《ふすま》を開けると、棚経《たなぎょう》の時と同じ出《い》で立《た》ちで背筋をぴん、と伸ばし正座をしている支倉さんと目が合った。

「……花乃さん」

私を見るや否《いな》や目を見開いた支倉さんは、ちゃぶ台から少し横にずれて畳に手をつき、私に向かって頭を下げた。

「え、支倉さん……？」

支倉さんのいきなりの行動に、私は面食らってしまう。

「先日は大変ご無礼いたしました。ご気分を害されたのであれば、心よりお詫びいたします。申し訳ありませんでした」

抱き締められた時のことをはっきり思い出してしまい、心拍数が上がる。それをなんとか落ち着かせて、私も畳に正座した。

買い物袋を脇に置いて、頭を下げる支倉さんを見つめる。

これまでのことから、少なからず支倉さんに対しては思うところがあった。それなのに、こうして真摯《しんし》に頭を下げられると、なんとなく許すような気持ちが湧き上がってくる。

我ながらなんとチョロい女だろうと、自分にがっかりする。でもこの前のことがずっと引っかかってモヤモヤしていたのも事実だ。だったらこの機会を利用して謝ってしまえばいい。そうすればきっと気持ちもすっきりするはずだ。

私は一度深呼吸をしてから、支倉さんに向かって静かに口を開いた。

「支倉さん。頭を上げてください。……あの日は私も、つい勢いで失礼なことを言ってしまったので、謝りたいと思っていたんです。私の方こそ、酷《ひど》いことを言って申し訳ありませんでした。でも――」

支倉さんが頭を上げて、私をじっと見つめてくる。

「でも？」

「やっぱり、貴方と結婚はできません」

「……何故、とお聞きしても？」

「まだ知り合って間もないのに、いきなり妻にって言われても現実味がありません。それに、お寺の事情はよく分かりませんが、結婚するなら私みたいに何にも知らない女より、もっと支倉さんに相応《ふさわ》しい教養を持った方のほうがいいのではないですか？　だから……」

「私に相応《ふさわ》しい女性、か……」

私の話を黙って聞いていた支倉さんが、窓の外に視線を向けて呟《つぶや》いた。

「私の妻は、もう花乃さんしか考えられません。なので、貴女と結婚できないのであれば、私は生涯独身を貫くだけです」

至極真面目な顔をして、再び視線を戻した支倉さんが言った。

「え？　ちょっと、何言ってるんですか、そんな大袈裟《おおげさ》な」

「大袈裟《おおげさ》ではありません。それほど、私の中で貴女の存在は特別なのです。花乃さん、何度でも言います。私の妻になってください」

支倉さんの言葉に、私はポカンと口を開けたまま絶句した。

どうしよう……私が言ったことが通じない……というか、私の主張と彼の主張が根本的に食い違っているような気がしてならないんだけど……

そうなるとどんなに私が今の気持ちを彼に伝えたところで、結局堂々巡《めぐ》りになっちゃうんじゃないかな……

すると支倉さんが、困惑する私から視線を逸《そ》らして苦笑した。

「ですが、出会ってすぐに求婚というのは、確かに性急すぎました。花乃さんが混乱し、私を信じられないのももっともかと思います。その点は深く反省しております」

「……はい」

そう、そうなんですよ！　一瞬で心の中の霧が晴れたような気持ちになって、私はつい緩《ゆる》んだ顔で支倉さんを見る。

そんな私を見て、支倉さんがニコッと微笑んだ。

「それでひとつ提案があるのですが……とりあえず私という人間を知っていただけませんか？」

「え……」

「つまり、結婚は考えずに、まずは私とお付き合いから始めてみるのはいかがでしょう」

「はっ!?」

ここへきて、また振り出しに戻った！

……でもちょっと待てよ。これまでみたいにいきなり「結婚してくれ」って言われないだけ、状況は変化しているのかもしれない。

私は改めて、目の前にいる支倉という男性について考えてみる。

外見は高身長に、端整な顔立ち。物腰も柔らかく客観的に見ればとても印象のいい人だ。

しかし内面はやや強引で、人の話をあまり聞かないといった面もある。そこはかなり厄介だ。

だけど私に何度も拒絶されているというのに、こうやって新たな提案をしてまで関係を続けようとするのは、それだけ私への思いが強いということではないか。

正直なところ何故彼が私にそこまでの感情を持っているのかさっぱり分からない。

ただ、ちょっと気にはなってる。彼が私の何を見てこう言っているのか……

彼の提案について考えている間、支倉さんは黙って私の返事を待っていた。

私は伏せていた顔を上げると、心を決めて支倉さんと向かい合う。

「……本当に、結婚のことは考えなくてもいいんですか？」

そう確認すると、彼の綺麗な顔が優しげに綻《ほころ》んだ。

「はい」

「分かりました。では……お付き合いからで、お、お願いします」

おどおどしながら提案を承諾した私に、支倉さんは嬉しげに頬を緩《ゆる》ませ、満面の笑みを浮かべる。

「ありがとうございます。これで断られたらもう望みはないと思っていたので、安堵しました」

「そんな、大袈裟《おおげさ》です」

「いえ、本当に。これ以上貴女に嫌われるのは辛かったので」

どこかリラックスした感じの支倉さんの笑顔に、つい見惚《みと》れてしまう。

スッと上がった眉に、高い鼻と切れ長の目。薄い唇に綺麗な歯並び……

この人、本当に綺麗な顔をしてるな。

そんなことを考えていたら、突然、今この家に二人きりだということを思い出す。その途端、妙に支倉さんを意識してしまい、胸がドキドキしてきた。

「花乃さん？　どうかされましたか」

急に落ち着きがなくなった私を不思議に思ったのか、支倉さんがそう尋ねてくる。

「な、なんでもない、です……」

この胸のドキドキを悟られないよう、私は必死に平静を装《よそお》った。その時、私の視線が買ってきたプリンの袋を捉《とら》える。

「あ……、あの、支倉さん。プリンはお好きですか？」

「プリンですか」

「ええ。ここのプリン、凄く美味《おい》しいんです。久しぶりに食べたくなって、帰りに買ってきたんですけど」

プリン……支倉さんも食べるかな……

私は、側に置いていたプリンの袋を膝の上にのせた。

「花乃さんは、プリンがお好きなんですか？」

「はい。プリンもですけど、寒天《かんてん》とか羊羹《ようかん》とか、くずきりとか。ツルッとした食感のものが好きなんです」

「そういえば、棚経《たなぎょう》の時、お土産《みやげ》にいただいた水羊羹《みずようかん》もとても美味《おい》しかったです」

支倉さんはにっこりと微笑んだ。そんな彼の笑顔を見ると、少し胸が切なくなる。

付き合うことになったものの、私はこれまで、随分支倉さんに冷たく当たっていた。

それなのに、どうしてこの人は、こんな優しい顔で私に微笑みかけてくれるんだろう。

心が広いのか、よっぽど我慢強いのか……

そんなことを思いながら、支倉さんの顔を窺《うかが》う。

「……プリン、食べますか？」

私が尋ねると、支倉さんは綺麗な目を見開き、何故か驚いたような顔をした。

「よろしいのですか？」

「あっ、もしかして食べてはいけない、とか……」

「いえ。修行中は制限しますが、今はそういうことはないので大丈夫です。ぜひ、頂きたいです」

文倉さんは今まで見たことがないくらい、嬉しそうに笑った。

その笑顔に再び目を奪われてしまった私は、慌てて立ち上がる。

「じゃあ、ちょっと待っていてください」

私は急いでキッチンに向かうと、新しいお茶とおしぼりを用意して客間に戻った。そして、袋から出したプリンと一緒に、文倉さんの前に置く。

「どうぞ」

「頂きます」

文倉さんは、綺麗な所作でプリンを食べ始める。

「……確かに、滑《なめ》らかで口当たりがいいですね。卵の味も濃くて……とても美味《おい》しいです」

そう言って、彼は優しく微笑んだ。

「よかったです。私もこの味が、凄く好きなんです」

私もプリンを一口食べる。そうしながら、私の意識はつい文倉さんの手元に行ってしまう。

やっぱり、綺麗な手……

そういえば、初めて会った棚経《たなぎょう》の日も、この人の手に見惚《みと》れてたんだよね。あの手で髪を撫《な》でられたり、抱き締められたりしたのか……

そんなことを思い出してしまい、恥ずかしさに支倉さんを直視できなくなる。

俯《うつむ》きがちに黙々とプリンを食べていたら、先にプリンを食べ終えた支倉さんが話しかけてきた。

「花乃さん」

「は、はい」

「お付き合いすることになりましたし、よかったら二人でどこか出かけませんか？」

改まってデートに誘われて、プリンを食べていた私の手が止まる。

「あの、も、もうですか？」

「はい。貴女に私のことを知っていただくには、早いほうがいいかと」

支倉さんは柔らかな口調で、きっぱりと言う。

——ど、どうしよ……。そりゃ、彼の言うことはもっともなんだけど、いきなり二人で出かけて、一体何を話せばいいわけ……

なんてことをめまぐるしく考える私に、笑みを浮かべた支倉さんが提案する。

「そうですね、花乃さんのお休みの日に二、三時間くらい、お付き合いいただけませんか？　美味《おい》しいあんみつを食べに行きましょう」

「……あんみつ」

思わずぱっと顔を上げて呟《つぶや》いた。目が合うと、にっこりと微笑まれる。

あんみつか……しばらく食べてないな。うう、私、あんこものにも弱いのよね。しかも支倉さんのお薦めなんて凄く気になる……！

こんな簡単に食べ物に釣られるなんて、我ながら単純すぎないか？　という気がしないでもない。

支倉さん、私の弱いところを見事についてきた感じ。

「わ、分かりました」

結局、欲求に負けてデートを承諾してしまった。

でも、嫌な感じはしなかった。

だってこれまでのような性急で強引な彼ではなく、あくまでも私のペースに合わせて、歩調を合わせてくれたのが何となく分かったから。

私も拒絶ばっかりしてないで、ちゃんと向き合って彼のことを知ろう。そう思えたので、首を縦に振った。

「ありがとうございます、花乃さん、恐縮ですが連絡先を教えていただくことはできますか？」

あ、そうだった。

さすがに家の固定電話に連絡では家族にもろバレなので、鞄《かばん》からメモを出して電話番号とメアドを書いて破り、支倉さんに渡した。

「支倉さんは、携帯電話をお持ちなんですか？」

私の質問に支倉さんはクスッと笑う。

「もちろんです。仕事の状況によってはすぐにご連絡できない場合もありますので、返事をお待たせしてしまうこともあるかもしれませんが、必ずご連絡いたします」

そう言って、支倉さんがスッと立ち上がった。

見送りのため一緒に玄関に向かった私は、そこでふと、まだハンカチのお礼を言っていないことを思い出す。

「あの、支倉さん。ハンカチ、わざわざ届けていただいて、ありがとうございました」

慌ててお礼を言って頭を下げると、支倉さんの足が止まる。

「いえ……」

支倉さんは静かに振り返って私の前に立った。そして、真っ直ぐに私の目を見つめてくる。

「あの日、丁度席を立った貴女を見かけ、ここぞとばかりに待ち伏せして驚かせてしまいましたからね。きっと、その時に落とされたのでしょう。ハンカチに気づいて、すぐにお斎《とき》会場へ届けに行ったのですが、貴女はすでに帰られた後でした」

あの時のことを思い出すように話していた支倉さんは、ここで何故か一旦黙り込んだ。

そして躊躇《ためら》うみたいに目を伏せた後、再び口を開いた。

「本当は、その場でご家族にお渡しすればよかった。ですが、私はこれを口実に、どうしてもう一度貴女にお会いしたかったのです」

「……支倉さ」

「私は本当に、心の底から貴女のことが好きなんです」

「……！」

これまでになく真剣な支倉さんの表情に、私は息を呑んだ。

「できることなら、目の前の貴女をこの手で抱き締めたい。ですが、それではこれまでと同じになってしまうので、止めておきます」

そう言って微笑むと、「では」と一礼して支倉さんは帰って行った。

私は支倉さんの姿が見えなくなると同時に、気が抜けて玄関にぺたんと座り込んだ。

先ほどの告白がじわじわとボディブローのように効き始めている。

これまでも支倉さんに何度か告白はされたけど、どちらかと言うと驚きや困惑する気持ちのほうが大きかった。でも今日は彼の本気がストレートに伝わってきた。

どうしよう、胸のドキドキが止まらない……！

これで二人きりのデートなんて、私の心臓は大丈夫だろうか。

戸惑いと不安を抱きながら、来《きた》るべきその日を待った。


それから数日後。

午後の指定された時刻ぴったりに家のインターホンが鳴った。

きたぁ！

リビングでそわそわしていた私は、慌てぎみに玄関のドアを開ける。そこには、文倉さんがにこやかに立っていた。

「こっ、こんにちは」

「こんにちは。では花乃さん、参りましょうか」

「はい……」

家の前に停まっていたのは、以前見たハイブリット車ではなく大きな国産の黒いSUV。

「前の車と違うんですね」

「あれは寺の車でしたので。これは私の車です」

どうぞ、と慣れた様子で助手席のドアを開き、私が乗るのを待っている文倉さん。

「ありがとうございます……」

「いいえ」

こんな風に女性扱いされたのは初めてだ……

文倉さんから連絡があったのは、昨日の夕方のこと。ちょうど仕事を終えて家に帰ってきたところだったので、動揺のあまり思わずスマホを落としそうになってしまった。

休みの予定を聞かれたので答えたら、その日は文倉さんは夕方から仕事が入っているという。忙しいならまた別の機会でもいいですよと言ってみると、仕事までの時間で申し訳ないが、ぜひ行きましょうと彼に押しきられて、今日のデートが実現した。

夕方から仕事のある文倉さんは、今日も法衣姿だ。

「せっかくの初デートなのに、ゆっくりできなくて申し訳ありません」

いきなり謝られてしまい、私は苦笑する。

「いいえ、お気になさらないでください。で、これからどこに行くんですか？」

「私の地元がここから車で三十分くらいなのですが、実家がお世話になっている老舗《しにせ》の和菓子店がありまして。そこの甘味が美味《おい》しいのですよ」

文倉さんは車を静かに発進させると、前を向いたままにこやかにそう言った。

男の人が甘いものを食べるイメージってあんまり無かったけど……

「文倉さんは、甘いものをよく食べるんですか？」

私がそう尋ねると、支倉さんは、はは、と笑い声を上げた。

「食べますよ。生クリームたっぷりみたいな洋菓子はあまり食べませんけど、寒天《かんてん》とか葛餅《くずもち》は小さい頃からよく食べていたので、好きですね」

ふうん、そうなんだ。支倉さんの小さい頃か……

「支倉さんは子供の頃から今の仕事に就こうと考えていたんですか?」

「そうですね。お寺の子供でしたから、自然とそういった流れに乗ってましたね。高校は仏教系の学校でしたし」

「そうなんですね」

すっごい落ち着いてるし、さぞかししっかりした子供だったんだろうな。

そんなことを思いながら助手席のシートに凭《もた》れる。

「やっと私のことを聞いてくださいましたね。少しは興味を持っていただけましたか?」

運転席の支倉さんが私にちらりと視線を送る。

「……興味というか。私、支倉さんのこと何も知らないので」

そんな状態で結婚を迫られたり、お付き合いすることになったりしたんだよね。

「何ということはない、ただの坊主ですよ」

微笑みながらこんなふうに支倉さんは言うけれど、絶対ただの坊主じゃないよ……!

こんなグイグイ結婚迫ってきた男の人、初めてだし。

「それじゃ支倉さんのこと、何にも分からないじゃないですか」

「そうですね。失礼致しました。でも花乃さんには、わりと本来の自分を見せていますよ」

「そうなんですか……？」

私はやや訝《いぶか》しげに支倉さんを見る。

「はい。抱き締めたいとかキスしたいとか、思ったことを言っていますし」

そ、そういうことじゃないんだけど……

何て言って返したらいいか分からなくて、俯《うつむ》いてじっと膝の上の手を見つめる。

しばらく私が黙っていたら、支倉さんが口を開いた。

「花乃さんは」

「えっ、何ですか？」

急に話を振られたので、私は勢いよく支倉さんのほうに体を向けた。

「結婚に対してどういった考えをお持ちですか」

「え……結婚、ですか……」

『結婚』という言葉に、つい身構えてしまう私。

支倉さんもそんな私の様子に気がついたのか、慌てて「ああ、申し訳ありません。違うんです」と謝ってくる。

「他意は無いんです。ただ花乃さんくらいの年齢の女性の考えを知りたいだけだったんです」

……と、言われても。

「お恥ずかしい話、私これまで結婚についてほとんど考えてこなかったんです」

「そうなんですか？　まったく？」

支倉さんが驚いたように、ちらりとこちらを見た。

「以前、お付き合いをしていた方がいた時は、ちらっと考えたこともあったんですけど……結婚以前に彼に対していろいろ疲れちゃって。結局、本格的に結婚の話が出る前に別れちゃいました。それ以降は結婚については何も。むしろ、一生一人でもいいかなくらいに思ってました」

そういえば、私にもそんなことがあったな……

景色を見ながら過去の自分を思い出していると、黙って私の話を聞いていた支倉さんがぽつりと口を開いた。

「お付き合いされていた男性は、そんなに気を使わなければいけない方だったんですか？」

「いえ……ごく普通の会社員でした。ただ、付き合っていくうちに私に対する要求が増えてきて、それに応《こた》えることに疲れちゃったんです」

「……要求とは、どのような？」

　支倉さんのさらなる質問に若干たじろぐ。

「いや、えーと、うーん……何て言ったらいいんでしょう。はっきり言われなくても、相手が自分に求めているものって分かるじゃないですか。一緒に居る時は明るく振る舞ったほうが機嫌よくなったり、疲れていそうな時は早めにデートを切り上げたり。たぶん、凄く好きな相手には自然にできることだと思うんですけど……」

「そこまで好きな相手ではなかったと？」

「……まぁ、そうだったんでしょうね」

　濁《にご》した部分をはっきり言葉にされて、私は苦笑しながら頷いた。

「一緒にいても不満だけが溜まっていくんじゃ、自分も相手も不幸です。だから、もし結婚するとしたら、自然と相手を思いやれるくらい好きな人とじゃないと難しいと思ってます」

「だから、会ったばかりの私との結婚は無理だと仰《おっしゃ》ったんですか？」

　前を向いた支倉さんは、相変わらず穏やかな声で言った。

「……そうですね。支倉さんのことはまだよく分かりませんが、この間までみたいに強引なのはちょっと困ります。でも、いい方だと思います。今のところは、それだけですね」

少しだけ本音を混ぜて、私は自分でも不思議だと思うくらい明るく彼に言い放った。

「嫌いではない、と？」

「はぁ、まぁ。不思議と。嫌いという感じはないですね……」

私の返事に、支倉さんは安堵したようにフッと微笑んだ。

「嫌われてなければまだ望みはある、と思ってしまいますよ」

「そ、それは……」

「さて、もうすぐ着きますよ」

サラッとかわされ、肩透《かたす》かしを食らった私は茫然《ぼうぜん》と彼の横顔を見つめた。

――この人、ほんと油断ならないわ……

そうこうしている間に、目的地に到着した。

最初はこの人と話が合うのかとちょっと心配してたんだけど、思ってたより大丈夫だった。というかむしろ会話が全然途切れなくて、とても居心地がよかった。

「こちらの和菓子屋です」

支倉さんに案内されたのは、閑静な住宅街の一角にある、大きな日本家屋風の店舗だった。歴史を感じさせる古い看板には「池本屋《いけもとや》」とあり、老舗《しにせ》店舗らしい風格がある。

「いらっしゃいませ」

店内に入るとすぐに店員さんが声をかけてくれた。それにぺこりと頭を下げて、商品の並ぶ立派なガラスケースに近づく。中には羊羹《ようかん》や葛餅《くずもち》といった生菓子や、どら焼きなどの焼き菓子が整然と並べられている。その中でも、花をモチーフにした練りきりなど上生菓子の色鮮やかな美しさに、思わず感嘆のため息が零《こぼ》れた。

「わぁー！」

──綺麗……！　美味《おい》しそう～！　見てるだけでも楽しい。

ガラスケースに張り付き、お菓子から目が離せずにいる私を、支倉さんは優しく見守っていてくれた。

「実家から近いこともあって、ここの和菓子をよくお遣い物に利用させてもらってるんです。帰りに何か買って行かれますか？」

「はい。ぜひ」

和菓子好きな母にお土産《みやげ》で買っていったら喜びそうだ。そんなことを思いながら、私と支倉さんは店員さんの案内で店の奥へと進んで行った。どうやら店の奥に、お菓子を食べられる喫茶コーナーがあるらしい。

しかし、支倉さんは喫茶コーナーの手前で店員さんに目配せをすると、さらに奥に向かって歩いていく。

「え、支倉さん？」

「事前に伺《うかが》うと連絡を入れておきましたので」

そう言って支倉さんは喫茶コーナーの奥にある、衝立《ついたて》で仕切られた予約席に私を誘った。予約席と言っても、木製のテーブルに椅子が四つセットされている、ごく普通の席だ。

大きな窓に面した座席からは、緑いっぱいの日本庭園が一望できる。素晴らしい景色を見ながらお茶ができる贅沢《ぜいたく》に、私の気分も上々だ。

メニューはどれも美味《おい》しそうで何を注文するか悩んだけど、お薦めされた白玉あんみつに決めた。支倉さんはぜんざいを注文し、店員さんにメニューを渡す。

しかし何だろう……さっきまでは平気だったのに、改めて二人きりになると、緊張してくる。

こんなデートみたいなの……いや、デートだけど、久しぶりだな……

会話の糸口が掴《つか》めないままぼけーとしていたら不意に支倉さんと目が合った。支倉さんは一瞬目が泳いだ私に、苦笑いを浮かべる。

「そんなに緊張しないでください。自業自得《じごうじとく》とはいえ、さすがに傷つきます」

「あ、ごめんなさい。そんなつもりでは……」

「いらっしゃいませ、宗駿《そうしゅん》さん」

その時、背後から明るい女性の声がした。そちらに体を向けると店員らしき若い女性が立っている。

にこやかな笑みを浮かべて私達のテーブルにやって来たのは、長い黒髪を一つに纏《まと》めた上品な雰囲気の美人だ。見た感じだと、年齢はおそらく私と同じくらいではないだろうか。

それより今、この人、支倉さんのことを宗駿さんって言った？

支倉さんの名前って宗駿っていうの？　いくら相手のことをまだよく知らないとはいえ、名前も知らなかったのかと思うとちょっと衝撃だ。

「いつもご贔屓《ひいき》にしていただきありがとうございます。先日の法話、とても興味深かったです。またいろいろなお話を聞かせてください」

美しい店員さんは支倉さんを見つめながら嬉しそうに話す。

「いえ、こちらこそ、いつもありがとうございます。寺の催《もよお》しの予定はホームページにアップしてありますので、よければまたいらしてください」

「はい。ぜひ」

にこにこしている美人さんは、完全に私の存在を無いものとしているな……。かといって割って入るのもどうかと思うし。

まぁ、いいけど……

私は一人、ほうじ茶を啜《すす》る。

「花乃さん。こちら、この店の店主の娘さんです。実家の寺の檀家《だんか》さんなんですよ」

文倉さんに紹介された女性は、初めてこちらを向いて上品に微笑んだ。だが、私の顔を見るなり、少し表情を曇らせる。

「いらっしゃいませ。……宗駿さん、こちらの女性は……」

「私が今お付き合いさせていただいてる方です」

ブフッ。

思わず口に含んだほうじ茶を噴きそうになった。

「えっ……宗駿さんの、彼女さん、ですか……？」

店主の娘さんが途端に顔色を変えた。しかし文倉さんは、そんな彼女の様子に気づいていないのか、嬉しげに話し続ける。

「これからの人生を共に生きていきたい……そう願わずにはいられないくらい、愛おしく思っている女性です」

文倉さんは笑顔のまま、きっぱりと彼女に言った。

——な、な、な……なんという恥ずかしいことを……っ!!　それに今の言い方だと、まるで結婚するみたいに聞こえるんじゃ。

驚きと恥ずかしさで口を開けたまま絶句する私。店の娘さんも、言葉もなく文倉さんを見たまま固まっている……!!

「し……、失礼いたします……」

やっとのことで声を絞り出した娘さんは、よろよろと店のほうへ戻って行ってしまった。

「支倉さん……今のちょっと酷《ひど》くないですか。あの女性、たぶん支倉さんのことが好きですよね？　それを……」

「ええ、知っています」

支倉さんがしれっと答える。

「実は、あの女性との縁談を何度かいただいたのですが、その都度お断りしていて申し訳なく思っていました。いい機会なので、ここで諦めていただこうとかと」

「……私を利用しましたね」

じろりとキツい視線を向ける私に、彼は困ったような顔で苦笑いした。

「利用だなんてとんでもない。私の中では貴女が唯一の婚約者ですから。真実を告げたまでです」

「婚約者じゃないです！」

「ですね」

私の反論にもまったく動じた様子を見せず、支倉さんはにっこりと笑った。

もう、ほんと油断も隙もないんだから……!!

その後、別の店員さんによって白玉あんみつと、ぜんざいが運ばれてきた。

目の前に置かれたあんみつを見た瞬間、私の顔は自然に満面の笑みになる。

「いただきます……!!」

「どうぞ」

待ちきれない、とばかりに素早くスプーンを手に取った私は、早速黒蜜のかかった寒《かん》天《てん》を口に運んだ。その瞬間幸福感が私を包み込む。

「んーーっ！」

これは、確かに美味《おい》しい。

私は次々とスプーンを口に運んでしまう。

つるっとした白玉はもちもちしているし、寒天《かんてん》もちょうどいい硬さだ。あんこは小豆《あずき》の味がしっかりしていて上品な甘さ。そこに濃厚かつ甘さ控えめな黒蜜が凄く合う。

「美味《おい》しいです……!!」

「それはよかった。ぜんざいも美味《おい》しいですよ」

あんみつを堪能する私の目の前で、支倉さんは相変わらず綺麗な箸《はし》遣いでぜんざいを食べている。

「この後の仕事に備えて、今のうちに腹ごしらえです」

「お、お疲れ様です……。そういえば、支倉さんはお休みの日って何をしてるんですか？」

「休みですか……そうですね、大概読書をしてるか車に乗って遠出するか……。あ、ふらりと博物館や美術館に行ったりします。基本的に気ままに一人で行動することが多いですね」

「そうですかー」

……なんか、ぽい、なぁと思ってしまう。支倉さんと美術館とか似合うもの。

「花乃さんは？」

「んー、趣味というほどではないですけど、私、電化製品が好きなんです。だから、家電量販店とかよく行きます」

嘘を言っても仕方ないので、正直に答える。すると驚いた様子の支倉さんが、一瞬箸《はし》の動きを止めた。

「これまた意外な」

「『花乃』だけに、花でも愛《め》でていると思いました？」

ふふ、と笑ってみせると、支倉さんは今まで見たことがないくらい、嬉しそうな顔をした。

「貴女の新たな一面を知って嬉しい上に、可愛い笑顔まで見られてこの上なく幸せですね」

またっ！　どうしてこの人は、平気でこう恥ずかしい台詞《せりふ》を………

かあああっと顔に熱が集中するのを見られたくなくて、思わず顔を手で覆《おお》った。

「花乃さん？」

「……恥ずかしいこと言わないでください」

「思ったことを正直に言ったまでですよ」

私と結婚したいと言った支倉さん。だけど、彼は私を気遣って最大限譲歩してくれている。でもそれに甘えてこのまま付き合っていていいんだろうか。結婚の可能性が無いのなら、付き合うこと自体時間の無駄になってしまう。

だとしたら、やはり私はきっぱりお断りしたほうがよかったのではないだろうか……

顔を覆《おお》っていた手をゆっくり離しながら、私は彼を真っ直ぐ見つめる。

「……私は、お付き合いすることは承諾しましたけど、やっぱり結婚とかは全然考えられません……。こんな頑固で貴方の思い通りにならない女と付き合ったりして、後悔しませんか」

思い切ってそう言った私に、支倉さんは優しい微笑みを向けた。

「貴女はまるで分かっていない。今、私が貴女と一緒にいられてどれほど幸せか。それに、たとえ貴女が頑固で思い通りにならない人だとしても、私が貴女を好きだという事実は変わらないのですよ。後悔なんてするはずがありません」

後悔どころか、愛の深さをしみじみと語られて、私は口を半開きにしたまま言葉が出ない。

無言で見つめ合っていると、どこかからバイブ音が聞こえた。

「すみません、ちょっと失礼致します」

一言断って携帯を確認した支倉さんは、すまなそうに頭を下げて席を立った。

一人残された私は、あんみつを食べながら支倉さんに言われたことを反芻《はんすう》する。もの凄い愛の告白の数々。これまでの彼氏にだって、こんなこと言われたことない。

ここまでの思いを向けられて、私は同じように彼に応《こた》えることができるのかな……

「お客様」

考え事の真っ最中に声をかけられた。顔を上げると、すぐ横に店主の娘さんが立っている。

「お食事中に申し訳ありません。先ほどはきちんとした挨拶《あいさつ》もせず失礼致しました。池本初美《はつみ》と申します」

そう言って、店主の娘さんが丁寧に頭を下げた。慌てて私もスプーンを置き、池本さんに向き直って一礼する。

「ご丁寧にありがとうございます。葛原花乃と申します。白玉あんみつ美味《おい》しくいただいてます」

「ありがとうございます。……あの、宗駿さんは……」

にこりと微笑みながら、池本さんの視線が支倉さんを探すように彷徨《さまよ》った。

「支倉さんでしたら、電話をしに外に出ましたよ」

「そうですか……。あの、不躾《ぶしつけ》ですが、葛原さんと宗駿さんは、その……本当にお付き合いをされて……？」

池本さんはちょっと聞きづらそうに尋ねてきた。

「えっと、はい。お付き合いしています……。あ、でもまだ、結婚とか、そういうのは全然」

やっぱり、誤解させたままというのは、私の気持ちがすっきりしない。ここはきっぱりと真実を告げた。

私の答えに、池本さんは不可解そうに眉根を寄せた。

「……？　え、でも、さっき宗駿さんは……」

だから言わんこっちゃない。支倉さんのせいでややこしいことになったじゃないの。

「その、確かに求婚はされましたが、婚約とかそういうのはまったく、です」

池本さんは、一瞬驚いた顔をしたが、その後あからさまに落胆した。

「…………そ、そうですか……婚約はしていなくても、求婚はされたんですね……」

あっ。しまった。求婚のことは黙っていたほうがよかったかな……

「ごめんなさい。あの、池本さんは支倉さんのことが……」

池本さんは悲しそうな表情を浮かべ、こくんと頷いた。

「学生の頃からずっと憧れていました。恥ずかしながら自分では何もできなくて、見かねた父が何度かお見合いの話を宗駿さんに持ち掛けてくれたんです。ですが、宗駿さんには、好きな方がいるから、とお見合いすら受けてもらえなくて。きっとそれは、葛原さんのことかもしれませんね」

「え……？　いや、私が彼と会ったのは、つい最近のことなので、違うと思いますけど……」

控えめにそう申し出ると、池本さんが無言になった。

「い、池本さん……？」

なんとも言えない空気にいたたまれず声をかけると、池本さんがにっこりと微笑んだ。

「葛原さん、宗駿さんは素晴らしい人です。外見も素敵ですが、内面もとても素敵な方です。お寺に嫁ぐのは大変だと思いますが、どうか宗駿さんを支えてあげてください」

ちょっと、ちょっと待って！　なんか私が支倉さんの婚約者みたいになってるけど、違うからね！

「あの、池本さん、私は……」

咄嗟《とっさ》に訂正しようと口を開いたのと、低い艶《つや》のある声が聞こえたのは同時だった。

「お待たせ致しました」

ここでようやく、当事者が現れた。

支倉さん！　彼女の誤解をどうにかしてよ！

「支倉さんあの……」

焦って状況の説明をしようとする私に、席についた支倉さんが首を小さく横に振った。

「初美さん、ぜんざい美味《おい》しくいただきました。相変わらずこちらの小豆《あずき》は美味《おい》しいですね」

ええっ！　いきなり話を逸《そ》らした!?

「ありがとうございます。ご結婚されても、たまにはこうして甘味を食べにいらしてくださいね」

池本さんが、私達に向かって微笑んだ。

だから、待って〜〜！　私、婚約なんかしてないから〜〜!!

「もっとゆっくりしたいところですが……そろそろお暇《いとま》しましょうか、花乃さん」

いつのまにか、ぜんざいを綺麗に平らげていた支倉さんは、にっこりと笑ってそう促《うなが》してくる。

「えっ、は、支倉さ……」

「こちらのお菓子を彼女にお土産《みやげ》として渡したいのですが……花乃さんは水羊羹《みずようかん》と葛餅《くずもち》だったら、どちらがお好きですか？」

「く、葛餅《くずもち》のほうが好きです……」

「では、初美さん。葛餅《くずもち》を包んでいただけますか」

「かしこまりました」

ってそうじゃない！　この人、私の言いたいことを分かっていながら、綺麗にスルーした……!!

席を立って池本さんと話している支倉さんを、私は精一杯の抗議を込めて睨《にら》みつけた。

こ、この狸《たぬき》がっ……!!


「酷《ひど》いです」

「何がですか？」

店を出て支倉さんの運転する車に揺られながら、私は彼を睨《にら》む。しかし支倉さんは憎たらしいくらい涼しい顔をしていて、痛くも痒《かゆ》くもない様子だ。

「なんであそこで池本さんの誤解を解いてくれなかったんですか。結婚どころか婚約だってしていないのに！」

「私はいつでも貴女と結婚したいと思っていますよ」

運転しながらしれっと言う支倉さん。もう、こういったやり取り何度目だろう……

「それは支倉さんの気持ちです！　私の気持ちはどうなるんですか？　お付き合いをす

る時に結婚のことは考えなくていいって仰《おっしゃ》ったじゃないですか！　は、話が違います！」

「まさか。嘘は申しておりませんよ。結婚したいというのはあくまでも私の願望です。聞き流してくださって結構ですよ」

「またそんなこと言って……結婚したい、だなんてはっきり言われたら、聞き流すなんて無理ですよ……」

私がガックリと項垂《うなだ》れ、大きなため息を吐くと、運転席から伸びてきた手に右手をぎゅっと握られた。いきなりそんなことをされて、私の体がビクッと跳ねる。

「わっ！」

「嫌でしたら、逃げてください」

「ちょ、ちょっと……」

「嫌でなければ、しばらくこのままで」

文倉さんは口元に微《かす》かな笑みを浮かべて、正面を見ていた。

……くやしい。なんだかいつも、その笑顔に丸め込まれている気がする。

私は口を尖らせて、私の手を握る文倉さんの手を見た。

大きくてあたたかい、綺麗な手――

彼の言う通り、本当に嫌ならこの手を払いのければいい。だけど……

困ったことに、嫌じゃないのだ。

さんざん文句を言っておきながら凄く矛盾していると思うけど、事実なのだから仕方がない。

だって私は……初めて見た時から、この手に見惚《みと》れていたのだから。

「……花乃さん？」

支倉さんは驚いたように目を見開き私をチラリと見ると、私の手を握っている手に力を込めた。

——どうしよう、もしかして気づかれた……!?

「お、降ろしてください……!!」

「降ろさない」

珍しく敬語ではない支倉さんの言葉に、驚いて彼を見る。

支倉さんは、通りかかった大きな公園の駐車場に車を停めるなり、私の方に向き直った。

「花乃さん、何故そんなに赤い顔をしているのですか？」

「えっ、それは……」

「私のことを意識して、ですか？」

「っ!!」

急にいたたまれなくなった私は、彼に掴《つか》まれた手を無理矢理引っこ抜いた。だけど支倉さんは、シートベルトを外して、距離を詰めてくる。そして、真剣な眼差しで私を見つめた。

「花乃さん。貴女が好きです。好きで好きで堪《たま》らないんです。僧籍に身を置く者でありながら、こんなことを言うなんて私はおかしいのかもしれない。でも、あの夏の日から私の心は貴女に囚《とら》われたままなのです」

真剣な顔で一気に言われ、私は支倉さんの顔を見たまま動けなくなる。そんな私の体を支倉さんの腕が優しく包み込んだ。ふわり、とお香の匂いが鼻を掠《かす》める。

「は……」

「愛してます」

耳元で囁《ささや》かれた愛の告白に、頭の中が真っ白になった。

私から少し身を離した支倉さんは、半ば放心状態の私を見つめて、くすっと笑った。

彼は私の額《ひたい》にかかる前髪を指で左右にかき分けると、そこに唇を押しつける。そして、ゆっくりと唇を離し、再びぎゅっと抱き締めた。

「本当に、可愛らしい」

「〜〜〜〜っ!!」

も、もう限界……!! 体から湯気《ゆげ》が出そう。

私は支倉さんの胸の辺りに手を当て、ぐっと力を入れて押し返した。

「……はっ、離してくださいっ……。支倉さん、これからお仕事があるんじゃないですかっ」

やっとのことで言葉を絞り出すと、支倉さんが腕時計を見て「ああ、いけない」と呟《つぶや》き、私から離れた。

私、今、猛烈にドキドキしてる。

それに額《ひたい》にキス、された。すっごくさりげなかったけど、確かにされた。

も、もうヤだ……早くこの空間から逃げたい。この場から撤収したいいいいいい……‼

「花乃さん」

「っ！　はいっ‼」

再び車を発進させた支倉さんに、突然名前を呼ばれビクッと背筋が伸びた。

「よろしければまたご都合のよい時にでも、会ってもらえませんか。その時は、またお迎えに上がりますので」

「え、いいですよ！　お忙しいでしょうし」

「私が貴女に会いたいんです」

観念した私は、こくりと頷いた。

「分かりました、また連絡します……」

「お待ちしてます」

支倉さんは嬉しそうににっこり笑った。本当に、彼のこの笑顔は危険である。

あ、そういえば。

「支倉さんって、宗駿って名前だったんですね」

「ああ、失礼いたしました。まだ名乗っていませんでしたね。もう何度も会っているのに」

確かに。

「支倉宗駿といいます。元は訓読みで『むねとし』だったんですけど、得度《とくど》の際に音読みに改めました」

「……なんか、立派なお名前ですね……」

「はは。寺の息子ですからね。将来を見据えてこんな名前をつけたんでしょう」

「将来ですか……」

生まれた時から将来が決まってるって、やっぱり大変なんだろうな。私なんて、毎日をただなんとなく過ごしてるだけだけど、支倉さんは小さい時から将来のことを考えて過ごしてきたんだ。

修行して、ちゃんとお坊さんになって。きちんとその仕事をまっとうしている。

それって、やっぱり、凄いことだよね……

流れる景色を見ながら、ぼんやりとそんなことを考えた。

「さ、楽しい時間も終わりのようです」

ポツポツと世間話をしたりして、気がついたらいつの間にか我が家の前で。支倉さんは私の家の前に車を横付けすると、先に降りて助手席のドアを開けてくれた。

「どうぞ」

「あ、ありがとうございます」

車を降りて、支倉さんと向かい合う。

「あの、今日はお忙しい中、ありがとうございました。あんみつとても美味《おい》しかったです」

少し照れつつ、素直にお礼を言った。本当にあんみつは美味《おい》しかったから。

支倉さんは私を見つめ、ふ、と優しい笑みを浮かべた。

「いえ。強引に誘ったのにお礼を言っていただけるなんて、こちらこそありがとうございます」

私にそう言って一礼し再び車に乗り込むと、彼は助手席の窓を開けた。

「では花乃さん、また」

「はい……」

軽く会釈《えしゃく》をして支倉さんは帰って行った。私はぼんやりと支倉さんが帰って行った方向を見つめ、その場に立ち尽くす。

「ふう……」

二人きりの空間から解放され、ほっと力が抜けた感じ。

なんだかんだで彼のペースに乗せられている気はするけれど、不思議と嫌ではない。

客観的に見て、彼は優しいし一緒にいると凄く気を使ってくれているのが分かる。

そして、支倉さんは側にいるだけでドキドキしてしまうくらい魅力的な男性だと再認識した。そんな人に好かれているなんて……やっぱり、嘘みたいに感じる……

『愛しています』――そう言った支倉さんの低い声を思い出す。

それだけで、ドキドキして、体が熱くなってしまう。

私は火照《ほて》る体を抱き締め、しばらくの間、ぼんやりと満天の星を眺めていた。

「姉貴、顔笑ってんぞ」

支倉さんとのデートから数日後。自宅での夕食タイムの際、弟の佑が箸《はし》を持つ手を止めて、不審そうに私を見てきた。

「え？　顔？　そう……？」

自分では特に意識していなかったのだが、どうやら自然と顔が緩《ゆる》んでいたようだ。私は自分の顔に手を当てる。

「気持ちわりーなあ。なんかあったの？」

「なんかって、別に何もないわよ」

平然と答えたけど――すみません、大嘘です。

つい顔が緩《ゆる》んでしまう理由……それは、ここ最近の支倉さんとのやりとりのせいかもしれない。

甘味デートをした日の夜に、早速支倉さんからメールが送られてきた。

『花乃さんの次のお休みはいつですか？』

早っ！　と思いながら、普通に予定を返信した。すると送られてきたメールにはこんなことが書いてあった。

『つい数時間前に会ったばかりだというのに、もう私は貴女に会いたくて堪《たま》りません。堪《こら》え性《しょう》のない坊主を、どうか笑ってやってください。せめて夢の中で会えるよう、貴女のことを思い浮かべながら床《とこ》に就くとします。おやすみなさい。いい夢を』

文面を見た瞬間、ベッドに腰掛けていた私は、奇声を発して布団に倒れ込んだ。

恥ずかしすぎて悶死《もんし》するかと思った。

――今時、こんなメールを送ってくる人いる⁉　あの人、なんでこんな恥ずかしいことをサラッとやってくるわけ？　ほんとわけ分かんない。

脳内で盛大に文句を言いながらも、顔が赤くなっているのが自分でも分かった。

それからも、こういったメールのやり取りは続き、お互いに時間が合えば電話で話したりもした。

『夜分に申し訳ありません。どうしても貴女の声が聞きたくて』

第一声がそんなだから、こっちはどう返したらいいのか分からなくて言葉に詰まってしまう。

「支倉さん。メールや電話の度にそういう、こっちが照れるようなこと言わないでください」

反応に困った私が軽く注意してみる。

『参考までに、どのあたりで照れたのか教えていただけますか？』

……無自覚か。

『それよりも、次に会う日ですが、もしよろしければ食事でもどうですか』

「あ、はい。いいですよ。好き嫌いはないので、支倉さんのお好きな物で……」

その時、電話の向こうから支倉さんが笑ったような音が聞こえた。

「どうかしましたか？」

『いえ……二度と会いたくないと言われた身としては、花乃さんとこうして次に会う約束をしていることが夢のようで。今でもたまに、これは現実なのかと疑ってしまう時があるくらいです』

「あれは……支倉さんが会ってすぐ結婚してくれとか言うから……！」

思い出したらまた顔が熱くなってくる。電話でよかった。赤くなった顔を見られなくてすむから。

『そうでしたね。その節は失礼致しました。では、詳細は決まり次第またご連絡致します。それでは、おやすみなさい、花乃さん』

「はい、おやすみなさい……」

毎回こんな感じのやり取り。なんだかんだで忙しい合間を縫って、支倉さんは毎日連絡をくれる。

その度に恥ずかしい思いをさせられているのだが、いつしか今日はどんなメールが送られてくるのか、電話は来るのかと待っている自分がいた。

まだ付き合って間もないけど、久しぶりに経験するそわそわとした胸の高鳴りを、私は自分が思っている以上に楽しんでいた。

四　花乃、見合い話を持ち掛けられる

ある日、仕事を終えて家のドアを開けると、玄関に見慣れない靴があった。

でもこれはなんとなく分かるぞ。きっと、叔父さんだ……

同じ地区に住んでいる叔父と私の父はわりと仲がいい。そのため我が家に叔父が来ることは決して珍しいことではない。

だが、この前の法事の時、結婚についていろいろ言われたこともあって、私の気分はちょっとだけ下がる。

重い足取りでリビングに入ると、何故かご機嫌な叔父さんが立ち上がって私を迎えた。

「おっ!!　花乃!　待ってたぞ」

「叔父さん……い、いらっしゃい……」

ご機嫌な叔父さんが「待ってた」なんて、嫌な予感しかしない。

どうやらほんのり顔を赤らめた叔父は、リビングのソファーで軽く一杯飲みながら母と話をしていたようだ。

叔父は私の顔を見るなり、嬉々《きき》として持参した紙袋から封筒のようなものを取り出した。

「ほら、法事の時に話しただろう、俺の会社の若いやつ紹介するって!」

やっぱり!!　っていうか、それはあの時はっきり断ったのに!

嫌な予感が的中し、思わず顔が引き攣《つ》ってしまう。

「いや、叔父さん……私、断ったでしょう。紹介してもらわなくていいから」

叔父には申し訳ないが、本当にお見合いなんてしたくない。

私はぴしゃりと言って、踵《きびす》を返した。すると背後から焦ったような叔父の声が聞こえてくる。

「ま、待て待て、花乃!!　それがなあ、その若いやつにお前の写真を見せたら、えらく気に入っちゃってさー」

「写真!?」

叔父の驚きの言葉に勢いよく振り返る。叔父は私の剣幕に怯《ひる》みつつ、申し訳なさそうに首を竦《すく》めた。

「いや、可愛い姪《めい》がいるんだって話したら、写真を見てみたいって言われてさ……あんまり熱心に言ってくるから、仕方なくお前の母さんに写真借りたんだよ。そしたらえらくお前のこと気に入ったみたいでな。会う度に紹介してくれって言われて、俺も参ってんだよー。だからさ、ここはひとつ会うだけ会ってやってくれ。頼むよ！　な！」

両手を合わせお願いされても、こればっかりは私もうんと言うわけにはいかない。

それに、と私の怒りの矛先《ほこさき》が叔父から母に移る。

「お母さん!!　なんで叔父さんに私の写真渡すのよ！」

「いいじゃない。あんた彼氏いないんでしょ」

私が強い口調で咎《とが》めたところで、痛くも痒《かゆ》くもないと言わんばかりにお茶を飲む母。

もー!!　なんで私の知らないところで勝手なことばかりするのよ！

私はがっくりと脱力しながら、持っていた荷物を床に置いた。

「ぜえったい嫌!!　一度でも会ったら、叔父さんどんどん話進める気でしょ!?　断れないお見合いなんて絶対嫌です!!」

「そんなこと言わないでさー、ほらこれがそいつの写真。なかなかの男前だぞー」

叔父さんは持っていた封筒から写真と、釣書のようなものを出した。すると、ソファーから立ち上がった母が、すぐさま写真と釣書を奪ってマジマジと眺める。

「あら、ほんといい男じゃない。経歴だって申し分ないし。花乃にはもったいないくらいの人よ」

母親は感心しながらウンウンと頷き、食い入るように釣書を見ている。

そんな二人を、私は呆れながらただ眺めていた。

「どんなに条件が良くても、私会う気ないからね」

「そんなこと言わずにさー、会ってみて、もしかしたら好きになっちゃうかもしれないだろう?」

ちょっと楽しそうな叔父さんの口調。だけどいつもより押しが強い。これはもしや……

「叔父さん……その人に、何か弱味でも握られてるの?」

私が試しにそう聞くと、叔父は明らかに狼狽《ろうばい》した。

「そっ、そんなことないない！　なーんにもない！」

――叔父さん目が泳いでる……あるな……これは間違いなく……

私は大きくため息をついてから、母と叔父、二人の顔を交互に見やる。

「とにかく、お断りします！　会いません！」

「花乃〜」

叔父さんが悲しそうな表情で両手をスリスリ擦り合わせて懇願する。それを見ていた母が、やれやれ、といった様子で私の方をちらりと見た。

「花乃、会うだけ会ってあげたら？　このままじゃあんた、出会いもないいままただ年取っていくだけよ。今好きな人がいないならいいじゃない。これもご縁だと思って」

ここにきて母までこんなことを言い出した。

「お母さんまで！　私本当に嫌なんだけど!!」

「何も会ってすぐに結婚しろって言ってるわけじゃなし、軽い気持ちで会えばいいじゃない。ほら、イケメンよ」

母が写真を私の前でちらつかせているが、全然見る気が起きない。

軽い気持ちで……と母は言うけど、お調子者の叔父のこと。私が知らない間に、話を進めかねない。だから絶対にお見合いを受けるわけにはいかないのだ。

それに私、付き合ってる人いるし。

でも、ここで彼と付き合っていることをバラしたら、母のことだ、絶対結婚って言い出すに違いない。それは避けたい。

黙り込む私をじっと見つめていた母が、確認を取るように口を開く。

「んじゃ、いいわね？　この話進めて——」

「やっ、本当にやめて!!　私、今付き合ってる人いるから……」

口を滑らせたことに気がつき、私はパッと手で口を押さえた。

おそるおそる母と叔父を見ると、驚いた様子で私をじっと見ている。

「……何、そうなの？　初めて聞いたわよ、いつから付き合ってるの？」

母が疑いの眼差しを私にぶつける。

うっ、これは……彼氏の存在を信じてもらえない悲しい展開だ。私はハァーとため息をついた。

「彼氏がいるのは本当。最近付き合い始めたから……でも相手については秘密で……」

「なによそれ。だったらダメー、信じませんー」

口を尖らせ、ぷいっと顔を背ける母。

くっ、子供か……、母！　こうなったらもう、正直に彼の名前を出すしか方法はない！

私は拳《こぶし》をグッと握り締め、覚悟を決めた。

「相手は、お、お坊さんです……」

「はあ？」

素《す》っ頓狂《とんきょう》な声を上げた母と叔父が、私を見て固まった。

「夜分に申し訳ございません、お邪魔いたします」

あの後、母と叔父に「相手は誰なんだ？」と質問攻めにあい、ほとほと疲れ果てた私は支倉さんに連絡をする羽目になってしまった。

運よくすぐに電話に出てくれた支倉さんに事情を話すと、仕事が終わり次第こちらに向かう、と言ってくれた。

かといって夜だし、来てもらうなんてさすがに申し訳ないと丁重にお断りしたのだけど、支倉さんがどうしても、と言ってくださったのでお言葉に甘えてしまったのだ。

「支倉さん、ごめんなさい!!」

法衣のまま来てくれた支倉さんに、私は頭を下げた。すると彼は私の頭にポン、と手を置き、ふふ、と笑う。

「何を言ってるんですか。むしろ私は嬉しくて仕方ないんですよ。花乃さんが私を頼ってくださって、しかも恋人としてご家族に紹介してくれるなんて本望です」

支倉さんが笑顔でそう言ってくれたので、申し訳ない気持ちが少し和《やわ》らいだ。

それにしても、気のせいか支倉さんのテンションがいつもより高いような？

首を傾《かし》げつつ、支倉さんをリビングに案内した。彼の姿を見るなり、母が勢いよく立ち上がる。

「まあああ、支倉さん!!　まさか本当に支倉さんとうちの娘が付き合っているなんて、ビックリだわ!!」

母の驚きっぷりに動じることなく、支倉さんは穏やかに微笑む。

「ご挨拶《あいさつ》に伺《うかが》うのが遅くなり申し訳ありません。少し前から、花乃さんとお付き合いさせていただいております」

「いえいえ、いいんですよー。あ、支倉さんお夕飯まででしたね？　すぐにご用意しますね」

電話の際、彼がまだ夕食を取っていないと聞き、支倉さんが来るのを今か今かと待っていた母は、嬉しそうにキッチンに向かった。

「……法事の時にえらい男前の坊さんがいるな、と思っていたが……。まさか花乃となあ……」

叔父が驚きを隠せない様子で、ソファーに座る支倉さんの顔をまじまじと見つめた。

「棚経《たなぎょう》でこちらにお伺《うかが》いした際に、私が花乃さんに一目惚れ致しました。それから幾度となく花乃さんにお付き合いを申し込みまして、ようやく」

「へえーー!!　そうなのか、花乃!?」

「私に聞かないでよ!!」

何これ、すっごい恥ずかしいんだけど……！

「しかし……支倉さんとやら。それだけ男前なら、さぞかし女性が寄ってくるんじゃないか？　本当に花乃でいいのか？」

叔父が心配そうに支倉さんに問うと、彼は、ふ、と綺麗な笑みを浮かべた。

「私にとって、花乃さん以上の女性などいません」

静かな声ながらも、彼はきっぱりと断言した。

「「……………」」

私も、叔父も、丁度夕食を運んできた母も、支倉さんのその言葉に赤面し硬直した。

は、恥ずかしい…………!!　もう勘弁して……！

私は下を向いて顔を手で覆《おお》った。

「……いやぁ、こりゃまた……花乃、お前えらく惚れられたもんだなぁ」

「まあ、私もそんなこと言われてみたいわ……」

叔父も母も、支倉さんの言葉に呆気に取られている。

「簡単なものですが、どうぞ召し上がってください」

そう言って母が支倉さんの前に置いたのは、熱々の山菜うどん。

「では、遠慮なく。頂きます」

床に座り直した支倉さんは、両手を合わせて会釈《えしゃく》をすると静かに食事を始めた。ここにいるみんなの視線が支倉さんに集中する。

やっぱり、所作が綺麗。そして、お箸《はし》を持つ彼の美しい手に目を奪われた。

……私、この人と付き合ってるんだよなぁ……

そんなことをしみじみと思っていると、母が口を開いた。

「この前言ってらしたように、支倉さんは実家のお寺を継がれるんですよね？」

母の質問に対して、支倉さんは一旦箸《はし》を置くと毅然《きぜん》とした態度で返事をする。

「はい。今は父が住職を務めていますが、いずれは自分が継ぐことになります」

「付き合い始めたばかりでこんなこと聞くのも申し訳ないんですが、花乃もいい年です。今からお付き合いとなると結婚ももちろん視野に入れていらっしゃると、そう思ってよろしいのかしら」

――きた。絶対そうくると思った。

ストレートな母の問いかけにどう答えるのかと、私は支倉さんの顔を窺《うかが》う。

「結婚となると私の意思だけではどうにもなりませんが……ご縁があればぜひ、と思っています」

特に表情を変えず淡々と、支倉さんが上手《うま》く返してくれた。それを聞いて母は少し安堵したように微笑んだ。

「うちの娘に、お寺の嫁が務まるかしら。普段からぼけーっとしてる子ですけど」

母………ぼけーっとはさすがに失礼……

「私の母も在家の出身です。嫁入り当初は苦労したようですが、今では立派に寺の経営を取り仕切っています。結婚に関して、両親は私の意思を尊重してくれていますし、協力的です。もしそういうことになっても、花乃さんは何も案ずることはありません」

「そうですか……。じゃあ花乃でも何とかなるかしらねえ……」

支倉さんの答えに母が少しほっとしたように肩の力を抜いた。

——結婚に関しては下手《へた》に口を挟まない方がいいかなと思って黙っていたんだけど……

意外なことに母も支倉さんも、私の将来をちゃんと考えていることをこの場面で知り、ちょっと驚いてしまった。

支倉さんもいきなりプロポーズしてきたわりには、しっかり結婚後の生活のことまで考えてくれていたなんて全然知らなかった。

それに比べて私、先のことなんて何も考えてなかった……。もちろん積極的に結婚をしたいわけではないけど、さすがにこのままでいいとぼけーっとしているのは、いい年した大人の女性としてダメな気がしてくる……

そのやり取りを聞いていた叔父さんは、どうやら考えを改めてくれたようだ。

「しゃーねえなあ、こいつには丁重に断りを入れておくよ。がっかりするだろうけどな」

残念そうにため息をついてから、叔父さんはやれやれとソファーに凭《もた》れた。

「ご、ごめんね叔父さん」

そう言いながらも、ほっとして気が抜ける。あー、よかった。

「それより、支倉さん。やっぱりお坊さんてのは、幽霊とか見えちゃったりするわけ？」

叔父さんが、ぱっと表情を変えて興味津々《きょうみしんしん》に違う話を始めた。

「いえ。私は特にそういったものは……人それぞれかと……」

支倉さんはそんな叔父にも優しく対応してくれている。

「じゃあさ、じゃあさ……」

結局、それからしばらくの間、彼は叔父さんの容赦ない質問攻めの餌食《えじき》となってしまった。

ああ、支倉さんごめんなさい……

「本当に、本当にすみませんでした!!」

支倉さんの見送りをするからと一緒に家を出た私は、彼に向かって頭を下げる。叔父に捕まってしまったせいで、すっかり遅くなってしまった。

散々支倉さんに絡《から》んだ叔父は、酔っぱらった挙句、叔母に迎えに来てもらって一足先に帰って行った。

こんな時間まで引き留めてしまって、支倉さんに申し訳ないことこの上なしだ。平謝りする私に、支倉さんは慈愛に満ちた笑みを浮かべる。

「こんなこと、何でもないですよ。とても楽しい一時《ひととき》でした。何より、思いがけず、花乃さんと一緒にいられたことが一番の幸せです」

……相変わらず恥ずかしい台詞《せりふ》を言ってくる彼に、私は無理やり話を元に戻した。

「でも、お坊さんって、朝が早いんじゃないですか?」

「そうですね、毎朝五時には起きていますね」

——で、ですよね……!!

今の時刻は、すでに夜中に近い。心から申し訳なく思って、私は再び深々と頭を下げた。

「……ごめんなさい……」

時間が遅くなってしまったことだけに留まらず、私は彼の厚意に甘えて頼ってしまった。

——何だか私、いろんなことが中途半端だ。……情けない。

頭を下げたまま凹《へこ》んでいたら、私の肩にそっと支倉さんの手が触れた。

「いいから」

頭の上からかけられた優しい言葉に思わず頭を上げると、相変わらず穏やかな笑みを浮かべて私を見つめる支倉さん。

この状況でもそんなことを言ってくれる彼の懐《ふところ》の深さに、私の胸がじわりと熱くなった。

「今日の貴女は謝ってばかりですね」

「そういえば、そうですね……」

支倉さんがクスッと笑った。かと思ったら、神妙な顔でこちらを見つめてくる。

「お見合い回避のためとはいえ、こうしてご家族に紹介してくれたということは、少しは私に好意を持ってくれていると思ってもいいのでしょうか？」

「え！」

「私は……期待してもいいですか」

支倉さんが私の真意を探るように、じっと見つめてくる。こんな目で見つめられてしまっては、嘘なんてつけない。

私は正直に、今の自分の気持ちを彼に伝えることにした。

「……確かに、私の中で支倉さんに対する印象はだいぶ変わりました」

「といいますと？」

「とても、いい方だと、思って、ます……し、その、好意も、なくはない、という
か……」

妙に途切れ途切れな返事になってしまったが、これが今の私の素直な気持ち。

黙って私の返事を聞いていた支倉さんは一瞬視線を逸《そ》らした後、静かに歩み寄ってき
た。そしてこちらに向かって手を伸ばすと、私の体がふわりと法衣に包まれる。

「はっ、支倉さん……」

支倉さんは私を優しく抱き締めると、耳元で囁《ささや》いた。

「嬉しいです」

「え」

「二度と会いたくないから、だいぶイメージアップしました」

「そ、それはもう忘れてください……」

腰にきそうな低音ボイスに、私の顔はたちまちかあーっと熱くなる。

堪《たま》らず私は支倉さんの胸に手を突いて距離を取ろうとするも、彼の体はびくともし
ない。

「支倉さん……っ！」

「しばらく、このままで。私に今日のご褒美《ほうび》をください」

そう言われてしまうと、お世話になった手前、何も言えなくなってしまう。

「少しだけですよ……」

支倉さんは口の端を上げ、珍しく照れたように笑うと、私を抱き締める腕に力を込めた。お香の匂いがふわりと私を包み、不思議と懐《なつ》かしい気持ちになる。

彼の胸からは前と同じようにやや速い鼓動が聞こえてきて、なんだかこっちまでドキドキしてきてしまう。

どれくらいそうしていたか、支倉さんの体がゆっくりと私から離れた。

「名残《なご》惜しいですが、時間も時間なのでこれで失礼いたします。花乃さん、また時間を取っていただけませんか？　二人でどこかへ行きましょう」

優しく微笑まれ、私は彼の目を見ながらコクン、と頷く。

「はい……」

私が頷いたのを見て、支倉さんは嬉しそうに頬を緩《ゆる》ませた。

「ありがとうございます。またご連絡いたします。では……おやすみなさい」

「おやすみなさい……」

ぴんと背筋を伸ばして、帰っていく支倉さん。その背中が見えなくなるまで、私は見送り続けたのだった。

休日の今日。

特に予定のない私は、朝から自分の部屋でＤＶＤを観たり、本を読んだりのんびり過ごしていた。

支倉さんからはデートのお誘いがあるものの、あちらも忙しいみたいでなかなか予定が合わない。

まあ、たまにはこうやってのんびり過ごすのもいいよね。

――一緒にいるとドキドキさせられっぱなしだからな。少しは私の心臓も休ませてあげないと、身が持たないよ。

文庫本を一冊読み終わり、さて違う本でも読もうかなと本棚に手を伸ばしたところで、階下から弟の佑と、もう一人別の男性の声が聞こえてきた。

特別意識せずに声を聞いていると、玄関先でやけに長く喋《しゃべ》っている。それなら家の中に入ってもらえばいいのに、と思って私は部屋を出て階下に向かった。

「佑？　お客様？」

私が顔を出すと、佑の向こうにいた青年が私を見て一瞬目を見開いた。そして、すぐに笑みを浮かべる。

「お久し振りです、お姉さん」

ぺこりと頭を下げられて、私はびっくりして固まる。

えっ、誰……？　私も知ってる人？

見かねた佑が、苦笑しながら青年の肩をポンと叩いた。

「要《かなめ》、姉貴はお前のこと覚えてないぞ」

その言葉に、目の前の青年は落胆したように肩を落とした。

「やっぱり覚えてませんよね……随分とご無沙汰してましたから。改めまして、佑と高校が一緒で、よくこちらにお邪魔してた星名《ほしな》要です」

ほしな……必死に記憶を辿《たど》ると、おぼろげながらそれらしき男の子が浮かんできた。

「ひょっとして、昔は坊主頭だったりした？」

私がうっすら残る記憶を頼りに問いかけると、彼は照れ臭そうに笑った。

「はい。高校球児だったんで……」

ああ、思い出した。

佑が高校生の頃、よくうちに遊びに来てた坊主頭の男の子だ。言われてみれば、確かに面影が残っている。今はしっかり髪があって、すっかり二十六歳の大人の男性だ。

しかも、よく見たら結構男前だったのね。坊主頭の高校球児が爽《さわ》やか好青年に変身しちゃって……なんだかしみじみしちゃう。

「こんなところで話してないで、中入れば？　コーヒー淹《い》れるよ」

　すると、佑がパッと表情を輝かせる。

「いいの？　じゃあ、要。入れよ」

「すみません、ではお言葉に甘えてお邪魔します」

　リビングにいく二人を見送り、私はコーヒーを淹《い》れにキッチンへ。

「それにしても、高校卒業以来じゃない？　懐《なつ》かしいね」

　星名君の前にコーヒーを置くと、「ありがとうございます」と丁寧に頭を下げた。

「大学が忙しくて、なかなか高校の友人と会うことができなかったんです。佑とも四年の間に数えるくらいしか会ってなくて」

「そうなんだ。今は何してるの？」

「弁護士をしてます。まだまだ勉強中の身ですけど」

「べ、べんごし……凄……」

　私は驚きのあまり口をあんぐり開けて固まる。

「要は昔っから真面目で勉強熱心だったから当然だろ」

　佑は自分のことのように胸を張り、コーヒーに口をつけた。

「そんなことないけど」

　星名君は、照れたように笑いながらコーヒーを飲んだ。

「じゃあ、私はこれで。星名君ごゆっくりどうぞ」

そう言って、リビングから出て行こうとした私の前に、買い物から帰ってきた母が立ち塞《ふさ》がる。

「あらやだ。あんたいたの？　てっきり今日はデートに行ったものかと思ってたわ」

「私だってたまには一人でのんびりしたいんですー」

口を尖らせ、そのまま歩き出した私の後頭部に、佑の悲鳴が刺さる。

「ええええっ⁉　デッ、デート⁉　姉貴彼氏いるのかよ！」

えらく驚いている佑を見て、私は首を傾《かし》げた。

「あれ、言ってなかったっけ？　てっきりお母さんから聞いてるもんだとばっかり……」

「知らねーよ！　随分前に彼氏と別れてからずっとシングルだったから、姉貴はもう結婚諦めてるんだと……」

「諦めてたわけじゃないけど……って、まだ結婚とか、そういう話はないから！」

だんだん恥ずかしくなってきたので、私は早く話を終わらせたくて話を切った。

「えぇー、そうなの？　なに、相手どんな人なの？」

目をキラキラと輝かせ、佑が私の言葉を待っている。その向かいで、何故か星名君もコーヒーを飲む手を止め、こちらをじっと見ていた。

「お坊さんよ、この前の法事で会った……」

「えぇーー‼」

弟は本当に何にも知らなかったらしい。これまでに見たことないくらい、激しく動揺している。

「あー！　だからこの間の法事で姉貴の様子がおかしかったのか‼」

「何それ」

「だって、すっげーそわそわしてるし、顔真っ赤にして戻って来るし、いきなり一人でさっさと帰るし。姉貴のせいで、俺ずっと叔父さんの相手させられてたんだからな」

そうだったんだ……それは知らなかった。

「しかし、マジか……あそこにいた坊さん？　顔なんか見てなかったから、全然覚えてねえ……」

頭を抱えて考え込んでいる佑に、お茶菓子を持ってリビングに戻ってきた母が言った。

「花乃ったら、超イケメンのお坊さんにベタ惚れされてんのよ〜！　我が子ながら羨《うらや》ましいったら」

「ベタ惚れですか？」

ずっと黙って話を聞いていた星名君が驚いたように目を丸くした。

「そうよ、きっぱりと『花乃さん以上の女性などいません』ですって！　こっちが照れちゃったわ。そんなこと言ってくれる人、なかなかいないわよ。ほんと、あんたここにきて素晴らしい人捕まえたわねえ。お母さん嬉しいわ」

「そう、だよね……」

確かに、元カレの口からは、「好き」っていう言葉をあんまり聞かなかった。

でも彼はこっちが照れてしまうくらい、いつも言ってくれる。それって、やっぱり凄いことなのかもしれない。そう思ったら、何だかそわそわして落ち着かなくなってきた。

「お姉さん、その人に凄く愛されてるんですね」

「はは……」

星名君にまで真面目な顔で言われて、私はリアクションに困ってしまった。

まだ付き合い始めたばかりだけれど、確実に私の中で彼の存在が大きく変化していっているのを感じていた。

洋食処《どころ》董亭のランチタイムは戦争だ。

厨房《ちゅうぼう》では店長と数人の厨房《ちゅうぼう》スタッフが慌ただしく料理を作る。そして、ホールでは店長の奥さんと私、それからパート・アルバイトスタッフ数人で店を回していた。

昔ながらの洋食屋である董亭は、先代から受け継がれた味も評判だがメニューの豊富さにも定評がある。今ではすっかり地元の人気店になったこの店は、ランチタイムになると近くの企業に勤務するサラリーマンやＯＬでほぼ満席状態になった。

いかに効率よく、スピーディーにお客様にランチを提供するか。

勤務歴の長い私は、その辺りは自然と身についているのだが……最近入った学生バイトの横田《よこた》さんは、ランチタイムになると必ず一度はパニクる。

「あ、ヤバいです、忘れちゃった……!!　葛原さん、これどこに持っていくんでしたっけ……!?」

眉を八の字にして、横田さんが今にも泣き出しそうな顔で私を見上げてくる。

「大丈夫だから落ち着いて。これは五番テーブルね、行ってらっしゃい」

「はい、ありがとうございますっ」

横田さんはとても可愛らしい、いかにも守ってあげたくなるようなタイプの女の子だ。

実際横田さんが入ってから彼女目当てのお客が増えた……気がする。

くるくる巻いた明るいブラウンの髪を頭の上でポニーテールにしている。身長は百六十四センチの私よりも低く、くりっとした大きな目は小動物みたいで女の私から見てもとても愛らしい。

そうこうしている間に怒濤《どとう》のランチタイムが終了した。キッチンに集まり、スタッフみんなで遅めの賄《まかな》いを食べていると、横田さんのスマホが鳴った。

「あ、彼からだっ！」

横田さんが嬉しそうにスマホを手に取る。そんな彼女を見ていたら、私の頭にぼんやりと文倉さんの顔が浮かんだ。

先日のお見合い騒動の後、向こうが忙しくなってしまい、なかなか会う予定が立てられずにいた。これまで毎日来ていたメールや電話もこのところ来たり来なかったり。スマホの画面を見てため息をつくことが増えてしまった。

――あーあ、彼の声が聞きたいな……

「葛原さんは今週末の花火大会行きますか？」

ぼんやりしてたら、横から私に声がかかり、ハッと我に返る。

そちらを見ると、スマホをテーブルに置いた横田さんが目をキラキラ輝かせながら私の返事を待っている。

花火大会か。そういえばもうそんな時期なんだ。

「ううん……今んとこその予定はないかな。横田さんは彼氏と行くの？

「はい！　浴衣《ゆかた》着て行こうと思ってるんです」

彼女はそう言って嬉しそうに頬を染めた。

そっか、浴衣《ゆかた》か……支倉さん、きっと浴衣《ゆかた》も似合うだろうなぁ。上背《うわぜい》あるし、姿勢が綺麗だから。そして何より顔がいい……

そこでふと気づく。私、さっきから支倉さんのことばっかり考えている。

あれ、嘘。おかしいな。これってもしかして……

その事実に気がつき一人頬を赤らめていたら、カラカラン、と店の扉が開く音がした。

「あれ？　業者さんかな……」

私が食事の手を止めて店に出てみると、入口に背の高いスーツ姿の若い男性が立っていた。男性は、額《ひたい》に滲《にじ》んだ汗をハンカチで押さえている。

見慣れない人だなと思いながら、私は彼に近づいた。

「お客様、申し訳ありません。現在、準備中となっております」

こちらを向いた男性は、私を見てハッとしたような顔をした後、つかつかと歩み寄ってきた。

「あの！　葛原花乃さんですか？」

「え？　は、はい……」

突然名前を呼ばれて、私は困惑の眼差しを向ける。すると男性は慌てた様子で頭を下げてきた。

「す、すみません、いきなり。私、葛原部長の部下で越智慶太《おちけいた》といいます」

自己紹介の言葉を聞いて、私の頭の中に先日の叔父のことが蘇《よみがえ》る。

この人、もしかして……

「叔父が紹介したいと言っていた……？」

「はい。しかし、写真で拝見した時も綺麗で目を奪われましたが、本物はさらに綺麗ですね……」

急に興奮して話し出した彼は、私を熱い目で見つめてくる。

やっぱりこの人、叔父がお見合いを勧めてきた相手だ!! でもなんでお店に……?

「あの、何故私がここにいることをご存じで……?」

「ああ。それはですね、以前葛原部長が花乃さんがここに勤めていると仰《おっしゃ》っていた記憶がありまして……。ちょうどこの辺りに来る用事があったので、思い切って寄ってみたのです」

会えてよかったと、安心したように笑顔を見せる越智さん。

ていうか、私の個人情報筒抜けなんですけど。それに、こっちの都合は無視ですか……

「あの、何かご用でしょうか?」

私の声に姿勢を正した越智さんは、いきなり「すみません」と頭を下げた。

その勢いに、若干押されてしまう。

「部長から花乃さんの紹介を断られたのですが、諦められなくて……。どうしても一度貴女に会いたくて押しかけて来てしまいました」

頬を赤らめた越智さんは、そう言って私の顔をじっと見つめてきた。

来てしまいました、と言われても、すでにお断りしている相手に対してどうリアクションをしたらいいのか……

私が必死で言葉を探している間も、目の前の彼は一人でぶつぶつと喋《しゃべ》り続けている。

「……ああ、ええと……花乃さんに会ったらいろいろ話したいことがあったのに、全てふっとんだ……。でも、本当に綺麗で……ああ、違う！　こんな話をしたい訳じゃないんだ……」

うーん、私はどうしたらいいんだろう。

困惑しつつも、結局私は正直な気持ちを伝えることにした。

「あの、わざわざお越しいただいて恐縮ですが、私の気持ちは叔父がお伝えした通りです。申し訳ありませんが、私はこれで……」

頭を下げてバックヤードに戻ろうとする私に、越智さんが焦ったように声をかけてきた。

「まっ、待ってください！　あの、よかったら今度お食事でもいかがですか？」

「……はぁっ!?」

なんでいきなり食事のお誘い!?　っていうか、今、はっきり断ったよね？

訳が分からず、私は困惑した顔で越智さんを見る。

「あの、叔父から何故私がお見合いをお断りしたか、理由を聞いていらっしゃらないのですか？」

私の言葉に、越智さんはばつの悪そうな顔をして天を仰いだ。

「あー……聞きました。結婚を前提としたお付き合いをされている方がいると。でも、まだ正式に結婚が決まったわけではないですよね？」

「それは、まあ決定はしていませんけど……」

「なら、自分にもチャンスをいただけませんか？　一日でいいんです。花乃さんと……ゆっくり話をさせてください」

そう言われた瞬間、私に衝撃が走る。

こっ、これはっ……出会った頃の支倉さんみたいな人キタ――!!

「……も、申し訳ありません！　私、彼を裏切るようなことはできませんので、貴方と食事には行けません、ごめんなさい！」

これは下手《へた》に期待を持たせてはダメだと、毅然《きぜん》とした態度できっぱりお断りする。するると越智さんは、ふっ、と息を吐いて、寂しげに微笑んだ。

「そうですよね……駄目に決まってますよね。すみませんでした、いきなり職場に押し掛けたりしてしまって」

「いえ……」

「準備中のところ、お時間を取らせてしまってすみませんでした。では、失礼します……」

礼儀正しく一礼すると、越智さんは店から出て行った。

　はー、やれやれ……と思いながら振り返ると、バックヤードに繋《つな》がるドアから、店長と横田さんが顔を覗《のぞ》かせていて、ビクッとする。

「なっ！　何してるんですか二人とも!!」

「葛原さん……結婚を前提とした彼氏って……もしかして最近ため息ばっかりついていたのは、それが原因……？」

「葛原さんの彼氏さんってどんな人ですかぁ～!?　知りたい知りたい～!!　っていうか今の人誰ですか？　結構カッコよかったんですけど！」

　店長には寂しそうな目で、横田さんには好奇の目で見られ、私はこの状況に狼狽《うろた》える。

「いや、あの……今のは叔父の部下で、まったくもって何もないから。で、彼氏は、その、確かに付き合っているんだけど、まだ付き合いだして日が浅いから、なんとも……」

　言ってる私も、途中から何言ってんだか訳が分かんなくなってきた。

「これこれ、そこの二人！　人の恋路に口を挟むんじゃないの！」

　ああ、この場に救世主が登場した。店長の奥さんだ。

「ほら、冷めるから早く賄《まかな》い食べちゃいなさい！」

「はあーい」

　店長が黙って戻った後、横田さんもしぶしぶ戻っていった。ほっとして私もバックヤードに戻ろうとすると、店長の奥さんにガシッと肩を掴《つか》まれる。

「で？　なになに？　何が起きてるのかな〜花乃ちゃん。私に詳しく教えてくれる？」

奥様がニヤニヤしながら私の顔を覗《のぞ》き込んできた。結局、話すことになるのか……

バックヤードに戻った私が、これまでの経緯を話し終えると、黙って聞いていた店長の奥さんの美世子《みよこ》さんは、満面の笑みを浮かべて言った。

「あらあら……そんな面白いことになっていたなんて！　もう、何で早く言わないの、水臭い」

「もう、ちっとも面白くなんかないですよ……！」

思わず私が反論すると、まあまあ、と美世子さんになだめられる。

「花乃ちゃん美人さんなのに、このところまるっきり男っ気が無かったから、もったいないと思っていたのよ。そのお坊さん？　せっかくそんなに花乃ちゃんのこと好きになってくれたんだもの、細《こま》かいことは気にせず、ちゃんと向き合ったらいいじゃない」

「それは、そうなんですけど……」

「付き合ってみて合わないって思ったらお別れすればいいの。恋なんて、何がどう転ぶか分からないんだから、あんまり深く考えないほうがいいわよ〜」

確かに美世子さんが言うことはもっともだと思う。恋がいつどこで生まれるかなんて自分でも分からないわけだし。

だったら、今の自分の気持ちに正直に行動してみてもいいのかな……？

その日の仕事からの帰り道、私のスマホに文倉さんから着信があった。

スマホの画面に彼の名が表示された瞬間、思っていた以上に嬉しさが込み上げて自分でも驚いた。

「花火大会、ですか」

『はい。土曜の夜なのですが、どうでしょう？　確かその日は花乃さんは早番で、翌日も遅番でしたよね』

一瞬、もしかしたら横田さんに会っちゃうかもしれないと思った。けど、それより文倉さんと久しぶりに会えることに、嬉しくなる。

「大丈夫です。……花火、楽しみです」

『よかった。では、夕方お迎えに上がります。じゃあ……土曜日に』

「はい」

電話を切って、まだ胸の辺りがホクホクと温かい状態のまま少し考える。

久しぶりに彼の声を聞いた瞬間、私の気持ちは確実に動いた。そして美世子さんのさっきの言葉を思い出し、しばらくの間ぼんやりと思案にふけった。

五　花乃、告白を受け入れる

土曜の夕方。

早々に花火大会へ行く準備を終えた私は、家のリビングのソファーでそわそわしていた。

そこに、つかつかと母が近寄ってくる。

「あんたまさか……その格好《かっこう》で花火大会に行くつもり？」

「え……そうだけど。何か変？」

今日の服装はシンプルな膝丈のワンピース。いろいろ考えた挙句、あんまりお洒落《しゃれ》し過ぎてもと普段着で行くことにしたのだ。しかし母は、眉間に皺《しわ》を寄せてじっと私を見ている。

「せっかくのデートなんだから、お祖母《ばあ》ちゃんが仕立ててくれた浴衣《ゆかた》を着て行きなさいよ。あんた、ほとんど着てないでしょう。もったいない！」

母が桐の箪笥《たんす》からたとう紙に包まれた紺色の浴衣《ゆかた》を取り出してきて、バサ！　と私の前に置いた。

え、でも、文倉さんが迎えに来る時間まであと十五分少々しかない。浴衣《ゆかた》にはひかれるけど、さすがに今からでは……

「今からだと、着がえてる間に文倉さん来ちゃうよ」

私がそう言うと、母の目がキラリと光った。

「フッ……花乃。母は密かに着付け教室で高速の着付け術をマスターしてきたのよ。その成果を、今見せてあげようじゃない！」

腕まくりをしながら力強く笑う母を見て、私の背中に、ぞわっと寒気が走った。

それからややあって、ピンポーンと我が家のインターホンが鳴る。

「あっ、文倉さんかしらっ！　ちょっと出迎えて来るから、あんたは髪の毛を整えてなさい」

宣言通り、もの凄い速さで浴衣《ゆかた》を着付けてくれた母が、バタバタと玄関に向かう。その間に私は、髪の毛を一本に纏《まと》めてくるくると捻《ひね》り上げ、かんざしを挿して留める。

姿見で後ろを確認していると、艶《つや》のある低い声に名前を呼ばれた。

「花乃さん」

「わああ!!」

驚いて振り返ると、濃いグレーの浴衣《ゆかた》を着た文倉さんが部屋の入口に立っていた。彼はそのまま、無言で私の姿を見つめている。

見られていることも緊張するのだが、それよりも彼の浴衣《ゆかた》姿に私の目は釘付けになってしまった。

す、すんごく似合ってる……!! っていうか色気がいつも以上に溢《あふ》れ出してる……!

どうしよう。ドキドキして目が合わせられない。

「なっ、なんでここに! あれっ、母は……」

動揺した私は、しどろもどろになって母の姿を探す。

もう、こんな時にどこ行ったのよ!

「さぁ、何か用でもあったんでしょうか。この部屋に私を案内してくれた後、あっという間にどちらかへ……」

支倉さんが可笑《おか》しそうにクスクスと笑う。

「そ、そうですか」

母～～っ!!

急に消えた母に対して心の中で苛立ちをぶつける私に、支倉さんが歩み寄ってきた。

「花乃さん、浴衣《ゆかた》姿とても素敵です。思わず見惚《みと》れてしまいました。貴女は和装がよく似合う」

「あ、ありがとうございます……支倉さんも、その、浴衣《ゆかた》素敵です……」

照れながらそう言うと、支倉さんも照れたようにフッ、と頬を緩《ゆる》ませる。

「ありがとうございます。着付けはお母様が？」

「はい」

「お母様は着付けが上手でいらっしゃる」

「あ、ありがとうございます」

にこ、と微笑む支倉さんに照れながら一礼する。

「準備はよろしいですか？　では、参りましょう」

支倉さんの笑顔につられて、私もへらっ、と笑みを返す。

はー、びっくりした……まさか家の中に突然支倉さんが現れるとは思わなかったから、かなり焦った……

でも、ほんと支倉さん浴衣《ゆかた》がよく似合う。男前っぷりに拍車がかかったみたい。

今更だけど急にドキドキしてきちゃったよ。

馴れない下駄を履いて家を出ると、前を歩く支倉さんの背中をそっと窺《うかが》う。

やっぱり私……この人のこと好きになってる……

最初は完全に不審者扱い……いや、不審者まではいかなくとも、かなり警戒してた相手だったのに……いつの間に、こんなにも大きな存在になっていたのだろう。

お付き合いを始めたものの、まだどこかで気持ちにブレーキをかけている自分がいた。

この広い背中に迷いなく飛びついていけたら……

そんなことを考えながら、私は支倉さんの車の助手席に乗り込んだ。

今日開催されるのは、私の住む地域では比較的大きな花火大会である。伝統ある花火大会とあって、会場となる河川敷《かせんじき》周辺は、すでに多くの人で混み合っていた。

河川敷《かせんじき》から少し離れた駐車場に車を停めて、私達は浴衣《ゆかた》姿の女性や家族連れが楽しそうに歩いている道を並んで歩く。

こうして一緒にいるのが久しぶりだからか、私はさっきからドキドキが収まらない。

それに好きだと自覚したため、彼を必要以上に意識して緊張してしまう。

花火大会なんて来るの、何年ぶりだろう。最後に行ったのは、前の彼氏と付き合っている時だったかな……いや、友達とだっけ？　覚えてないなー。

私は隣にいる支倉さんを見上げて、質問してみる。

「あの、支倉さんは毎年花火大会に来てるんですか？」

「いえ、まったく」

「え？　それは、お仕事が忙しいからですか？」

すると、支倉さんはふっと笑みを漏《も》らす。

「そうですね、この時期はなかなか予定が立たないので……ですが、今回は目的が別のところにありますから、なんとか時間を工面しました」

「……別の目的？」

何のことだろうと彼を見上げると、意味ありげに微笑まれた。

「貴女ですよ」

彼の微笑みに胸がキュンとしてしまった。ああ、もう……支倉さんってば、予期せずこういうこと言うから、ほんと困る。

「……そ、そうですか……」

「しかし、たまには花火見物もいいですね。童心に返ります」

支倉さんは、行き交う人や河川敷《かせんじき》に並んだ屋台を見ながら感慨深げにそう漏《も》らす。

思いがけない言葉を聞き、つい真顔で問い返してしまう。

「支倉さんに、子供っぽい時なんてあったんですか？」

「……貴女は私を何だとお思いですか？　そりゃありましたよ。昔はよく縁日に行ってました。射的が好きでよくやりましたね」

支倉さんが昔を懐《なつ》かしむように、表情を緩《ゆる》めた。

私は金魚掬《すく》いをするカップルを横目で見ながら、再び支倉さんに視線を戻す。

「すみません。支倉さんって、凄くしっかりしているから、昔からそうだったのかなって……」

「……まあ、可愛げのない子供とは、よく言われましたけどね。聞き分けがよくて、好きなものが年寄り臭くて。ジュースよりお茶、ケーキより和菓子が好きな子供でした」

「ふふ。支倉さんっぽいですね。なんか想像できます」

頭の中で、綺麗な所作で和菓子を食べる、小学生くらいの支倉さんを想像して、一人でクスクス笑っていたら横にいる彼もクスッと笑う。

何だろう……すぐ隣で支倉さんが笑っていてくれることが、凄く嬉しい。

人混みに流されないように支倉さんの後ろにぴったりついて、花火がよく見えるポイントまで移動した。花火大会が始まる時刻まで、あと十分くらい。

「もうすぐですね」

「そのようですね……あ」

その時、支倉さんが帯に引っかけていた信玄袋《しんげんぶくろ》からバイブ音が聞こえてきた。彼は私に断ってスマホを取り出し画面を一目見ると、私に向き直ってきた。

「すみません花乃さん。急用らしいので、少し電話をしてきます。帰りに飲み物を買ってきますので、ここから動かないでいてください」

「分かりました」

離れていく支倉さんを目で追う。よっぽど急用だったらしく、彼はすぐにスマホを耳に当てて電話をしながら歩いていった。

……もしかして、忙しいのに無理して来てくれたのかな。

そう思ったら申し訳ない気持ちと、そうまでして私に会いに来てくれたことが嬉しくて、私は一人で顔を赤らめた。

――ふー、あっつい……

パタパタと手で顔を扇《あお》ぎながら周りを見回すと、まさかの人に遭遇。その主は手を振りながら小走りでこちらに向かってきた。

「葛原さぁん、偶然ですねっ！　浴衣《ゆかた》じゃないですかっ！　綺麗ですー！」

「あは……こんばんは」

笑顔が若干、引き攣《つ》ってしまった。

彼女が彼と花火を見に行くというのは知っていたけど、早速出くわすとは……

人混みを縫って私の隣にやって来たのは、桃色の浴衣《ゆかた》を着て彼氏と手を繋《つな》いだ横田さん。

彼氏は長めの髪を茶色く染めた、背の高い、可愛い顔立ちの男の子だった。年齢は学生の横田さんと同じくらいだろうか。すると彼がペコリと頭を下げてくれたので、私も笑顔で頭を下げた。

「葛原さん一人ですか？　それだけお洒落《しゃれ》してて、そんなわけないですよね？」

「あ、うん。今ちょっと向こうに……」

向こう、を指を差して視線を向けたら、立ち止まってこちらを見ている人と目が合った。

あれ、もしかして……

「やっぱり、花乃さんですよね!!」

そう言って驚いた顔で近寄ってきたのは、なんと越智さん。

私服姿の越智さんは、手に綿飴の袋やヨーヨー、たこ焼きなどを持っている。

よりによって、なんでこんなところで会っちゃうかな……

「まさか、こんなところでお会いできるとは……。しかも、こんなに素敵な花乃さんの浴衣姿《ゆかた》が見られるなんて!!」

彼は興奮した様子で、一気にそうまくし立てた。

そんな越智さんを見ながら、横田さんが怪訝《けげん》そうに聞いてくる。

「葛原さん、もしかして一緒に来た人って……こちらの方ですか?」

「ちっ、ちがーう!! 断じて違うから!!」

慌てて否定すると、越智さんは少し悲しげに微笑んだ。

「そこまで強く否定しなくても……」

「あ、ごめんなさい。えっと……越智さんはお一人……な訳ないですよね?」

私は、チラッと越智さんが持った荷物に目を向けてから尋ねる。

「妹と一緒だったんですけど、人に荷物だけ持たせて友達のほうに行っちゃいました」

「そうなんですか」

私と越智さんの話を、耳をダンボにして聞いていた横田さんは、再び私に向き直った。

「で、葛原さんのお相手は？　この前言ってた彼氏さんですよね？」

うひひ、と笑いながら横田さんが私の顔を覗《のぞ》き込んでくる。その言葉に、越智さんが眉をひそめた。

「彼氏って……お坊さんの、ですか？」

叔父さん、そんなことまで喋《しゃべ》ったの。個人情報やプライベートが筒抜けで、怒りを通り越して全身から力が抜ける。私は反論する気も起きず、半ばヤケクソぎみに頷いた。

「はい、そうです。彼は、急な電話で向こうに……」

「花乃さん……本当にいいんですか？　後悔しないんですか？」

いきなり真面目な顔になった越智さんが、真っ直ぐに私を見て強い口調で迫ってきた。

急な彼の変化に戸惑い、ちょっと身を引く。

「え、何が……」

「結婚ですよ。お坊さんと結婚するって大変じゃないですか？」

突然突っ込んだことを言われて、私は驚きに目を瞠《みは》った。

「あの、大変かどうかは……」

「そのお坊さんがどんな人か知りませんが、ああいったところはいろいろと決まり事が多いだろうし、厳しそうじゃないですか。長期休みなんて無理っぽいから旅行だって行けないでしょう？　それに相手の親御さんと同居するなら気も使うし大変だと思いますよ」

私の言葉を遮《さえぎ》り自分の考えを主張する越智さんは、やけに自信たっぷりに見えた。

「……それなら、絶対……自分のほうが花乃さんを幸せにできると思います。自分とだったら、結婚するのにしきたりや縛りもない。長期休みだって取れる。親とだって当然別居します……少なくとも、お寺にお嫁に行くよりも、貴女にとって条件はいいはずだ」

堰《せき》を切ったように一気にまくし立てられて、私は唖然とした。横にいる横田さんも、口をポカーンと開けて越智さんを見ている。

「あのう、横からすみません。……結婚って条件でするものですか？　安直すぎるかもしれませんが、私はやっぱり本当に好きな人と結婚したいと思いますけど……」

思わずといった様子で、横田さんが越智さんに自分の考えを述べる。すると、越智さんはフッと小馬鹿にするように鼻で笑った。

「女の子はすぐにそう言いますよね。でも、そんなのはただの理想で、現実とは違いますよ。実際問題、お金と環境。これが結婚には一番重要だと思います」

そう言われた横田さんは、越智さんを見たまま固まってしまった。

びっくりした。越智さんって、こんな考え方をする人だったんだ。

「じゃあ、越智さんが私と結婚したい理由って何ですか？」

私は越智さんと真っ直ぐ向き合って、静かに尋ねた。

「それは、貴女の顔が好みだからです。葛原部長が見せてくれた写真で一目惚れしました。正《まさ》に自分の好みドンピシャで……」

いかに私が自分の好みであるかを熱く語り出した越智さんを、冷めた目で見ている自分がいる。

この人、自分の言っていることがさっきと矛盾してるって気づいてないのかな……好きな人と結婚したいという横田さんと、顔が好みの私と結婚したいという越智さんに、違いがあるとは思えないんだけど。

そりゃ私にも越智さんの言う、お金や環境が重要だってことは分かる。昔の彼も似たようなこと言ってたしね。だからそういう考えで結婚をすることが間違っているとは思わない……

でも、私は嫌だ。

ふぅ、と息を吐いて、私は越智さんと対峙する。

「……もう結構です。貴方の考え方はよく分かりました。はっきり申し上げて、貴方と結婚するのは無理です。たとえ結婚したとしても、私達は絶対に上手《うま》くいきません」

私の言ったことが理解できないといった様子で、越智さんは距離を詰めてくる。

「どうしてですか？　自分の考え方の、どこが間違っていると？」

うーん。ちょっとめんどくさいなー、この人。

私は改めて越智さんを見上げた。

「貴方の考え方はある意味正論ですけど、私とは根本的に合いません」

私の言葉に、越智さんは神妙な顔つきになる。

「花乃さんは、自分より、そのお坊さんと結婚したほうが幸せだと思っているんですか」

「そうですね。彼は……支倉さんは、心から尊敬できる立派な人ですから。貴方よりも」

「……苦労しますよ、絶対」

「それは、貴方が決めることではありません」

強めの口調ではっきり言った私に、越智さんはきゅっと口を真一文字に結んだ。しばらく黙って私を見ていた彼は、ため息と共に首を左右に振った。

「貴女は意外とはっきりものを仰《おっしゃ》る方だったんですね……もっと大人しい人かと思っていました。どうやら貴女は、僕の思っていた女性とは違っていたようです。余計なこと言ってすみませんでした。彼とお幸せに」

そう言ってペコリと頭を下げた越智さんは、すぐに踵《きびす》を返して歩いていってしまった。

彼の姿が見えなくなってから、私はぐったりと肩を落とした。

「はーー、もう……なんなのあの人……すっごい疲れた……」

でも、これでもうあの人に会うことはないだろう。

するとずっと隣で私と彼の言い合いを見つめていた横田さんが、私の腕にしがみついてきた。

「葛原さーーん‼　何なんですかーあの人！　ちょっとイケメンだからってムカつくー‼　でも葛原さんかっこよかったです‼」

「だって一方的に決めつけられて、イラッとしちゃって……」

「本当に格好よかったですよ」

あれ？

声がした方を振り返ると、いつの間に戻って来たのか側に支倉さんが立っていた。

「支倉さん⁉　いつからそこにいたんですか？」

「ついさっきです。戻ってきたら、お話し中でしたので」

……もしや。越智さんとのやりとりを聞かれてた？

だとしたらどうしよう。私、恥ずかしくっていたたまれない……！

ドキドキし始めたところで、タイミングよく横から私に声がかかった。

「あ、あの！」

見ると、何故か顔を赤らめた横田さんが、支倉さんをちらちら気にしながら私に目配せしている。

ああ、紹介しろってことかな。

「横田さん、こちらは……その、お付き合いをしている支倉さん。で、支倉さん、こちらは同じお店で働いている横田さんです」

「初めまして。支倉宗駿と申します。僧侶をしております」

支倉さんが横田さんに微笑みかけると、明らかに横田さんの頬の赤みが増した。

「よ、横田留美《るみ》、二十一歳、大学生です。趣味はビーズアクセサリーを作ること、特技は空手です。黒帯持ってます！」

最後の言葉に、隣にいた彼氏がギョッとして彼女の顔を二度見した。

支倉さんはというと、感心したように頷いている。

「黒帯とは素晴らしいですね。今後とも、ぜひ花乃さんをよろしくお願いします」

横田さんが空手の黒帯を持ってるなんて初耳なんだけど……

そんな横田さんは、うっとりと支倉さんを見上げて妙なことを呟《つぶや》いている。

「超イケメン僧侶……萌え……」

おーい、横に彼氏がいるの忘れないで～！

他人事《ひとごと》ながら心配してしまう。

すると文倉さんが、冷えたペットボトルのお茶を私に差し出しながら声をかけてきた。

「花乃さん、先ほどの方は……もしや例のお見合いの？」

「そうです。よく分かりましたね」

お茶のお礼を言いつつ、支倉さんを見上げる。

「彼の言葉の中に、葛原部長がと聞こえたので、たぶんそうではないかと。もし、彼があれ以上何か言うようだったら、一言申し上げようと思っていたのですが、その必要はありませんでしたね」

支倉さんはそう言って、にっこり笑った。

……ちょっと待って、一体どこから話を聞いてたのっ⁉

落ち着かない私の隣で、横田さんが「笑顔萌えっ‼」と叫んでいる。

だから隣に彼氏がいるの忘れないで。

大きな音と共に夜空に大輪の花が咲く。こんなに近くで見るとやっぱり興奮する。

「うわぁ、凄い！」

視線を感じて、ちらりと目線だけ横に向けると、支倉さんが優しい眼差しで私を見つめていて、ちょっと恥ずかしくなった。

暗くてよかった。顔が赤くなっているのがばれないから。

横田さんは私たちより少し離れた場所でレジャーシートを敷いて、屋台で買ってきたたこ焼きやらお好み焼きやらを頬張っている。

「先ほどはありがとうございました」

いきなり支倉さんにお礼を言われて、私は疑問に思って彼を見上げた。

「私のことを、庇《かば》ってくださったでしょう。嬉しかったです。花乃さんにあんなこと言ってもらえるなんて思ってもみませんでした」

「……だって。自信満々に自分のほうが条件がいいなんて言うから。支倉さんがどれだけお仕事を頑張っているかなんて、ここ数週間見ていれば分かります。それを知りもしないくせにあんなこと……腹が立ちました」

またひとつ、大きな花火が上がる。ドオンという花火の音と「おおー」という大きな歓声に、私たちの会話が掻き消される。

「嬉しいです」

「え？」

「……花乃さん、実は私が貴女を見たのは棚経《たなぎょう》の時が初めてではないのです」

支倉さんの言葉に驚く。

「えっ？　どこかでお会いしてましたっけ？」

支倉さんは、私を見てふふ、と微笑んだ。

「初めて貴女をお見かけしたのは、貴女のお祖母《ばあ》様のご葬儀の時でした」

「え……」

「あの当時からいたんです、私もあの寺に。葬儀の日、美しい人がいると思って、つい目で追ってしまいました」

花火の音を聞きながら、私の思考は過去に飛ぶ。

「あの時は……亡くなったのが母方の祖母だったので、母が憔悴《しょうすい》しきってしまって。母は一人っ子だったし、祖父も他界していたので、私や父が母の代わりに段取りを組んだり、ご挨拶《あいさつ》をしたり……とにかくやることがたくさんあって、あんまり記憶が無いんです」

「そうでしたか……遠目ながらも、甲斐甲斐しく働くしっかりした女性だと感じました。ですが式の後、貴女が寺の隅で泣いているのを見てしまいまして」

「えっ！」

驚きのあまり思わず手で口を押さえた。

「見てはいけないと思ったのですが、その姿がとても……美しくて、目を逸《そ》らせなかった。貴女はすぐに涙を拭《ぬぐ》って、またてきぱきと働き始めましたが、それからずっと、貴女から目が離せなかった。しまいには頭の中が貴女のことでいっぱいになってしまって、どんな方なのか知りたいと強く思いました」

「……ま、まさか見られていたとは……お恥ずかしいです……」

確かあの日は、葬儀の間は泣けなくて、式が終わってお手洗いに行った時に気が抜けて、ちょっと泣いたのを覚えている。まさかそれを、支倉さんに見られていたとは思わなかった……

支倉さんは、昔を懐《なつ》かしむように空に上がる花火を見てから、再び私に視線を向けた。

「それからです。貴女が私のここから離れなくなってしまったのは」

そう言って彼は、胸の辺りをトントンと指で示す。そして意味ありげな微笑みを浮かべた。

「会いたくて、焦《こ》がれて……ああ、自分はあの一瞬で彼女に恋をしてしまったのだと自覚しました。いい年をした男が、何を言っているんだと笑われても仕方ないのですが」

支倉さんは少し恥ずかしそうに笑う。

だけど私は、彼のことを笑うなんて気持ちは露《つゆ》ほども起きなかった。

「……笑ったりなんて、しません……」

そう言った私に、彼は視線を落として苦笑する。

「これでも何度か諦めようとしたんですよ。今まで以上に仕事に集中したり、荒行《あらぎょう》にも出ました。けれど苦行を終えて帰ってきた時、真っ先に頭に浮かんだのは貴女の顔だったんです」

私は笑顔で話す彼の顔をじっと見つめ、その声に耳を澄ませる。

「『煩悩《ぼんのう》の犬は追えども去らず』と言いますが、まさにそれで。どんなに追い払おうとしても、私の心に住み着いた貴女は消えてくれないんです……ほとほと頭を抱えましたよ。これはもう生涯独身を貫くしかないと思いました。再び、貴女に会うまでは」

支倉さんの私に対する思いが想像以上に大きくて、私は困惑する。

言葉もなく固まる私を見ずに、支倉さんは夜空を彩《いろど》る花火に視線を向けた。

「住職の加藤がぎっくり腰になって、私が棚経《たなぎょう》をしに檀家《だんか》さんの家を回ることになり、小さな期待が芽生えました。もしかしたら貴女に会えるかもしれない。確率は低いですが、それでも……と」

花火も終盤にさしかかった。次から次へと上がる花火の音と観衆の声が響くこの状況で、私は黙ったまま、彼の話に耳を傾ける。

「まさか家にお伺《うかが》いする前に、貴女のほうから私の胸に飛び込んできてくれるとは思いませんでしたが。嬉しすぎて平静を装《よそお》うのが大変でしたよ」

支倉さんは、私をちらりと見てふふ、と笑う。

そんな経緯があったなんて、ちっとも知らなかった。

会ったその日に「妻になってくれ」なんて言われたから、いきなり何言ってんだこの人って思っちゃったけど、そうじゃなかったんだ。でも……

「あの時の経緯は分かりましたけど、いきなり『妻になれ』はダメですよ……本当に驚きましたし、もの凄く警戒しましたから……」

「……その節は申し訳ありませんでした。貴女に会えた喜びが大き過ぎるあまり、溢《あふ》れる感情を抑えきれなくなってしまって……あのようなことに」

口では神妙に謝りながらも、支倉さんは嬉しそうだった。

それからしばらく、お互い何も言葉を発することなく花火を見る。

次から次へと空に花火が打ち上げられる中、その音を遠く感じた。何故なら私の頭の中は、支倉さんの告白でいっぱいになっていたから。

——どうしよう、私、凄く嬉しいかも。

支倉さんはずっと前から私のことを思ってくれていた。そのことがこんなに嬉しいなんて。

彼はその場の勢いでも、気の迷いでもなく、ちゃんと私のことを思って告白してくれたんだ。初めて知った事実に、胸がきゅうっと締め付けられる。

私、やっぱり彼のことが好きだ。凄く好き。

その時、私の横を通り抜けようとした人が私の肩に軽くぶつかった。バランスを崩して、軽くよろけた私は隣にいた支倉さんに凭《もた》れかかるような格好になる。

「ご、ごめんなさい」

慌てて身を起こそうとすると、支倉さんの手が私の腰に回った。

「あっ……」

「しばらく、このままでいましょうか」

「あ……え、は、はい……」

腰に触れる彼の手の温もりを妙に熱く感じて……軽く触れられているだけなのに、凄くドキドキする。

「花乃さん？」

「な、なんでもないです……」

今は花火に集中しようと夜空を見上げた。しかし、次から次へと打ち上がる花火を見ていても、私の意識は、すぐ隣にいる支倉さんにいってしまう。

なんとも落ち着かない時間を過ごしているうちに、目の前では最後の花火であるナイアガラが始まった。川面《かわも》に流れ落ちる炎の滝に、私は思わず歓声を上げる。

すると、支倉さんが少し屈《かが》んで私の耳元で囁《ささや》いた。

「この花火が最後のようですね。混み合う前に少しずつ移動しましょうか？」

言われてみると、確かに見物客がちらほらと帰り支度を始めているのが視界に入った。

「あ、はい。そうですね」

……びっくりした～。

文倉さんの吐息がかかった耳が熱い……。私は彼に見られないように、こっそり手で耳を押さえた。人混みを縫って歩いていると、急に誰かに手を握られた。驚いてビクッと体が震えてしまう。

「すみません、驚かせてしまって。はぐれないように、と思ったのですが」

私のリアクションに文倉さんは少し困ったように笑った。

「いえ、ごめんなさい。大丈夫です……」

手を軽く握り返して、チラッと文倉さんを見ると嬉しそうに微笑まれた。

その笑顔がまた素敵だから、やっと落ち着いてきた胸の鼓動が再び激しくなってしまう。

しばらくすると、案の定駅周辺は大混雑となった。

私と文倉さんは早目に駐車場に戻ったお陰で、混雑に巻き込まれずに済んだ。混雑した駅の前を車で通りながら、文倉さんが口を開いた。

「早く移動して正解でしたね。あのまま最後まで花火を見ていたら、渋滞にはまって帰宅時間が大幅に遅れるところでした」

「そ、そうですね」

運転しながら気を使って話しかけてくれる文倉さん。私は文倉さんの告白を聞いてから、必要以上に彼を意識してしまい極端に口数が少なくなっていた。

──ダメだ、こんなんじゃ変に思われちゃう。いつも通りに接しないと……

なのに、気持ちばかりが焦って気の利いた言葉一つ出てこない。

「花乃さん、もし気分を害されたのであれば申し訳ありませんでした」

「──えっ」

思いがけない言葉に、私は弾かれたように運転席の支倉さんを見た。

「見ず知らずの男に二年間も思われていたなんて、気持ちが悪いですよね。貴女が引いてしまうのも無理はありません……本当に申し訳ないことをしたと……」

運転しながら、支倉さんは申し訳なさそうに頭《こうべ》を垂れた。

──違う！　そうじゃないの！

彼に誤解させてしまっていると知り、私は慌てて弁解する。

「いっ、いえ！　そうじゃないんです！　そんなこと思っていません！　二年間も私のこと好きでいてくれたと知って、びっくりしましたけど、私、嬉しかったんです！」

私の言葉に驚いたような表情をして、支倉さんは一瞬こちらを見た。そんな彼にもう一度、正直な気持ちをぶつける。

「嬉しかったんです……」

これってもう、告白しているようなものじゃない？　言ってしまってから、それに気がついて、私は顔を両手で覆《おお》った。

「花乃さん……それは……」

顔を覆《おお》ったまま、私はこっくりと頷いた。

「……私、貴方のことが好きです」

「っ!」

支倉さんがハンドルを握ったまま、思わずといったように私の方へ顔を向けた。

「わーっ!! ダメ! 今こっち見ちゃダメ! 前向いてください!!」

「も、申し訳ありません、つい……」

私が注意すると、支倉さんも状況を理解してすぐ前に向き直る。

「あっ、でも、結婚するかどうかは別として、です!」

私が慌てて付け足すと、支倉さんはそれには触れずまた私をちらっと窺《うかが》う。

「花乃さん……本当に? 本当に私のことを……」

「本当です。ちょ、ちょろいって思われても仕方ないですけど……」

「そんなこと思いません」

支倉さんは大きな声で、きっぱりと断言した。

ちょうどそこで車が赤信号で停車した。すると、支倉さんは口元を手で覆《おお》いハンドルに突っ伏してしまった。

あまり見ない彼の行動にちょっと心配になった私は、運転席の彼に手を伸ばした。

「あの、支倉さん。どう……」

次の瞬間、その手を支倉さんに掴《つか》まれる。

「あっ！」

「私はこれまで、強引にお付き合いを進めた手前、自分の欲求を抑えて貴女に接してきました。……ですが、もうこれ以上、自分の気持ちを抑えることができません。それでも、私のことを好きだと言ってくれますか？」

いつも以上に真剣な、どこか熱を孕《はら》んだような支倉さんの視線。彼の言わんとすることは、すぐに理解できた。

――それは、つまり……体の……

その瞬間、体がかあっと熱くなる。

改めて言われると恥ずかしい。凄く恥ずかしい。だけど、気づいたら、私は頷いていた。

「花乃さん……」

支倉さんが私の名を呼び、黙り込んだ。私も彼の目を見つめ、次の言葉を待つ。

しかしここで信号が変わり、横の車線の車が動き出した。それに気づいた支倉さんが、気持ちを落ち着けるように一呼吸してから正面を向き車を発進させる。

「……花乃さん、申し訳ないがもう少し時間をいただけませんか。……今、貴女と離れたくない」

「えっ……あ、はい」

あまり深く考えずに私は頷いた。

すると支倉さんが走っていた車線から大きくハンドルを切り脇道へ入った。彼にしてはやや乱暴なハンドル捌《さば》きで裏道を進むと、目の前に現れた人気のない公園の駐車場に車を停めた。

前もこんなことがあったのを思い出し、胸の鼓動がこれまでにないくらい大きく跳ねる。

「あ、の……」

緊張しすぎて彼を見ることができない。

私が俯《うつむ》いていたら、横から彼の手が伸びて私の頬に触れた。そしてそのまま彼の方に向けられる。

「失礼します、花乃さん」

その声に反応し口を開こうとした瞬間、顔を近づけてきた支倉さんの唇が、私の唇に押しつけられた。

「んっ！」

いきなりのキスに驚き、体が硬直してしまう。でも支倉さんは、そんな私を優しくリードするように、そっと唇の隙間から舌を差し込んでくる。彼の肉厚な舌は、歯列をなぞると私の舌を誘い出し、ゆっくり絡《から》め取った。

「はっ……」

なんとか息継ぎをしながらキスに応《こた》えるけど、休む隙をまったく与えてくれない彼のキスに私は翻弄《ほんろう》される。

——こんな、こんな情熱的なキス……私、知らない……

徐々に激しくなるキスは、確実に私の体を熱くさせていった。

キスをしながら、彼の長い指が私の頬を優しく撫《な》でる。その指の感触だけで、私の理性は吹っ飛んでしまった。

下ろしていた手を、私は彼の首に巻き付ける。すると一瞬唇を離した支倉さんが、角度を変えて深く口づけてきた。私はそれを喜んで受け入れる。

彼の舌遣いは巧《たく》みで私の口腔《こうこう》を余すことなく犯していく。彼の薄い唇の感触と、より強く薫るお香の匂いに、頭がクラクラした。

私、この人が好きだ。

「ふっ……ん、は……」

——やめないで……もっと、このまま……

私達は時間を忘れて貪《むさぼ》るようなキスを繰り返した。

どれくらいそうしていただろう。

唇を離した支倉さんが、至近距離で私を見つめ囁《ささや》く。

「花乃さん……このまま今夜は、私と一緒に過ごしていただけませんか……？」

自分でも驚いてしまうが、今の私に「断る」という選択肢はなかった。

「……はい。私も一緒にいたいです……あっ、でも、私、浴衣《ゆかた》……」

自分の格好に気づいて躊躇《ためら》う私に向かって、支倉さんはフッと微笑んだ。

「そんなもの、私が着せてあげますよ。いくらでもね」

妖艶《ようえん》な彼の表情に、私は盛大に顔を赤らめてしまうのだった。


それからの支倉さんの行動は驚くほど早かった。

仕事で何度か利用したことがあるというホテルに連絡して部屋を確保する。そして、すぐにチェックインを済ませると、私の手を引いて客室に向かった。

その間私は緊張で口を開くこともできず、ずっとドキドキしていた。

部屋に入るなり、背後から支倉さんに抱き締められる。

私の体に巻き付いた彼の腕の温もりにドキドキしながら、おずおずと背後の彼に顔を向ける。すると顔を近づけてきた彼の唇が、私の唇に重なった。

ちゅ、ちゅ、と啄《ついば》むようなキスを繰り返しながら、向きを変えて正面から抱き合う。

それにより、キスはさらに深くなった。

開いた唇から支倉さんの舌が入ってきて、私の舌を絡《から》め取る。

「んっ……」

ドアの前で、私達は夢中でお互いの唇を貪《むさぼ》り合った。そうしながらも支倉さんは器用に私の浴衣《ゆかた》の帯を外していく。

「素敵な浴衣《ゆかた》ですね。貴女によく似合っているので、脱がしてしまうのがもったいないような気もしますが……」

そう言いながらも、彼は手際よく腰紐《こしひも》を外し、私の肩から浴衣《ゆかた》をするりと滑り落とした。浴衣《ゆかた》が床にパサリと落ちた瞬間、私はあることを思い出してハッとする。

──し、しまった。今日ってば、和装用の色気も何もない下着じゃない……!!

「ああっ、あんまり見ないでくださいっ」

慌てて胸の辺りを手で隠した私を見て、支倉さんは一瞬きょとんとした後、ふふふ、と楽しそうに笑った。

「何を仰《おっしゃ》っているのか。それはどだい無理な話です。私は貴女の全てが見たくて仕方ないのですから」

笑顔の支倉さんは、そう言うや否《いな》や私の体を軽々と抱き上げ、ベッドまで移動する。

ゆっくりと私をベッドに下ろすと、すぐに彼が私の上に覆《おお》い被さってきた。

ついに支倉さんと……この先を考えるだけで、心臓が口から飛び出そうになる。

緊張で身を強張《こわば》らせる私の頬に、彼はそっと手を添えて優しく微笑んだ。

「私は夢を見ているのでしょうか。恋い焦《こ》がれた貴女と、こうしているなんて」

頬に添えられた彼の手が微《かす》かに震えているのに気がつき、私は驚く。

──緊張しているの？　支倉さんも……

「……夢でいいんですか？」

「ご冗談を」

即座に言い返してきた彼にちょっと笑ってしまう。そのまま私も、彼の頬に手を添えた。

「ですね。……私も夢だと困るかも……」

静かに呟《つぶや》き、私は彼の頭をぐっと引き寄せ自分から唇を合わせる。軽く触れるだけのキスは、すぐに激しいものへと変化した。

キスを繰り返しながら、支倉さんが私の素肌に手を這《は》わせてくる。

いつの間にかブラジャーを外され、私はショーツ一枚の姿にされた。そんな私を、彼は少し身を起こしてじっと眺める。

「花乃さんの肌は……滑《なめ》らかですね。白くて、きめが細かくて……とても美しい」

その視線が恥ずかしくて、私は両手で胸元を隠した。

「もう……そんなにじっくり見ないでください……」

「何故？　こんなに綺麗なのに。もっとよく見せてください」

支倉さんは私の両腕を掴《つか》むと、優しくベッドに縫い留める。そして剥《む》き出しになった私の乳房に、キスをしてゆっくりと舌を這《は》わせた。

「あっ……んんっ」

「……可愛いですね。まるで花の蕾《つぼみ》のようです」

うっとりと言いながら、彼は硬くなり始めた私の乳首を口に含む。そのまま味わうように舌で弄《もてあそ》んだ。その刺激に、私の口からは堪《こら》えきれない喘《あえ》ぎ声が漏《も》れる。

「は……あっ……」

「花乃さんは敏感ですね……ますます可愛らしい」

なんだか嬉しそうな支倉さんは舌で乳首をねっとりと舐《な》め上げた。同時にもう片方の膨らみを大きな手で包み込み、ゆっくりと揉《も》みしだく。そうしながら、時折、指で乳首を擦り、私に休みなく刺激を与えてきた。

「んんっ……」

ビリビリと電流みたいな感覚が体中を駆け巡《めぐ》る。逃れられない快感に、咄嗟《とっさ》に身を捩《よじ》ろうとするが、体の上にいる支倉さんに阻まれた。私は、胸元に顔を埋《うず》める彼を見る。

凜々《りり》しい眉に、切れ長の美しい目。私の体に触れる、大きくて綺麗な手。

彼を見ていたら、無性にその体に触れたくなってしまった。

「支倉さんも、脱いで」

衝動のままそう口にした私に、こちらを見た彼はニヤリと口角を上げた。おもむろに上半身を起こし、流れるような動作で帯をしゅるりと解いて浴衣《ゆかた》を脱いだ。ショーツ一枚になった支倉さんの体は、肩のラインから腰にかけて綺麗に筋肉がついた逆三角形。引き締まったお腹は六つに割れている。法衣の下にこんな立派な体が隠れていたのかと、私は思わず息を呑んだ。

――なんて綺麗な体をしているの……

彼の体をじっと見つめていたら、私のお腹の奥のほうがじわじわと熱くなってきた。

支倉さんは浴衣《ゆかた》と一緒に床に落ちた信玄袋《しんげんぶくろ》から財布を取り出し、そこから何かを引き抜く。

「……？　何してるんです？」

「大人のマナーですよ」

支倉さんがぴら、と私に見せたのは、避妊具だった。

……さすが、抜かりない。

再びベッドに戻ってきた支倉さんに触れたくて、私は自然と彼の体に手を伸ばした。

「どうしました？」

軽く隆起した彼の胸筋をぺたぺた触る私を見て、支倉さんが不思議そうに尋ねてくる。

「いえ、鍛えてらっしゃるんだなって、思って……」

「そうですね……ある程度は鍛えていないと気が済まないといいますか……しかし花乃さん、思いのほか余裕がありますね」

支倉さんがそう言って笑うので、私は反射的にブンブン首を横に振った。

「よ、余裕なんかないですよっ……!!」

「そうですか?」

私の首筋に舌を這《は》わせながら、彼は再び私を押し倒した。そのまま首筋や鎖骨にキスを落としつつ、彼は私の乳房をやわやわと揉《も》んでいく。そしてピンと立った乳首を何度も指で弾き、じわじわと私に快感を与えてきた。

「はッ……あん……は、支倉さ……」

「本当に……美しい体ですね……これまで貴女の体に触れてきた男性が恨めしいですよ」

顔を上げたと思ったらそんなことを言うので、私は思わず彼の頬をぺちっと叩いた。

「もうっ……照れるようなことばかり言わないでください」

私を見つめる支倉さんは、表情を変えずに私の手を掴《つか》む。そのまま私の掌《てのひら》にちゅっとキスをすると、ぐっと顔を近づけてきた。

「こう見えて、私も緊張してましてね。喋《しゃべ》ってなんとか気持ちを落ち着かせようとしているのです」

そう言って彼は、私の唇を塞《ふさ》いだ。

「ん……」

当たり前のように差し込まれてきた舌に、私は自《みず》ら舌を絡《から》める。しばらく私の好きにさせてくれた支倉さんだけど、すぐに攻守を逆転して口腔《こうこう》を貪《むさぼ》ってきた。強く舌を吸われたり、歯列をなぞられる度に、呑み込みきれない唾液が口の端から溢《あふ》れる。

キスに夢中になっている間も、彼の手は私の乳房を優しく揉《も》み、硬く尖った先端を指で摘《つま》んでくる。

強弱をつけた快感を与え続けられた私の下半身は、切なく熱を持って潤《うる》み始める。

そんな私の変化に気づいているのか、支倉さんは徐々にキスの位置を変えながら、体を下にずらしていく。そうして下腹部まで到達した彼は、私のショーツを脱がせた。

「やっ！」

直後、長くて骨ばった指が脚の間に入ってくる。何度か割れ目の辺りを撫《な》で回した後、つぷりと蜜口に差し込まれた。

「あっ……！」

声と同時に、ビクッと私の腰が跳ねる。

「……こんなに濡れて……」

嬉しそうな呟《つぶや》きを漏《も》らす支倉さんは、私の中に差し込んだ指をゆっくりと動かした。そうしながら、たっぷりと蜜を絡《から》ませ、周りに塗りつける。徐々に指の動きが激しくなり、水気を帯びた音が大きくなった。

グチュグチュといういやらしい音に羞恥心《しゅうちしん》が煽《あお》られて、私は堪《たま》らず腕で顔を隠した。

「やだっ、恥ずかしい……」

「恥ずかしいなんて、とんでもない。私は嬉しくて仕方ないです」

そう言ってお腹にキスをした支倉さんは、なんと私の股間に顔を埋《うず》め、溢《あふ》れ出る蜜を舌で舐《な》め始める。

「ああっ……！　や、やめてくださいっ、そんなとこっ……」

咄嗟《とっさ》に彼の頭を手で押しのけようとするけれど、彼はビクとも動かない。

「はあ、どんどん溢《あふ》れてきますね……」

ジュルジュルと舌で掬《すく》い上げるように、彼が私の蜜を啜《すす》る。

ただでさえ恥ずかしいのに、わざと聞かせるみたいに音を立てられて、私は羞恥《しゅうち》でどうにかなりそうだった。

「もう、やっ……!!　恥ずかしいっ……！」

泣き言を漏《も》らした直後、彼の舌が蜜口の上にある小さな花芯を舐《ねぶ》った。

「あっ……!!」

突き抜けるような快感にビクビクと体が跳ね、私の呼吸が荒くなる。

「は、あんっ……」

私の反応を見た彼は、嬉しそうに微笑むと、執拗《しつよう》にそこを攻めてきた。舌先を上下させ、ねっとりと弄《いじ》り、時折ふっと息を吹きかけてくる。それだけで腰がビクッと反応してしまった。

もう、感じすぎて……おかしくなっちゃう……!!

「……あっ……は、はぜくらさ……あんっ、もうやめ……」

身を震わせて懇願すると、支倉さんが私の脚の間から顔を上げた。

「……花乃さん、可愛い……私も限界です。早く貴女と一つになりたい」

なんとも色っぽい顔でそう口にした。体を起こした彼は下着を脱ぎ捨て、大きく屹立《きつりつ》した自身に避妊具を装着する。そして、それを私の蜜口に宛がった。ちらっと確認するように視線を送ってきた彼に、私はこくんと頷く。

それを合図に、支倉さんは私の中にゆっくりと昂《たかぶ》りを押し入れてきた。

「ああっ……んっ……」

「ふ……」

硬くて大きくて……そして、熱い……!

　こうした行為は数年ぶり。久しぶりに感じる圧迫感に、私は息を詰めて身を捩《よじ》った。

　じっとしたまま動かない彼を見上げると、眉間に皺《しわ》を寄せてきつく目を瞑《つむ》っていた。

「あ、あの、大丈夫ですか……？」

　つい心配になって彼を窺《うかが》う。すると目を開いて微笑んだ支倉さんは、額《ひたい》にかかる私の髪を指でよけ、そこにキスをした。

「大丈夫ですよ。貴女の中があまりに気持ちがいいので……少し、この幸福な感覚に浸《ひた》っておりました」

「……そんな……」

　照れてふいと顔を逸《そ》らす私に、支倉さんはフッと笑みを漏《も》らす。

「花乃さん……貴女を、もう誰にも渡しません」

　耳元で熱く囁《ささや》かれた言葉に、お腹の奥がキュンと疼《うず》いた。

　正面から視線を合わせた私は、そっと手を伸ばして彼の頭を引き寄せる。

「支倉さん、好きです」

　溢《あふ》れる思いのまま、素直に自分の気持ちを伝えた。すると、支倉さんの顔がみるみる赤くなる。

　……もしかして、照れてる？

　ちょっと可愛いな、なんて思っていたら、いきなり唇を塞《ふさ》がれた。

唇ごと食べられてしまうような、荒々しいキス。

それに必死で応《こた》えていたら、支倉さんの腰がゆっくりと抽送《ちゅうそう》を開始する。

「んんっ……」

「は……んんっ……」

初めはゆっくりと、次第に円を描くように私の気持ちいいところを探りながら、彼が私の中を穿《うが》つ。

「……あっ、は、はぜくらさ……」

「貴女の気持ちがいい場所は……ここ、ですか？」

熱い吐息を零《こぼ》しながら、支倉さんが聞いてくる。

私の反応を見逃さず、徹底的にその場所を突いてくる。

「あっ、そこ、ダメですっ……！」

「ダメじゃない……貴女の中は、さっきよりもずっと濡れてきていますよ。ここが、気持ちいいんでしょ」

そう言って彼がグッと最奥《さいおう》を突いてくる。

「あんっ!!」

気持ちいいところに当てられて、ビクン！ と大きく背中を反らせる。

セックスってこんなに気持ちよくて、ドキドキするものだっけ……

彼の熱い吐息が肌にかかるだけで興奮で体が震える。無駄の無い引き締まった硬い体に抱き締められ、その熱と重さを感じてまた興奮して。

経験したことのない強い感覚に、初めてでもないのに異常にドキドキしてしまう。

私の腰を掴《つか》み彼がパン、パンと腰を打ち付ける音が部屋に響く。

「ふあ……あっ……あん、だめ、壊れちゃう……!!」

「っ……花、乃……」

穿《うが》たれる度に体に走る快感と、汗ばむ彼の姿を見ているだけで頭の中が真っ白になった。

「んっ、あっ……も、……」

激しい律動に何も考えられずただ喘《あえ》いでいたら、大丈夫ですか？　と支倉さんが少し心配そうに顔を覗《のぞ》き込んでくる。

「……大丈夫だから……もっと……」

私が彼の首に腕を回し自分に引き寄せると、「喜んで」と言って嬉しそうに笑った。

この人は、私が何を言っても嬉しそうだな。

そう思ったら、自然と顔が緩《ゆる》んでしまう。

激しく揺さぶられながら閉じていた目を少し開けると、額《ひたい》に汗を光らせ苦しそうに眉を寄せた支倉さんが見えた。

――私で、気持ちよくなってくれてるのかな……?

なんて考えていたら、彼にぐいっと体を引き起こされた。向かい合う形で強く抱き締められ、繋《つな》がりがより一層深くなる。

「ああっ……!」

私は仰《の》け反《ぞ》って快感に身を震わせた。支倉さんは腰を揺すりながら、乳房を揉《も》みしだき、時折先端を口に含んで、ジュッと音を立てて吸う。

「んっ、は……」

「中が締まりましたね。ここも好きですか?」

「あっ……ああっ、や、だめえっ……!」

「……貴女の中は本当に心地いい……ずっと、こうしていたいくらいです」

少し息を乱しながらそう言ってくる支倉さんの顔を両手で挟み、私から彼にキスをする。

「んっ、ふ……」

お互いの舌を絡《から》ませ、唇を貪《むさぼ》り合う。どこもかしこも気持ちがよくて、私達は何度もキスを繰り返した。

「んっ、あ、イッちゃ……」

「私も、もう……」

苦しそうな文倉さんの声に、私はまた目を薄く開く。より眉間の皺《しわ》が深くなった文倉さんの額《ひたい》には、さっきよりも光る汗の量が増えた。

「あ、イクっ……!!」

——もう、ダメっ……！

やってきた絶頂に、私はぎゅっと目を閉じビクビクと体を震わせる。そして、彼にしがみついたまま脱力した。

それからすぐに文倉さんも絶頂を迎えたのか、「うっ……」と言って私の肩に倒れ込んでくる。

ハアハアと息を整えた後、避妊具の処理を済ませた文倉さんが再び私の体を抱き締めた。

私が彼の体を抱き締め返すと、さらに強く抱き締められた。

すると私の耳に口をつけて、彼が囁《ささや》く。

「……もう少しだけ、付き合ってくださいますか」

「え……？」

すると文倉さんは、私をベッドにうつ伏せに寝かせる。チュッと頬にキスをし、彼の唇が私の首筋から背中へ、そして臀部《でんぶ》へと移動する。臀部《でんぶ》の丸みを確かめるように両手で触れると、彼はそこにチュッと軽く吸い付いた。

「曲線が美しいですね……それに白くて、艶《つや》やかだ……素晴らしい……」

臀部《でんぶ》を優しく撫《な》でる手はそのまま割れ目を下がり、指が膣《ちつ》のほうへするりと滑っていく。さっきまでの行為で申し分なく濡れているそこは、なんの躊躇《ためら》いもなく彼の指を呑み込んだ。

「あっ……！」

「すぐにでも挿入《はい》ってしまいそうだ」

言いながら、彼の指がグッと奥に挿し込まれる。

そして何度か動かすと、彼はそれをゆっくりと引き抜いた。私が肩越しに視線を送ると、その指は蜜に濡れててらてらと光っている。

「貴女の蜜は、甘いですね」

蜜に濡れた指をぺろりと舐《な》める彼が、やけに艶《なま》めかしく見えてしまった。照れた私は彼から視線を逸《そ》らす。

「……もう一度、一つになりましょうか」

文倉さんは再び硬さを取り戻した剛直を、うつ伏せに寝そべる私に突き立て、一気に押し入ってくる。

「はあんっ……！」

正常位でするのとはまた当たるところが違う。奥の気持ちがいいところを、ダイレクトに剛直が突いてくる。

正直、もうイッてしまいそうなほどの快感に、私はどうにかなってしまいそうだった。

「んんっ、奥……あたる……っ……あっ、あっ……」

枕に顔を埋め喘《あえ》ぎ続ける私に、文倉さんの突き上げは速度を上げた。

「今、また中が締まりましたね。貴女はここも、お好きなんですね……」

息を切らしながら、文倉さんは背後から私の乳房を揉《も》み抽送《ちゅうそう》を繰り返す。胸に触れている指に、時折きゅっと乳首を摘《つま》まれて、私はピリッとした快感に体をビクつかせる。

――も、我慢できないっ……

「あっ……はぜくらさ……ダメ、私もう……」

絶頂を迎えそうになり、私は息も絶え絶えに彼に懇願する。

「どうぞ、お好きな時にイッてください」

彼がさらに抽送《ちゅうそう》の速度を上げたのとほぼ同時に、私は絶頂を迎えた。

「――っ、ああんっ……!!」

目の前がチカチカする。ビクビクと痙攣《けいれん》するように体を震わせた後、私はぐったりとベッドに沈み込んだ。

「は……」

すると脱力した私と繋《つな》がったまま、彼がキスをしてくる。

「花乃さん……愛してます……」

「ん……私も……」

彼の頭を掻《か》き抱《いだ》くようにして、私は文倉さんからの濃厚なキスに応《こた》えた。

少し冷静になると、私達ついに結ばれたんだ……という喜びが私の中で大きくなっていった。

——彼とひとつになれたことが、こんなに嬉しいなんて……

目の前で微笑む文倉さんも、そう思ってくれているのだろうか。

それから私達は、文倉さんが朝のお勤めに出るまで、何度も夢中で互いを求め合ったのだった。

＊　＊　＊

文倉さんと結ばれてから、彼からのメールや電話が増えたような気がする。

今まで一日に一回程度だったメールが数回送られてくるようになり、たまにだった電話は毎晩かかってくるようになった。

『花乃さん、愛しています。先日会ったばかりだというのに、もう貴女に会いたくて仕方がない』

メールでも電話でも、こんなことばかり言ってくるので、恥ずかしいったらありゃしない。

だけど、それを当たり前のように受け入れてしまうくらいには、あの夜を境に私達の関係は変化していた。

私は支倉さんが好きだ。それは間違いない。付き合い始めたことも、後悔していない。

だけど……

「……結婚、かぁ」

彼は最初の頃のように、結婚してほしいとは言わなくなった。それは、お付き合いを始める際に、「結婚については考えなくていい」と約束したから。でも、それが彼の本心じゃないということは、これまでのことから明らかだろう。

もちろん彼のことは好きだし、一緒にいたいと思う。だけど、結婚となると話は別だ。

それに何より、お寺に嫁に行くということが、今の私にはまったくイメージできない。

――まだ結婚のことは考えられないな……このまま、恋人同士でいてはだめなのだろうか。

彼から送られてくるメールを見ながら、私は人知れずため息をつくのだった。

そんなある日、支倉さんからかかってきた電話に、私は驚きの声を上げることになる。

「え……支倉さんの実家のお寺に私が……ですか？」

『ええ。本当なら貴女と二人で休日を過ごしたいのですが、実家に行かねばならない野暮用ができてしまいまして。もしよろしければ、一緒に行ってもらえませんか？　お迎えに上がりますので』

突然のことに戸惑う私に、支倉さんがそんな提案をしてきた。

「あの、ご実家のお寺ということは支倉さんのご両親がいらっしゃるんですよね。……あの……」

私が返事に窮《きゅう》していると、電話口から支倉さんの笑い声が聞こえた。

『ふふっ。私が両親に貴女を婚約者として紹介しやしないかと、心配されているのですね。安心してください。当日は二人とも予定があるようで、寺には留守番の者しかおりませんから。私はただ、休日に貴女と一緒にいたいだけなんです。いい年をして、お恥ずかしい限りですが……』

——そうやって、いつも支倉さんは私が喜ぶようなことを言ってくるんだから……

「分かりました。じゃ、お待ちしてます」

ちょっとだけ照れつつ、私は彼の実家に行くことを承諾した。

電話を終えた私は、ばたんとベッドに倒れ込んでぼんやり考える。

私の年で、結婚を考えず、ただ好きな人との恋愛を楽しみたいと思っているのはおかしいのかな。

もしかして、私の我儘《わがまま》に、文倉さんを付き合わせてしまっているのだろうか。

でも、彼と付き合っている以上、いつか答えを出さないといけない問題なのだろうな……

一人悶々《もんもん》としながら、眠れない夜は更けていったのだった。

六　花乃、文倉の実家へ行く

そして迎えた、約束の日。

膝下十センチほどのワンピースにジャケットを羽織った私は、迎えに来てくれた文倉さんの車に乗って彼の実家に向かっている。

初めて彼の実家に行くとあって、昨夜から服装やマナーを調べて頭に叩き込んだ。だけどお寺って何に気をつけたらいいのかよく分からなくて、まだ心配な気持ちが消えずにいる。

休日ということもあってか、ハンドルを握る彼はいつもの法衣ではなく、ポロシャツにチノパンというカジュアルな格好をしている。そんな彼の姿にもドキドキしてしまい、私の緊張はますます高まっていった。

そんな私の緊張がバレバレだったのだろう。信号待ちで停車した際に、支倉さんは私の肩にポンと優しく手を置いた。

「今日は、両親とも所用で外出しております。寺には留守番の者がいるだけなので、そんなに緊張せずとも大丈夫ですよ」

「そ、そうなんですけど。でも緊張しますよ、やっぱり……」

「花乃さんには、機会があれば一度見ていただきたいと思っていたんです。私が生まれ育った場所ですから」

信号が青に変わり、真っ直ぐ前を向いた支倉さんが車を発進させながら言う。

そっか。実家のお寺は、支倉さんが育った場所でもあるんだ。そう思ったら少し緊張が和《やわ》らいだような気がした。

以前、最初のデートであんみつを食べに来た見覚えのある街にやって来た。老舗《しにせ》の和菓子屋さんである池本屋の前を通り過ぎ、しばらく行くと支倉さんが前方を見ながら言った。

「あそこです」

支倉さんの視線の先を追うと、そこには周りを壁に囲まれた、大きくて立派なお寺があった。うちの菩提寺《ぼだいじ》と同じくらいかそれ以上あるかもしれない。

「随分敷地が広いんですね……」

「元々ここら辺一帯がうちの土地だったようです。少しずつ減っていって、最終的に今の広さに落ち着いたようですよ」

そんなことを話しつつ、支倉さんがお寺の駐車場に車を停めた。

車を降りた私に、支倉さんが歩きながら簡単にお寺の説明をしてくれる。

「正面に見えるのが本堂です。そして左手に見えるのが鐘楼堂《しょうろうどう》。その裏手には納骨堂がありまして、納骨堂の向こう一帯が墓地になっています」

こうして歩いてみると、本当に敷地が広いのがよく分かる。鐘楼堂《しょうろうどう》の前を通った時、思わず驚きの声が出た。

「立派な鐘ですねー」

たぶん私一人くらいなら、すっぽり収まってしまいそうだ。

綺麗に砂利《じゃり》が敷き詰められた境内《けいだい》を並んで歩いていくと、生垣の向こうに自宅らしき日本家屋が見えた。わりと新しい、二階建ての立派なお宅だ。その前で支倉さんが立ち止まった。

「ここが私の実家です。今日は誰もおりませんがね」

へえー、支倉さんはここで育ったのか……

子供の頃の支倉さんを想像しながらご実家をしげしげと眺めていたら、彼に手を引かれる。

「寺務所《じむしょ》に行きましょう」

寺務所とはお寺の寺務――すなわち事務を行《おこな》う場所だ。その隣には授与所があり、ここで参拝に来た方に御守りを授けたりするのだろう。

カラカラと寺務所の引き戸を開けた支倉さんに続いて中に入る。

「お邪魔いたします……」

支倉さんにくっついて寺務所の中に入ると、机に向かって作業をしていた若い男性が立ち上がった。剃髪頭《ていはつ》に作務衣《さむえ》姿から、お坊さんであるのは間違いない。年齢は私や支倉さんと同じくらいに見えた。男性は、やや細い目をさらに細め、優しく微笑んでいる。

「花乃さん。こちらうちの寺に勤務している庄司《しょうじ》君です」

「初めまして。ようこそおいでくださいました。貴女のことは副住職からよく伺《うかが》っております」

庄司君と紹介された男性は、にっこり笑って頭を下げた。

ん……副住職？

若干気になりつつも、私もぺこりと頭を下げた。

「初めまして、葛原花乃と申します」

私の疑問に気づいたのか、支倉さんが口を開く。

「花乃さん、実は来月から副住職として、こちらの寺に戻ることになりましてね。花乃さんの菩提寺《ぼだいじ》である今の寺から離れるのは、寂しい気もするのですが」

「え、そうなんですか！　加藤さんは、残念に思うのではないですか？」

するとと文倉さんは、何かを思い出したようでフッと笑みを漏《も》らす。

「大丈夫です。私と入れ替わりに加藤住職の息子さんが来ることになっていますからね。内心では喜んでいらっしゃると思いますよ」

「ああ、そうなんですね……」

ちょうど話が途切れたところで、電話が鳴った。庄司さんが素早く受話器を取ると、すぐに保留ボタンを押して文倉さんに声をかける。

「お話し中のところ申し訳ありません。副住職、お電話です。檀家《だんか》の吉永《よしなが》様です」

「ああ、はい。花乃さん、申し訳ありませんが所用が済むまで、少しお時間をいただけますか？　その間、自由に敷地内を見ていただいて構いませんので……」

「はい。分かりました。私のことは気になさらないでください」

文倉さんは申し訳なさそうに頭を下げてから受話器を取った。その様子を見ながら、庄司さんに小声で「お忙しそうですね」と声をかける。

「日によってまちまちですがね。ですが、どうしたわけか、人手がない時に限って、忙しかったりするのです」

そう言って苦笑する庄司さんが、寺務所の小窓の向こうに視線を向ける。それを追うと、手に御朱印《ごしゅいん》帳を持った中年の女性が四人こちらに歩いてくるのが見えた。

「本堂で参拝を済ませた方がこちらにいらっしゃいますね。昨今は御朱印《ごしゅいん》を集めておられる方がとても多いんですよ」

ああ、確かに今、人気があるもんね……

そうか、御朱印《ごしゅいん》もお坊さんの仕事なのね。いろいろと忙しそうだけど、この状況で私一人がプラプラしていてもいいんだろうか……？

私は電話をしている支倉さんの邪魔にならないように、小声で庄司さんに話しかける。

「あの、何か私にもお手伝いできることはありますか？　皆さんお忙しそうなのに、私だけぼーっとしているというのは気が引けて……」

すると庄司さんは思案するようにちょっと黙り込んだ。すぐに何かを思い付いたように、私へ向き直る。

「もしかしたら、これからご近所の方がいらっしゃるかもしません。もし私が別件で手が離せなかった場合、少しの間その方のお相手をしてくださると助かります」

「それは、私が対応しても大丈夫な方でしょうか？」

お寺のことについてはまるで知らないので、一応確認してみる。

「大丈夫です。副住職を子供の頃からよく知っている方ですから、貴女が副住職の婚約者だと知れば、きっと喜ばれると思いますよ」

庄司さんはそう言ってにっこり笑った。だけど私の胸中はそれどころではない。

――ちょっと待って！　なに婚約者って……まさか私って、ここでそういう扱いになってるの⁉

思わず、電話中の支倉さんを見てしまう。

「どうかされましたか？」

庄司さんに不思議そうにされて、私は慌てて笑顔を取り繕《つくろ》う。

さすがにこの状況で否定することもできず、私は曖昧《あいまい》に言葉を濁《にご》した。それからすぐに御朱印《ごしゅいん》の対応を始めた庄司さんに会釈《えしゃく》し、私はそっと寺務所を出た。

綺麗に整備された庭園を眺めながら、ぼんやり思う。支倉さんは将来、たくさんの檀《だん》家《か》さんを抱えるこのお寺を背負っていく人なんだ。その人と結婚するということは、彼を支えて一緒にこのお寺を守っていくことになるわけで。

そんなこと、お寺について何も知らない私にできるのだろうか。

もしかしたら私、とんでもない人を好きになってしまったのでは……

「おや、綺麗なお嬢さんだね」

庭園で立ち尽くしていると、背後からそう声をかけられる。びっくりして振り返ると、手に風呂敷包みを持った高齢の女性がこちらを見ていた。

「あっ……気がつかなくて申し訳ありません」

「いえいえ、いきなり声をかけて悪かったね。見たことないお顔だけど、参拝の人かい？」

おばあさんは上から下まで私を見た後、ニコニコしながら私の言葉を待っている。

「いえ、えーと……実はこちらの方とご縁がありまして……」

うーん、なんて説明したらいいんだろう……

私がしどろもどろになっていると、おばあさんの表情がパアーッと明るくなった。

「もしかして、駿《しゅん》ちゃんの彼女さんかい!?」

おばあさんが満面の笑みを浮かべて私に尋ねてきた。

「えっ……あ!!」

——もしかして、さっき庄司さんが言ってたご近所の方って、このおばあさん？

「いやね、この前住職……あ、駿ちゃんのお父さんにね、お見合い話を持っていったら、駿ちゃんに彼女ができたから、もう見合い話はいらないって断られてね！　もしかしてと思ったのよ。お嬢さん、とってもお綺麗だし」

焦ってアワアワしている私をよそに、おばあさんは嬉しそうに喋《しゃべ》り続ける。

「駿ちゃんもいい年なんだから、そろそろちゃんと身を固めたほうがいいって思ってたんだよ。なのに、何度良さそうな女の子紹介しても、ちっとも首を縦に振ってくれなくてねえ……。よかった、よかった。駿ちゃんが好きな人と一緒になるのが一番だからね！　これでこのお寺も安泰《あんたい》だ」

最後の方は涙ぐみつつ、おばあさんは本当に嬉しそうに私の手を取った。

「いやあ嬉しいねえ。駿ちゃんをよろしくね。……ああ、そうだ。お遣いを頼んで悪いけど、これ、駿ちゃん達に渡しておいてくれるかい？」

そう言って、おばあさんは持っていた風呂敷包みを私に手渡した。

いけない！　なんだかこのまま帰ってしまいそうな勢いだ。

私は慌てて、おばあさんを引き留める言葉を口にする。

「あっ、ありがとうございます。あの、お話は伺《うかが》ってますので、よかったら中へ……」

すると、おばあさんは笑顔で手をヒラヒラさせて、踵《きびす》を返した。

「あー、いいいい！　庄司さんに渡せば分かるから！　じゃあまたね、お嬢さん。駿ちゃんをよろしくね」

それだけ言うと、おばあさんは足取りも軽く来た道を戻って行ってしまった。

私は風呂敷包みを抱え、茫然《ぼうぜん》とその場に立ち尽くす。

「あ……」

引き留めようと伸ばした手が虚《むな》しい……

文倉さんの子供の頃をよく知っているということは、きっとこのお寺とも縁の深い方なんだろうな。家族でもない文倉さんのことを、あんなに心配してくれているなんて。

近所の人からもあんな風に言ってもらえる支倉さんって、やっぱり凄い人なんだ。

ため息をついた私は、風呂敷包みを抱えて寺務所に戻ろうと歩き出す。その時、おばあさんが去った方向から、女性が歩いてくるのが目に入った。

――あれ。今度は……。

整った顔立ちの女性は、花柄の上品なワンピースを着て手に大きな花束を抱えている。その凛《りん》とした佇《たたず》まいから、育ちの良さが伝わってきた。

思わず立ち止まっていた私に気づいた女性が、こちらに向かって歩いてくる。

私がぺこっと会釈《えしゃく》すると、その女性も優しく微笑んで同じように会釈《えしゃく》してくれた。

「こんにちは。……お寺に何か御用ですか？」

私を客だと思ったのだろう。その女性は優しいトーンで私に話しかけてくれる。

「あ、いえ違います。私は、こちらのお寺の方と少しご縁がありまして、今日は見学に伺《うかが》っているんです」

私の言葉に、目の前にいる女性が敏感に反応した。

「寺の方とご縁……？　もしかして宗駿さんですか？」

「はい」

私が肯定すると、女性の表情がちょっと曇る。その様子に嫌な予感がした。

その気持ちを胸に押し込め、私は彼女が手にしている花束について尋ねる。

「とても立派なお花ですね？」

「ああ、これは……宗駿さんのお誕生日が近いのでお持ちしたのです。私、生け花のお免状を持っているので、たまにこちらでお花を生けさせてもらってるんです。……中へ入っても？」

「あ、はい……どうぞ」

勝手知ったるという感じで、女性は寺のほうへ歩き出す。私は何も言えないまま、彼女の後をついて寺務所に戻った。

「庄司さん、こんにちは。お花を生けさせていただきますね」

寺務所に戻るや否《いな》や、女性は庄司さんに声をかける。すでに御朱印《ごしゅいん》を書き終えていた庄司さんが、私と女性の間に入ってくれた。

「ああ、有川様《ありかわ》。いつもありがとうございます。……葛原さん、こちら檀家《だんか》の有川様です。有川様、こちらは副住職の婚約者で、葛原花乃さんです」

紹介を受け、有川という女性は私を見てにこりと微笑む。

「有川由香里《ゆかり》と申します。このお寺の檀家《だんか》で、家が同じ町内にありますので、昔から懇意にさせていただいております」

丁寧なご挨拶《あいさつ》を受けて、私は慌てて自己紹介をする。

「葛原花乃と申します。ご縁がありまして、お邪魔させていただいております。どうぞ、よろしくお願いいたします」

「こちらこそ。……庄司さん、早速始めてもよろしいかしら？」

私を見て微笑んだ有川さんは、すぐに庄司さんのほうを向いてしまう。

その様子から、もしかしたらこの女性も支倉さんのことが好きなのではないかと思った。

そうだよね……支倉さんかっこいいもんね……

池本さんに続き、支倉さんへ思いを寄せる女性が現れて、やるせない気持ちになる私。

預かった風呂敷包みを庄司さんに渡しながら、ここに支倉さんがいないことに気がついた。

あれ、どこかに行ったのかな？

姿を探してキョロキョロしていると、庄司さんがおもむろに立ち上がった。

「有川様、お願いいたします。葛原さん、実は今、副住職が倉庫で探し物をしていて、私も手伝ってまいります。ここの電話は転送にしましたのでご心配なく。もし何かありましたら呼んでください。それでは」

「あ、はい。分かりました」

庄司さんは急いでいるらしく、私と有川さんに頭を下げるとすぐに寺務所を出て行ってしまった。

ここで二人きりとかって、どんな試練ですかっ……！

片や支倉さんの恋人。片や支倉さんを思っているだろう人。これはどう考えても気まずいでしょう。

寺務所の床に綺麗に正座して、黙々と花を生けている有川さん。話しかけたほうがいいのか、黙っていたほうがいいのか悩んでいたら、有川さんのほうから声をかけてきた。

「……宗駿さんと、お付き合いされているのですか？」

うわ～、ストレートにきた……

「はい……」

慄《おのの》きながら頷いた直後、彼女の持つ花鋏《はなばさみ》の音が一際大きくパチン！と部屋に響いた。

「そうですか……」

目を伏せた有川さんは、持っていた鋏《はさみ》を床に敷いた新聞紙の上に置く。そして顔を上げて、私を真っ直ぐ見つめてきた。

「お付き合いをされているということは、宗駿さんとの結婚も考えていらっしゃるのですよね？」

「ぐ、具体的には、まだ何も決まっていません」

「でも宗駿さんはそのつもりでいらっしゃるのでしょう？」

言い逃れを許さないような有川さんの迫力に、私はグッと言葉に詰まる。

「それは……」

そこから先の言葉が出てこない。

確かに支倉さんは、私との結婚を望んでくれているのだろう。だけど、私がまだ、それに対する答えを出すことができないでいるのだ。

有川さんは、そんな私をしばらくの間じっと黙って見ていた。その後、大きくため息をついて、再び口を開く。

「でしたらお伺《うかが》いします。貴女はお寺に嫁ぐ覚悟と準備がおありですか？　花を生けたり、着付けや書道のご経験は？　寺の嫁はいわば住職のマネージャーです。夫となる宗駿さんの健康管理からスケジュール管理まで、全て嫁の仕事なのですよ。さらに夫の不在時は代わりに寺を守らなければなりません。子供ができれば、当然子育ても加わります。――つまり、私が言いたいのはちょっとやそっとの覚悟では、寺の嫁は務まらない、ということです」

私が不安に思っていたことを、改めて目の前に突き付けられる。その言葉に何も言えない私は、唇をきゅっと噛み締めた。

そんな私に、有川さんは再びため息をつく。

「私は貴女が気に入らないわけでも、嫌いなわけでもありません。ですが、軽い気持ちで宗駿さんとお付き合いをされているなら、お別れすることをお勧めします。そうでないと、檀家《だんか》の一人として、私は貴女を認めるわけにはいきません」

もっともすぎる彼女の言葉に、結局私は何も言い返すことができなかった。

文倉さんのことが好きで、心から結婚したいと思っているなら、どんなに自信がなくても「覚悟ならあります！」と、はっきり宣言できただろう。

だけど、今の私は、そんな風に、はっきり言葉にできるほどの覚悟を持っていない。

重苦しいこの場の空気を破るように、寺務所の引き戸がカラカラと開いた。そして、若い女性がひょいと顔を出す。

「すみません。お墓参りに来たんですけど、水桶を借りてもいいですか？」

「は――」

「はい。今ご案内します」

私が返事をするより先に、有川さんが立ち上がった。そして慣れた様子で「こちらです」と女性を案内しながら寺務所を出て行く。

すると今度は「こんにちはー」と言って中年の男性が顔を出した。

「はいっ！」

声に反応し、慌ててその男性に向き直る。すると男性は、私を見て軽く首を傾《かし》げた。

「おや？　今日は男性は誰もいないのかい。住職も庄司さんも」

「すみません、今席を外しておりまして……何か御用でしょうか」

「うん、ちょっと法事のことで話を聞きたいことがあってね。お嬢さんは、檀家《だんか》さんかい？」

「いえ、今日は、その……お手伝いをさせていただいております」

「そうですか、ご苦労様です。……っと、由香里ちゃんじゃないかい」

会話の途中で、有川さんが戻って来た。それを見た男性は、明らかにホッと表情を緩《ゆる》める。有川さんもすぐに男性に気がついて、笑顔で話しかけた。

「石毛《いしげ》さんこんにちは。こちらに何かご用ですか？　今日はあいにく、ご住職も奥様もお留守なんですよ。宗駿さんと庄司さんが今、倉庫に行ってますけど」

するると男性が大きく目を見開く。

「ええ、宗駿さん？　戻ってきてるの！　随分と会ってないけど相変わらず男前かね」

「私もまだお会いしてないんですよ。でもお変わりないと思いますよ」

「宗駿さんもいい年だから、由香里ちゃんと結婚でもすりゃあいいのになあ！　お父さん喜ぶぞ！」

「やめてください。宗駿さんにご迷惑ですから……」

談笑を交わす二人を少し離れたところで見つめながら、私は疎外感に打ちのめされた。

なんか私、ここで空気みたいだ……

私はちらっと、有川さんが生けた花に視線を送る。

平たい陶器の器《うつわ》を生かし、綺麗に生けられた花は、素人目《しろうと》から見ても本格的だ。

いくら支倉さんが私のことを好きだと言ってくれていても、檀家《だんか》さんからすれば有川さんのほうがよっぽど婚約者に相応《ふさわ》しいのかもしれない。

私はどんどん重く沈んでいく気持ちを抱え、二人をぼんやりと眺めていた。

結局その男性は住職が不在ということで「出直すわ」と言って帰って行った。男性を見送った有川さんも、荷物を手に持ち私に向き直る。

「先ほどは、出過ぎたことを申し上げました。ですがあれが私の本心です。どうか貴女にとって一番良い選択をなさってください。それでは、失礼します」

ぺこり、と会釈《えしゃく》をして有川さんは寺務所を出て行った。

彼女の姿が見えなくなった瞬間、どっと疲れが押し寄せてくる。

――なんかもう、疲れた……。

ぐったりしながら椅子に腰かけようと思った瞬間、再び寺務所の引き戸が開いた。

「ごめんください。池本屋です」

ひょっこりと池本さんが顔を出した。私は座りかけた椅子から飛び上がる。

「いっ、池本さん！」

「あ、葛原さんこんにちは。突然ごめんなさい。さっきうちに来たお客様から、今日は宗駿さんが戻ってると伺《うかが》ったので、彼の好きな葛餅《くずもち》をお届けに参りました。で、彼は……？」

そう言って、池本さんは彼を探して視線を彷徨《さまよ》わせる。

「文倉さんは今、倉庫で探し物をしてます。呼びましょうか？」

「いえ、お忙しいみたいなので結構です。――それより、ここに来る時ちょうど有川さんとすれ違ったのですが、彼女も来ていたのですか？」

「はい。池本さんもご存じなんですね。なんというか……凄くしっかりした方でした」

池本さんは、持ってきた紙袋を私に手渡しながら、ええ、と頷く。

「有川家はこの辺りでは名家として有名なんです。お嬢さんの由香里さんも、名門のお嬢様学校を卒業されて……。檀家《だんか》の間では宗駿さんの結婚相手の最有力候補として名前の挙がる女性なんです、ずっと」

やっぱりそうなのか、と妙に納得してしまった。

「……そう言われるのも分かります。とても立派な女性でしたから」

自分で言いながら、一層落ち込んでくる。

そんな私に気がついたのか、池本さんが私の肩をぽんと叩いた。

「何を落ち込んでいるんですか。宗駿さんが自分の意思でお付き合いを決めたのは貴女なんですよ？　もっと自信を持ってください。ね？」

私を元気づけようとしてくれているのか、池本さんがそう言ってにっこり微笑んだ。

「はい……ありがとうございます」

その気持ちが嬉しくて、私は何とか笑みを浮かべる。

池本さんを見送った後、支倉さんと庄司さんが戻って来た。

「花乃さん、長い間お待たせして申し訳ありませんでした。探し物に手間取ってしまって……有川様がいらしたそうですが、もう帰られたのですか？」

「ええ、綺麗にお花を生けていってくれました。とても素敵な女性ですね」

まだ上手《うま》く気持ちを切り替えられていない私は、支倉さんの顔が真っ直ぐ見られず、つい目を逸《そ》らしてしまった。

「……花乃さん？」

彼が私の名を呼んだ。いけない、この人は聡《さと》いのだ。これでは、落ち込んでいることがすぐにバレてしまう。

私は顔を上げ、少しだけ微笑んで見せた。

「あ、それとですね、少し前に池本さんがいらっしゃって、これを支倉さんにと置いて行かれました。葛餅《くずもち》ですって」

「池本さんが……そうですか」

紙袋を受け取った支倉さんは、探るように私の顔をじっと見つめてくる。

――ああもう……見ないで見ないで……取り繕《つくろ》ってるのがバレちゃう……

支倉さんの視線から逃げるように、私はさりげなく腕時計を見た。なんだかんだでこの寺に来てから小一時間ほどが経過している。まだ一時間と言われてしまえばそれまでだけど、私は猛烈にこの場から逃げ出したくなっていた。

「花乃さん？」

「ごめんなさい、支倉さん。せっかく誘ってくださったのに申し訳ないのですが、私これでお暇《いとま》いたします。タクシーで帰りますので、どうぞお気遣いなく」

そう言って頭を下げると、すぐにバッグを持って寺務所の扉に手をかける。しかしそれを阻止すべく大きな手が私の手に重なった。

「花乃さん、待ってください。私がいない間に、何かあったんですか？」

いつになく真剣な表情の支倉さんを見上げて、私は何でもない風を装《よそお》って首を振る。

「……いえ、何もありませんでしたよ」

「嘘です」

すると私の肩を掴《つか》んだ支倉さんに体を反転させられ、正面から向き合わされる。

「ちょっ、支倉さ……」

「隠さずに、何があったのか教えてください。さっきと今では、貴女の様子が違いすぎる」

本当に支倉さんは、鋭いというか、目ざといというか。

だけど私は、有川さんに言われたことを話すつもりはない。彼女は私のためを思って言ってくれたのだから。問題があるとすれば、この先のことをちゃんと考えられていない自分自身だ。

「本当です！　本当に何も……」

「強情《ごうじょう》を張る貴女を見ていると、出会った頃のことを思い出しますね。そんな貴女も魅力的ですが……」

支倉さんが私の腰を強く自分のほうへと引き寄せる。そして私の顎《あご》を親指と人差し指でクイ、と上げて顔を近づけた。

「私から離れようとするのは、見過ごせません」

そう言うや否《いな》や、彼は私の唇に自分のそれを押しつけた。

「っ……!!」

ちょっ……!!　こんなところでっ!?

いきなりのキスに目を白黒させる私に構わず、支倉さんはさらに深く口づけてくる。

ちょっ、近くに庄司さんがいるって……！

私は焦って彼に視線を向けると、やれやれと呆れ果てた様子の庄司さんの顔が見えた。

わーーっ!!　やっぱり見られてるし!!　ほんと勘弁して!!

「んんーーっ!!」

抗議の声を上げ、なんとかキスから逃れた。すると、支倉さんの眉間にはっきりと皺《しわ》が寄る。

「そんなに嫌がらなくても」

「時と場所を考えてくださいっ……！　ビックリするじゃないですかっ」

再び庄司さんに視線を向けると、彼は何事もなかったように席に着いて作業を始めていた。

——ああ、きっと庄司さんには私たちがバカップルみたいに見えてるんだろうな……

ガックリする私の隣で、支倉さんが車の鍵を手に取った。

「花乃さん、帰られるのであれば送ります。せめて、送らせてください」

「……分かりました」

さっきのキスで、なけなしのエネルギーを全て吸い取られた私は、抵抗する気も起きず支倉さんの車で送ってもらうことを承諾した。

庄司さんに挨拶《あいさつ》をして寺を出た私達は、しばらく車の中で無言の時間を過ごした。

一度沈んでしまった私の気持ちはなかなか浮上してくれない。だけど、まったく会話のないこの状況はさすがにきつかった。私は思い切って、支倉さんに声をかける。

「支倉さんは、今でも私にお嫁に来てほしいと思っているんですか？」

彼は私をちらっと見た後に、特に表情を変えずに口を開く。

「何度も言いますが……私が愛しているのは貴女だけです。結婚を意識せずお付き合いをと申し出た手前、口にするのを避けておりましたが……やはり私は貴女に妻となってほしい。もちろん、貴女が寺に嫁ぐのを躊躇《ためら》う気持ちは分かります。……それでも、いつか自分との未来を考えてもらえたらと願っています」

改めて聞かされた彼の気持ちに、自分で話を振っておきながら返答に迷う。

「……ごめんなさい、まだはっきりとお返事ができません。もう少し時間をください」

「もちろんです。これはあくまでも、私の気持ちですから」

そう言って、支倉さんは優しく微笑んだ。こんな時まで私を気遣ってくれる彼に、私の胸は申し訳なさにチクチクと痛み続けたのだった。

七　花乃、熟思黙想《じゅくしもくそう》す

私に寺の嫁が務まるのか。

支倉さんの実家の寺から帰った後、私の頭はこのことでいっぱいになった。

彼のことが好きなのに、寺の嫁になることを考えるとどうにも不安で堪《たま》らなくなる。

それに、あの日の有川さんの言葉が頭の中から消えてくれない。

寺に嫁ぐ覚悟か……。

勤務する洋食屋で遅めの休憩中。

何度もため息をつく私を見て、前にいる横田さんは不可解そうに首を傾《かし》げる。

「葛原さん？　どうかしたんですか？　あ、もしかして……あの超イケメンの彼氏さんと何かあったりなんか……」

思いっきり当てられてしまい、私はオムライスを食べる手を止めた。

「……横田さんって、意外と鋭いよね……」

「やっぱり！　原因は何ですか？　喧嘩ですか……？」

横田さんが好奇心いっぱいに私の顔を覗《のぞ》き込んでくる。

「それはない。あの人相手じゃ、たぶん喧嘩にならないと思うし。そういうんじゃなくてね……なんていうか、世の中の厳しい現実を知ったというかさ」

私がため息まじりにぼやくと、横田さんが再び首を傾《かし》げる。

「厳しい現実ですか？」

私はこの前、有川さんに言われたことを簡単に説明した。話の途中から、横田さんの表情が徐々に引き攣《つ》ってくる。

「ええ～なんですかそれ！　お坊さんと結婚するのには、それだけのスキルが必須ってことなんですか？　めっちゃ大変じゃないですか。もしかしてそれ、今から全部勉強するんですか？」

「……ねえ、どうしようかね……」

「うーん、あの彼氏さんはとっても魅力的だけど、そうなるとちょっと考えちゃいますね。そのお嬢様が、すでに必要なスキルを身に付けてるってことは、やっぱり……将来そうなることを見越してってことですかね？」

彼女の言葉が、私の胸にグサッと刺さる。

そう。そこ。彼女は随分前から支倉さんとの結婚を視野に入れて、それだけのスキルを身に付けてきたのかもしれない。つまり、それほど彼のことが好きなのだ。

それじゃあ私は？　彼のために、今からそれだけのスキルを身に付けられるだろうか。

それを考えると、どうしても気持ちが重くなってしまう。

憂鬱《ゆううつ》な気持ちを引きずって家に帰ったら、キッチンに夕食の支度をしている母がいた。

「ただいま」

母の背中に声をかけると、母が振り返る。

「ああ、おかえり。夕飯は一時間後くらいになるけどいい？」

「うん」

再び背を向け料理をする母を見て、私はこっそりため息をつく。そのまま自分の部屋に戻ってベッドにどさっと腰を下ろした。実は、スキルの他にも気の重いことがあるのだ。

あれから自分なりにネットなどでお寺の結婚事情を調べてみた。それによると、お寺も昨今、経営に苦労しているところが多いらしい。

つまり、うちみたいなごくごく普通の家庭からお嫁さんをもらうよりも、有川さんのような資産家の令嬢と結婚したほうがお寺はありがたいということだ。

檀家《だんか》でも資産家の娘でもない上、お寺の嫁としてのスキルもない私が相手なんて、檀《だん》家《か》の皆さんは納得してくれるだろうか……

結婚について考えれば考えるほど、私は支倉さんの相手として相応《ふさわ》しくないように思えてしまう。

私は大きなため息をつくと、ベッドにコテンと横になった。

すると無意識に目に涙が溜まり始める。

思い出すのは、これまでの支倉さんとのこと。出会ったその日に求婚され、そこから始まる熱烈な愛の告白の数々。最初は戸惑うばかりだった。けど仕事に対する真摯《しんし》な姿勢や、私を包み込んでくれる寛大さ、そして誰よりも私を愛していると言ってくれる、その愛の深さに心打たれた。

気がつけば私も、彼のことが好きになっていた。

できることなら私も彼の側で、彼の手助けをしていきたい。そのために努力が必要なら、やってやろうという気持ちになるくらいには彼のことが好きだ。

でも好きだからこそ、努力だけではどうにもならないことがあるって気がついてしまった。

「はぁ……」

行きついた考えに、さっきからため息と涙が止まらない。

本当に好きなら、相手の幸せを考えるべきだ。それは痛いくらい分かる。

ぽろぽろと零《こぼ》れる涙を手の甲で拭《ぬぐ》い、私は窓の外に視線を向けた。

支倉さんにとっての幸せは……ご実家のお寺の安泰《あんたい》。どれだけ考えても結論がそこに辿《たど》り着く。

――支倉さんは優しいから、きっと私の悩みなど、気にするなと言ってくれるだろう……

でも私のような何もできない嫁をもらって、もし支倉さんが悪く言われたら？　彼の評価が下がるようなことになったら？　それは……それだけは耐えられない……

彼のこれまでの努力を無にするようなことだけはしたくない。

――やっぱり、そもそもが難しい話だったのかな……

私は深呼吸を何度かして気持ちを落ち着かせてから、意を決してスマホを手に取った。

数日後、私は支倉さんを、私と彼の家の中間地点にある街のカフェに呼び出した。

少し早めに到着して、気持ちを落ち着かせようと思っていた私の思惑は完全に外れる。何故なら、法衣を着た支倉さんがすでに店で私を待っていたから。

私が来たことに気がついた支倉さんは、顔を上げて柔らかく微笑んだ。

「こんにちは。花乃さん」

「……こんにちは。ごめんなさい、お忙しいのにお呼び立てしてしまって」

席に着き荷物を置いてから彼と向かい合う。支倉さんの表情はどこか緊張しているように見えた。

「貴女に改まって話があると呼び出されるなんて、嫌な予感しかしませんよ」

相変わらず察しのいい支倉さんに一瞬怯《ひる》む。だけど、もうここまで来てしまったのだから、思っていることをちゃんと伝えなければ。私は真っ直ぐに彼の目を見つめた。

相変わらず、綺麗な顔。この切れ長の目に見つめられると、胸がドキドキする。

やっぱり好きなんだ、私……

だけどもう決めたのだから、迷うな、私！

「支倉さん。今日は、先日のお返事をしようと思ってお呼びしました」

「それは、私との結婚について、ですね」

「はい。結論から申し上げますと、やっぱり貴方と結婚はできません。よくよく考え抜いた結果です。本当にごめんなさい」

何度も練習した言葉を伝え、私は頭を下げる。なんとか泣かずに、はっきり言うことができた。

「……やはり私の勘は的中しましたね。恐らくそういったことを言われるのではないかと思ってはいましたが……これは予想以上に応《こた》えます」

私が顔を上げると、支倉さんは苦笑する。

「私のために譲歩までしてくださったのに、ごめんなさ……」

「花乃さん。私を好きだと言ってくださった言葉は本当ですか」

もう一度頭を下げようとした私の言葉に被せるように、やや強い口調で支倉さんが言った。

「本当です！　でも、貴方はお寺の跡取りです。ただ好きという気持ちだけでは、貴方と結婚することはできません。私よりもっと相応《ふさわ》しい方がいるはずです。私には、貴方の妻は務まりません。だから、私達お別れしたほうがいいと思います……！」

自分で決めたことなのに、言いながらじわりと涙が浮かんできた。これ以上ここにいたら、決心が鈍ってしまいそうだ。そう思った私は、「本当にごめんなさい」と言って席を立ち急いで店を出る。

――早く、ここから離れなければ！

店を出た勢いのまま、最寄り駅まで走る。すると私の腕が強い力で掴《つか》まれた。

振り返った拍子《ひょうし》に、目の縁に溜まっていた涙が零《こぼ》れる。

そこには、法衣を乱した支倉さんが、険しい表情で私の腕を掴《つか》んでいた。

「花乃さん！　私はまだ納得していません！」

――支倉さん……!!

見たことのない、切羽詰《せっぱつ》まった彼の表情に胸が苦しくなる。

でも、それと同時に追いかけてきてくれたことが嬉しいと思ってしまう自分がいる。

私どれだけ支倉さんに未練タラタラなんだろう。

このまま、さっきの言葉をなかったことにしてしまえたらどんなにいいか。

でも……それじゃだめなんだ……！

「ごめんなさい！　私では無理なんです!!」

支倉さんの腕を振り切って、私は走り出した。

「花乃さん！」

後方から、支倉さんの声が飛んでくる。だけど私は振り返らずに、駅まで一気に走り切った。

あれからどうやって電車を乗り降りしたのか、気づいたらぼんやりと自宅への道を歩いていた。目から拭いても拭いても涙が溢《あふ》れてくる。

別れ際の支倉さんの顔がいつまでも頭をちらついて離れない。

はぁ……いつの間にこんなに好きになっちゃってたんだろう……

もしかしたら私、この先誰ともお付き合いできないかもしれない……これじゃあ彼のこと言えないよ。

そんなことを思っていたら、ちょっとだけ笑えた。

うん……大丈夫、私笑える。それに元々、一生一人でもいいと思っていたんだし……彼と出会う前に戻っただけ。ただそれだけのことだ。ちょっとだけ、胸は痛むけど……

自宅の玄関を開けると、そこに見慣れぬ靴があった。耳を澄ますと、佑ともう一人別の男性の話し声が聞こえる。

星名君かな……と思いながらリビングを覗《のぞ》き込む。案の定、ソファーには佑と星名君が座ってコーヒーを飲んでいた。

星名君がいち早く私に気づき、ぺこっと頭を下げてくる。

「こんにちはお姉さん。お邪魔してます……あれ？」

コーヒーカップを手にした星名君が、私を見て動きを止める。

「何……？　星名君」

「お姉さん、泣きました？　目が赤い」

「えっ!!」

星名君の言葉に驚いた佑が、勢いよくこちらを見る。

──あー、失敗した。そのまま部屋に直行すればよかったかも。

帰り道でひとしきり泣いた私は、家に入る前にしっかり涙を拭いていた。それでも、赤くなった目は隠せなかったらしい。私はついつい彼らから顔を逸《そ》らす。

「何、どうしたんだよ。なんかあったのか。……あ、もしかして例の彼氏と喧嘩した……」

「……もう彼氏じゃない」

「は？」

「別れてきた」

私の告白に、この場が一瞬シーンと静まり返る。

「別れてきたって……え？　え？　まさか姉貴からフッたのか」

「……そう」

「なんでさ！　すげえいい人なんだろ？　母さんだって喜んでたのに……」

リビングの入口に立ち尽くした私は、適当な言葉を探す。

「……冷静に考えたら、支倉さんと私じゃ不釣り合いだからさ。私なんかが、お寺にお嫁にいけるわけないし……それ以前に、務まらないだろうしね」

「いやいや、だけど、その彼氏は姉貴を選んだんだろう？　なのになんで諦めちゃうんだよ」

「……だって、彼は将来お寺を背負って生きていく人なのよ。だったら、少しでも彼やお寺にとっていい条件の人と結婚したほうがいいじゃない。そう考えたら、彼にとってベストな相手は私じゃない。そう思ったのよ」

私が正直に別れを決めた理由を話すと、佑は解《げ》せない、とでも言いたげに眉根を寄せる。

一方で星名君は、無言で私達の話を聞きながら何かを考え込んでいた。そして、ふと何かを思い出したように顔を上げる。

「お姉さん。先ほどから支倉さん、という名を口にされていますが……もしかしてその方、支倉宗駿さんという方ですか？」

「え？　あ、うん、そうだけど……」

――あれ？　私、星名君に支倉さんの名前を言ったっけ？

自分の記憶を思い返していると、慌てたように星名君が再び口を開く。

「すみません。実は俺、その支倉さんのお寺のことを知っているんです。弁護士の父が懇意にしているお寺でして、檀家《だんか》さんからの相談事などうちの事務所で対応させていただいているんです」

「ええっ！　そうなのかよ！　なんでもっと早く言わないんだよ！」

私より先に佑が声を上げた。そんな佑に星名君が苦笑いする。

「ここら一帯にお寺がどれだけあると思ってるんだよ……俺だってまさかと思ったよ。支倉っていう名前で思い出したんだ。確か若くてすげえ色気のある息子さんがいるって父に聞いてたから。まさかその人がお姉さんの彼氏だったなんて……」

私を見て、星名君は迷うように言葉を発した。

「お姉さん、自分が分かる範囲ではありますが、あのお寺は檀家《だんか》数も多く、経営も非常に安定しています。なので宗駿さんがお寺のために条件のいい結婚をしなければいけない、なんてことはないはずですよ」

「そうなの……？」

星名君が真剣な表情で頷いた。

――でも……

「ありがとう、星名君。でもいいの。もう決めたことだから」

私は星名君と佑に精一杯笑って見せた。

「お姉さん……」

「姉貴……」

心配そうな表情の二人に、じゃあねと言って私は自分の部屋へ向かう。部屋に入り急いでドアを閉めたところで、一気に張りつめていたものが緩《ゆる》んだ。

すると引っ込んだと思っていた涙が、またじわじわと私の眦《まなじり》に溜まり始める。

——いいんだ、これでいいんだ……

別れを告げた事実がじわじわと胸を締めつける。

私は胸の辺りを押さえて、その場にぺたりと座り込んだ。

——自分で決めたことなんだから、もうくよくよするな！

涙を堪《こら》えながら、何度も何度も自分にそう言い聞かせた。


支倉さんに別れを告げてから数日が経過した。

必死で忘れようとしても、私のスマホには一日に一回は支倉さんから連絡が入る。それは、着信だったり、メールだったり日によってまちまちだ。今はまだなんとか無視をしていられるけど、いつか私の決心が鈍ってしまいそうで怖い。

かといって、着信拒否にすることもできない自分の未練がましさに、ますます落ち込んでしまう。

しまいには、家でも職場でも顔を合わせた人に心配されるようになってしまった。

我ながら、あまりのダメダメっぷりに情けなくなってくる。

休日の今日も外に出かける気にもならず、部屋に引きこもっていた。

ソファーに座って、読むでもなく小説を開いてぼんやりしていると、家のインターホンが鳴った。

誰だろう、と思いながら腰を上げる。しかし、一階のリビングにいた誰かが、玄関に向かう音が聞こえた。それに安心し、再びソファーに腰かけようとした次の瞬間、ダダダダ！ ともの凄い音を立てて階段を上がってくる音がした。

直後、私の部屋のドアが勢いよくノックされる。

「あっ、姉貴!! 今外に、支倉さんっていう人が来てるんだけど！ 姉貴の元カレだよな!?」

一瞬、佑の言っていることが分からなかった。

え……？ 外に支倉さんっていう人が、来てる!?

「えええええ!!」

ようやく脳に到達した内容に、私は思わず素《す》っ頓狂《とんきょう》な声を上げてしまった。

うっ、嘘ーーっ!!

慌ててドアを開けると、私と同じくらい慌てふためいている佑の顔が飛び込んでくる。

「どうすんの!? 上がってもらえばいいの？」

私は目を見開き、ブンブンと横に首を振った。

「ダメーーっ!! 今面と向かって話なんかできないよっ！ なんとか帰ってもらうわけには……」

「えー、そんなん俺言うのやだよ！　すげえ真剣な表情で『一目だけでいい。花乃さんに会わせていただけませんか』って言われたんだぜ!?　それを追い返すなんて俺にはできねえよ！」

珍しくあたふたと取り乱す佑に、私は動揺を抑え必死で平静を装《よそお》う。

「そんなこと言ったって無理！　会うのは無理なの！」

それだけ言って、私はバタンとドアを閉めた。ドアの向こうからは困り果てた佑が「おいーー!!　どーすんだよ、姉貴！」と言いながら、どんどんドアを叩いている。

なんで……どうしてここに……

私はドアに背を預けたまま、ずるずるとその場に座り込んだ。

彼が家に来ているという現実に、性懲《しょうこ》りもなく胸が高まってくる。

――いる……いるんだ、すぐ近くに……

だけど会えない。会ったらせっかくの決心が鈍ってしまうから。

深呼吸を繰り返し、昂《たかぶ》った気持ちをなんとか落ち着かせようとする。その時、階下から静かに階段を上がってくる音が聞こえた。

佑……上手《うま》く対応してくれたのかな。そう思いながら、立ち上がってドアノブに手をかけたら――

「花乃さん」

艶《つや》のある静かな声に、心臓がドキンと大きく跳ねた。

支倉さん!?

驚きのあまり手をかけたドアノブからパッと手を離し、ドアを凝視する。

「驚かせてしまって申し訳ありません。私が弟さんにお願いしたのです。……ご迷惑だと知りながら、どうしてももう一度貴女と話がしたくて」

「……は、話すことはありません。ごめんなさい、帰ってください」

「では、そのまま聞いていてください。花乃さんは私のために別れると仰《おっしゃ》いましたが、この状況は少しも私のためになっていません」

どこか怒ったような口調ではっきり言われて、私は息を呑んだ。

「花乃さん。恥ずかしながら、私はこれまで本気で女性を好きになったことがありません。それゆえ、私は生涯ただ一人の人を愛することなどないのだろうと思っていました。ですが、貴女と会ったことで、その考えが覆《くつがえ》ったのです」

私はドア一枚隔てた状態で、じっと支倉さんの言葉に耳を傾ける。

「寝ても覚めても、私の頭の中には貴女がいました。どんなに疲労困憊《こんぱい》していても貴女の笑顔を思い浮かべるだけで、力が湧いてくる。実際にお会いすれば、私の心は雨上がりの空のように晴れやかな気持ちになった。いい年をした男が馬鹿みたいですが、貴女に会って初めて、私は恋というものを知ったのです」

「……」

彼の一言一句が、私の胸を震わせる。

彼は私のことをずっと一途に思い続けてくれている。それを、静かにゆっくりと言葉にして私に伝えてくれている。その事実に、私の目には自然と涙が滲《にじ》み始める。

「貴女は花火を見に行った折、私のことを擁護《ようご》して男性と口論してくださいましたね。その時の私が、どれだけ嬉しかったか分かりますか。貴女を選んだのは間違いではなかったと、はっきり確信させてくれました。貴女が何を思って今の結論を出されたのか、私には想像することしかできません。しかし、私にとって貴女以上に妻にしたい女性などこの世にはいません」

話の途中から、私の目からは堪《こら》えきれない涙が溢《あふ》れていた。嗚咽《おえつ》が口から漏《も》れないよう、私は口元を押さえて必死に耐える。

「――一方的に好き勝手を申しまして大変失礼いたしました。ただ、これだけは忘れないでください。私は、貴女と別れるつもりはありません。……花乃さん、また」

彼はそう言った後、側にいたらしい佑に「突然お邪魔してすみません。失礼いたします」と挨拶《あいさつ》し、来た時と同じように静かに階段を下りていった。

私はその音が聞こえなくなるまで、ドアの前に立ち尽くす。

「うっ……ふ……」

堰《せき》を切ったように、後から後から涙が溢《あふ》れ出す。

私はドアの前で、崩れ落ちるように床に座り込み、泣いた。

ここまで来て、自分の気持ちを伝えてくれた支倉さんに対する嬉しい気持ちと、その彼を傷つけてしまったかもしれないという後悔の気持ち。そこに加えてこれからどうしたらいいのという不安な気持ちが入り交じって、私の頭の中はぐちゃぐちゃになってしまった。

だけどこんな状態の頭でも分かることが一つだけある。

それは、彼のことが本当に好きだということ。

しばらくして、部屋のドアがコンコンとノックされた。

「姉貴？　ごめんな、悪いとは思ったんだけどやっぱ直接話したほうがいいと思ったからさ」

申し訳なさそうな佑の声に、私は涙でぐちゃぐちゃになった顔のまま部屋のドアを開けた。

「ううん。ありがとう。彼の気持ちが聞けて嬉しかった……」

しゃくり上げながら言う私に、佑はこめかみをポリポリ掻きながら困ったような顔をする。

「俺が二人のことをどうこう言うのもなんだけどさ……相手の家とか、職業を気にするのも分かるんだけど、やっぱ本人同士の気持ちが一番大事なんじゃねーの？　じゃないと結婚したところで上手《うま》くいくわけねーと俺は思う。違うか？」

珍しく真面目に弟に諭され、私は黙り込んだ。

「あんな、聞いてるほうが赤面するような告白なんて、そうそうしてもらえるもんじゃねえよ。そんな相手と本当にこのまま別れていいの？」

それだけ言うと、佑は部屋のドアを静かに閉めた。

――佑の言う通りだ……

私やっぱり、あの人と別れたくない。一緒にいたいよ。

だけど、そのためには今のままの自分ではダメなのだ。有川さんに引け目を感じたのも、結婚に踏み切れなかったのも、全ては自分の自信のなさが原因なのだから。

――だったら、自信をつければいい。

私は涙を拭《ふ》き、顔を上げた。めそめそしていても何も始まらない。とにかく今は行動あるのみだ。

私はゆっくりと立ち上がる。

そうとなれば、まずは何から始めるべきなのか。さすがに支倉さん本人に直接聞くのは気が引ける。他に詳しそうな人となると……有川さん。厳しいことをきっぱり言ってくれた彼女なら……あれ、でも私有川さんの連絡先も自宅も分からないや。

いや、それ以前にどんな顔して会いに行けばいいのよ……

うーん……と腕を組み悩む私の頭に、ある人物の顔が浮かんだ。

そうだ、あの人ならいろいろ知っているかもしれない。……でもあの人も支倉さんのことが好きなんだよね。なのに、私がこんなことを聞いてもいいんだろうか。

躊躇《ためら》う気持ちもあるけれど……背に腹は替えられない。

私は、急いで準備を済ませると足早に家を飛び出した。

私が向かったのは、支倉さんの実家の近くにある和菓子屋。そう、池本屋だ。

支倉さんのお寺の檀家《だんか》さんでもある池本さんなら、相談に乗ってもらえるのではないか。そう考えた私は、電車を乗り継ぎ池本屋までやってきた。

店に入ると、数名の店員さんが「いらっしゃいませ」とにこやかに声をかけてくれる。

「あの、初美さんはいらっしゃいますか？　私、葛原と申します」

思い切って店員さんに尋ねると、にこやかに頷いて、「お待ちください」と店の奥へ入っていった。

もしかして忙しかったかな……

衝動に任せて電話連絡もせずに押しかけてしまったことを反省していると、店の奥から初美さんがやって来た。彼女は私の顔を見て、驚いたように目を見開く。

「葛原さん、いらっしゃいませ。今日はお買い物……というわけではなさそうですね？

どうかされましたか」

「お仕事中に、突然伺《うかが》ったりしてすみません。あ、あの……池本さんに、相談したいことがありまして……少しだけお時間よろしいですか？」

「相談、ですか。私に？」

私からの申し出に、さすがに面食らった様子の池本さんだったが、すぐに周囲をちらっと窺《うかが》い、「ここではなんですので、どうぞ中へ」と店舗と隣接している自宅へ私を案内してくれた。

「店舗はご自宅と繋《つな》がっているんですね」

「はい。昔は住み込みで働いていた職人さんもいたので、こういう造りになっているみたいです。……では、こちらの部屋でお待ちください」

通された客間は八畳ほどの和室で、窓からは美しい中庭が見える。なんとも趣《おもむき》深い。

しばらくして、池本さんがお茶と甘納豆を持って戻って来た。

「で、葛原さんが私に何の相談を？　まあ、大体想像はつきますけど……」

池本さんは私の前にお茶を置いた後、座布団に座ってこちらをじっと見つめる。

「はい、文倉さんとのことなんですが」

私は思い切って、寺に嫁ぐためには何が必要なのか、先日有川さんに指摘されたことを踏まえて池本さんに尋ねた。

私が話している間、彼女は黙って話を聞いてくれる。そして全て話を聞き終えたところで、池本さんはフウ、とため息をついた。

「つまり……一旦は別れを決意したものの、もう一度頑張りたいから、必要なスキルを教えてほしいというわけですか」

「はい。……今のままじゃ、とてもじゃないですが支倉さんの隣に立つことはできないと思うので。有川さんのようにとはいきませんが、少しでも彼を支えられるようになるには、何をしたらいいので……」

そこで私は、池本さんの表情の変化に気がついた。いつの間にか笑みが消え、口が真一文字に結ばれている。

「私に、それを聞くの？　貴女が」

冷たい声音でそう言うと、池本さんは顔を歪《ゆが》めて嘲笑《ちょうしょう》した。あからさまに態度の変わった彼女に、私は焦って口を開く。

「あの、不躾《ぶしつけ》なことをしてすみません！　……その」

「貴女のしぶとさにも呆れたけど、宗駿さんも本当にしぶといわね。どうあっても貴女との結婚を諦めないってわけ。まさかここまで彼の意思が強固だとは……想定外だったわ」

口調の変化はもちろんのこと、池本さんはおもむろに脚を崩してテーブルに肘をつく。

その様子を見つめていた私は、面食らう。

一体彼女に何が起こった？

「あの、池本さん……さっきまでと別人のようなのですが、一体……」

困惑して、思わずといったように尋ねると、池本さんは自分のお茶をズズ、と啜《すす》って私を見る。

「そもそも、私が有川に貴女のことを話したのよ。宗駿さんの外見に惹かれて近づき、まんまと彼女の座に収まったいけ好かないオンナだってね」

「……はあ⁉」

なっ……‼　なにそれ！　なんで私の知らないところでそんなデマ流されてるの⁉

「どうしてそんなことするんです⁉」

さすがに頭にきて、つい声を荒らげて目の前の池本さんを睨《にら》みつけた。だけど池本さんは、しれっとしながら甘納豆を口に運ぶ。

「貴女は知らないだろうけど、宗駿さんはこの界隈《かいわい》では有名人なのよ。あれだけの美形だし、学校を首席で卒業されたくらい頭もいいの。当然、皆の憧れの的だったわ。それを、有川ならまだしも、貴女みたいなどこの馬の骨とも知れない女にひょいっとかっさらわれて、いい気分なわけないじゃない」

――かっさらったつもりは無いんだけど……

滔々《とうとう》と話す池本さんに圧倒されて、私は思ったことをぐっと呑み込んだ。

「それなのに宗駿さん、わざわざうちに貴女を連れてくるんですもの。……私だって、ずっと彼のことが好きだったのに、突然現れた貴女が彼に愛されて、あっという間に婚約？　そんなのムカつくじゃない。だから、ぶち壊してやろうと思ったのよ！」

そう白状する池本さんに、私は開いた口が塞《ふさ》がらなかった。

そんな私を見て、池本さんは歪《ゆが》んだ笑みを漏《も》らす。

「有川はね、あの日、貴女と宗駿さんの結婚を阻止するつもりで寺に行ったのよ。どう考えたって貴女が有川に太刀《たち》打《う》ちできるとは思わないし、さっさと自信喪失して宗駿さんと別れればいいって思ってたわけ。なのに、ほんとしぶといったら」

池本さんは、テーブルに頬杖をついてため息をついた。

「貴女に振られて、傷心の宗駿さんを私がお慰《なぐさ》めして、そこからじわじわ攻めて婚約まで持ち込む計画が台無しよ」

ははは、と乾いた笑い声を上げる池本さん。だけど私は笑うことなんてできない。

さっきから沸々《ふつふつ》と怒りが込み上げてきていたから。

「黙って聞いてれば、なんなのそれ！　本気で好きなら、こんな卑怯な手なんか使わずに正々堂々彼にぶつかればいいじゃない！」

私の言葉に池本さんが綺麗な顔をしかめた。

「簡単に言わないで。それができれば、私だってこんなことしてないわよ！　宗駿さんは私のことを長い付き合いのある家の娘としか見てくれていない。そんな状況で告白なんかしたら、もっと距離を置かれてしまうかもしれないじゃない。そんなの嫌だもの。私、宗駿さんに嫌われたくないし！」

まるで駄々《だだ》っ子のように、池本さんがプイ、と顔を背ける。

「そんなの力いっぱい言うことじゃないでしょ!?　怖いのは分かるけど……気持ちは相手に言わなきゃ伝わらないじゃないですか！」

「何よ、分かったようなこと言っちゃって。貴女に私の何が分かるのよ。彼を思うことは、もう私の一部なのよ。貴女には到底理解できないでしょうけどねっ！」

一気にそう言い捨てると池本さんは私をぎろりと睨《にら》みつけた。でもこっちも怯《ひる》んでいられない。私は負けじと彼女に食い下がった。

「そっ、そんなことないですっ！　私だって彼を思ってますから！」

「私ほどじゃないでしょっ。貴女ここ最近じゃないの。私が彼に何年片思いしてると思ってるのよっ！」

「期間なんか関係ありません！　私だって彼を誰よりも思っています！　たとえ期間が短くても思いの強さでは負けないっ!!」

私と池本さんは呼吸を荒らげながら、お互い無言で睨《にら》み合う。

「……平行線ね」

「……そうですね……」

お互いにお茶を飲んで喉を潤《うるお》す。先に湯呑をテーブルに置いた池本さんが、不機嫌そうに口を開いた。

「それで貴女、さっきのは本気なわけ？　本気でお寺に嫁ごうっていうの？　別に自信がないなら無理しなくていいのよ。今からいろいろ身に付けるのは大変だろうし……宗駿さんのことは私と有川に任せて、貴女は貴女で好きなことをなさったら？」

池本さんは私をじろりと睨《にら》みつけ、投げやりな口調でそう言った。

湯呑をテーブルに戻した私は、池本さんを真っ直ぐに見て首を横に振る。

この店に来た時、まだ私の気持ちはどこかで揺らいでいた。彼のことは好きだけど、私には無理なんじゃないか……という消せない不安が、決心を躊躇《ためら》わせていた。だけど――

「本気です。貴女はともかく、確かに有川さんはお寺のお嫁さんとして申し分ない素晴らしい女性だと思います。でも私、誰にも彼を渡したくありません」

「あら」

池本さんが驚いたように目を大きく見開いた。

「決めました。もう迷いません」

はっきりとそう宣言して席を立った。池本さんはそんな私をただ黙って見つめている。

「突然お邪魔して申し訳ありませんでした。それでは」

丁寧に頭を下げて、私は池本さんの横を通り過ぎ一人でお店を出た。

そして向かうのは、ここから程近い、彼がいるはずのお寺。

『怖いのは分かるけど……気持ちは相手に言わなきゃ伝わらないじゃないですか！』

まったくもってその通りだ。

一刻も早くこの気持ちを伝えたくて、気づいたら私は駆け出していた。

息を切らして寺へ続く階段を上り切り、荒くなった呼吸を整えるために何度も深呼吸をする。

そこでふと、またもや連絡もせずに来てしまったことに気づいた。

どうしよう……もしどこかに外出してたりしたら……

本人がいないのではどうにもならない。果たして文倉さんは戻ってきているのか。

私は悩みながら寺の周囲をうろうろする。と、ここで車のことを思い出した。

──そうだ、車だ。車があれば彼はいるはずだ。

記憶を頼りに駐車場へ回ってみると、そこには見覚えのある文倉さんの黒い車が停まっていた。

よかった……文倉さん、ここにいる！

そう思った瞬間、私の心臓がどきんと大きく跳ねた。なんとか気持ちを落ち着かせようとすればするほど、どんどん鼓動が速まっていく。

時刻はもう夕方。境内《けいだい》に参拝客の姿はほぼ見当たらない。私はうるさい心臓を意識しながら、真っ直ぐ寺務所を目指した。そして、その引き戸に手をかける。

——よし、行こう！

「ごめんください」

カラカラ、と引き戸を開けて中に声をかけると、一番近くにいた庄司さんがこちらを振り返る。

「あ。葛原さ」

「花乃さん⁉」

庄司さんの声に被せるようにして、支倉さんの声が聞こえた。

彼は、心配そうな顔をしてすぐに私の前までやって来た。立ち上がろうとしていた庄司さんは、それを見て黙って椅子に腰を下ろす。

「どうされたのですか。もしや私に、何かお話が……？」

低くて艶《つや》のある彼の声。さっき聞いたばかりなのに……どうして今、こんなにも胸が震えるんだろう。

私は一つ息を吐いて、真っ直ぐに支倉さんを見上げた。どこか不安そうな彼の目が、私をじっと見つめている。

「……先ほどは、せっかく家まで来てくださったのに、失礼な態度を取ってしまって……申し訳ありませんでした」

「いいえ。突然押しかけたのは私のほうですから……」

私はごくん、と唾を呑み込んだ。

「私、やっぱり、貴方のことが好きです」

支倉さんの美しい目が瞬時に見開かれる。

「お寺の跡取りである貴方に私は相応《ふさわ》しくない——そう思って、貴方のことを諦めようとしました。でも、だめだったんです。私も、貴方とずっと一緒にいたい。でも、私には何もないんです。家だってごく普通だし、花も生けられなければ着物だって着られない……」

私が本音を吐露《とろ》するのを黙って聞いていた支倉さんは、真面目な顔のまま何度も首を横に振る。

「貴女に何もないなんてことはありません、花乃さん。私は貴女が側にいてくれるだけで、幸せになれるんですから、それだけで十分です」

今度は私が彼の言葉に対して首を振った。

「だめです！　そういうわけにはいかないんです。少なくとも、今のままの私では、貴方の隣に自信を持って立つことができない。私は、貴方の足手まといになるのは嫌なんです！」

そう、はっきり告げる私に、支倉さんがクスッと苦笑いを浮かべる。

「実に貴女らしい。出会った頃のことを思い出しました。……そうですね、自分の信念を曲げない、芯の強い女性。それが貴女です。……では、こうしませんか。この寺で生きていく上で私が教えられることは、全て私が教えます。それ以外もきちんと学べる場を探しますので、貴女は納得がいくまで学ぶといいですよ」

支倉さんがにっこり微笑んだ。

その笑顔を見ていたら、私もつい顔が笑ってしまう。

出会った時から強引だったけど、こうして私の気持ちを汲《く》んで、最良の道を提示してくれる。

この人には本当に敵《かな》わないなぁ……

「支倉さん……ありが……」

微笑んで、お礼を口にした瞬間、私の体は彼の腕に包まれていた。

「お礼を言いたいのはこちらのほうです。花乃さん……ありがとうございます。……貴女がここにいてくれるだけで、私は、誰よりも幸せになれる」

私の頭の横の辺りで、支倉さんの優しく甘い声が聞こえる。

ああそうだ――あの棚経《たなぎょう》の日も、ぶつかりそうになった私を抱き留め、彼はこの声で私の名を呼んだんだ。低くて、だけど少し甘い声。

私はそっと彼の背中に手を回し、ぎゅっと抱き締め返す。久しぶりに感じる彼の温もりに、私はうっとりと目を閉じた。

するとその時、控えめに「コホン」と咳払いが聞こえてきて、私は一瞬で我に返る。

「仲がよろしいのは結構ですが、もうじき出かける時間じゃありませんか、副住職」

しまった！　近くに庄司さんがいるの、すっかり忘れてた！

慌てて支倉さんの胸から顔を上げると、呆れているのか、もう慣れてしまったのか、仕事の手を止め、ため息をつく庄司さんと目が合った。

キスを見せてしまった前科を思い出し、私は慌てて支倉さんから離れようとした。しかし、一層強く腰を抱かれて、私は彼の胸に逆戻りしてしまう。

「ちょっ、支倉さんっ……！」

何やってるんですか！　と言おうとした私の唇が、彼の唇に塞《ふさ》がれる。

「んっ!!」

やや強めに押しつけられた彼の唇は、一瞬離れすぐに角度を変えて重なってきた。そうして、徐々に深く甘く私の唇を味わっていく。

久しぶりのキスに、ついつい流されてしまいそうになるが、今はそれどころではない！

……ちょっと、支倉さん！　こんなことしたら、また庄司さんに怒られちゃう……！

ドン、ドン！　と抗議の意味を込めて、何度か彼の胸を叩くと、ようやく支倉さんは唇を離してくれた。息を乱す私に、悪戯《いたずら》っ子のような笑みを向けて耳元に唇を寄せる。

「非常に残念ですが、今日はこれで我慢します。ですが、この次お会いした時は、覚悟してくださいね？　花乃」

そして彼は、私の耳にフッと熱い吐息を吹きかけた。その瞬間背中がゾクッと反応する。

――う、わ……‼

ヤバい。今のは腰にきた。そ、それに……今、花乃って呼び捨てに……！

がくん！　と膝の力が抜けその場にへたり込みそうになる。そんな私の腕を、咄嗟《とっさ》に支倉さんが掴《つか》んで支えてくれた。

「大丈夫ですか？」

――こっ、この人は……絶対分かってやってるでしょ！掴《つか》まれていない方の手で息がかかった耳を押さえながら、私はキッと彼を睨《にら》みつけた。

「～～い、いきなり、なんてことするんですかっ！」

「私から離れようとしたので、お仕置きです」

そう言ってにっこり微笑んだ支倉さんは、それはそれは美しかった。

八　花乃、花嫁修業をする

「葛原さん。この間までは元気ないなーと思って心配してたんですけど、最近は元気ですよね。そのわりに、疲れてませんか？　今度は何があったんですか？」

開店前のフロア清掃中。今日は朝からシフトに入っている横田さんが、モップをかけながら不思議そうに私を見てくる。

彼女からそっと視線を外して、私は、はは……と笑って誤魔化した。

「横田さんて、ほんと鋭いよね。人をよく見ているっていうかさ」

「いえ、葛原さんが分かりやすいんです。気づくと瞼《まぶた》の辺りを押さえてたり、肩をぐるぐる回してたり。今までそんなことしてなかったのに、急にだもん。誰だって分かりますよ」

これ以上ないくらいきっぱりと断言されてしまった。

「そ、そうか……自分では無意識だったんだけど……気をつけるよ」

「大丈夫ですよ～。ちゃんとお客さんがいない時にやってましたから。それで？　なんでそんなにお疲れなんですかー」

「んー、実は昨夜、遅くまで本を読んでたからさ」

横田さんがへえ〜と声を上げる。

「葛原さんはどんな本を読んでるんすか？　恋愛小説ですか？　それとも推理小説？」

「宗教学……」

「は」

横田さんの動きが止まった。

そうなのだ。現在私は、寺の嫁に相応《ふさわ》しい人間になるべく、絶賛花嫁修業中の身なのである。

とはいえ、これまでと変わらず菫亭に勤務しながらなので、当然勉強をするのは休日と勤務時間外になってしまう。このところは寝る前に支倉さんから借りた仏教関係の本を読むようにしているので、寝不足ぎみだった。

……だからって、それを指摘されてちゃダメだよね。気をつけなきゃ。

「いろいろね、覚えておかなきゃいけないことがあるからさ。時間がある時にちょっとでもやろうと思って」

すると何故か横田さんの目がウルウルと潤《うる》みだし、両手で私の手を握ってくる。

「葛原さん！　彼氏さんとの結婚を決めたんですね!?」

「へ？」

「おめでとうございますぅ!!　ついに、ついにあの素敵なお坊様と……!!　結婚式には絶対に呼んでくださいね！」

ちょっと先走ってる気がするけど、こんな風に祝福してもらえるのは素直に嬉しい。

私は横田さんに微笑みかける。

「ありがとね。でも、まだ彼と一緒になるって決めただけで、具体的なことは全然なの。まずは勉強しなきゃいけないことがたくさんあるしね……」

横田さんは納得した様子で私の手を離し、モップの柄《え》に自分の顎《あご》を乗せた。

「大変そうだけど、心を決めた！　って感じですね。私も、微力ながら応援します。あ、もし空手を覚える必要があれば、私の通ってる道場を紹介しますけど」

「……か、空手は、いいかな」

うん。気持ちだけいただこう。

仕事を終えた足で着付け教室に行き、家に戻ったのは夜の九時過ぎだった。

最初は、着付けのできる母に教えてもらおうかと思っていた。だが、ちゃんと教室に通った方がいいとアドバイスを受け、母の通っていた近所の着付け教室に行くことにする。

一回につき二時間の授業ではあるが、実際に一から着物を着ていく動作を繰り返しやっていると二時間なんてあっという間だ。しかも思いのほか帯を結ぶのには体力を使うので、家に帰る頃には疲労困憊《こんぱい》でふらふらになっている。

——つっかれたー……

だけど、こうしてコツコツと日々努力することで文倉さんとの結婚に一歩近づくと思ったら、この疲れもなんだか愛おしい。

この他にも、今まであまり熱心にやってこなかった料理も始めた。調理師免許を持っている料理上手な叔母に事情を説明したら、快《こころよ》く教えてもらえることになった。叔母は、私にお見合いを持ちかけてきた叔父の奥さんである。

休日に叔母のもとへ出向いて習うのは、主に和食。基本的な煮物や炊き合わせに、魚の調理が多いが、季節の料理なども覚えておいたほうがいいだろうと、普段作ることがないものまで教えてもらった。

最初は途方に暮れていた習い事も、こうやって周囲の人にいろいろ教えてもらっていると、人の優しさが身に染みる。文倉さんに会って求婚されなければ気づかなかったかもしれない。そう思ったら人の縁って凄いなって思う。

そして何より、文倉さんへの気持ちが日ごとに大きくなっていった。

自分の気持ちを伝えたあの日以来、私は超多忙な身となってしまった。そのせいもあり、彼に会えない日々が続いている。

ちらりとカレンダーを見て、次に彼に会う予定を確認する。

早く会いたいな、彼に……だけど明日も仕事だし、あと数日の我慢だ。

自分にそう言いきかせて、私はお風呂に入るために自分の部屋を出たのだった。

そうして数日後。支倉さんと会う約束をした日になった。

逸《はや》る思いで私がお寺へ伺《うかが》うと、法衣姿で出迎えてくれた支倉さんは私を自宅へと誘《いざな》った。

「少し用を済ませてきたのでこんな格好をしていますが、今日は休みをいただいてますのでゆっくりできます。さあ、どうぞ」

寺に隣接したご自宅の中に入り、私はきょろきょろと辺りを見回す。

広い玄関と、ピカピカに磨かれた廊下や柱。壁には立派な書や絵が飾られていたり、綺麗な花が生けてあったり、なんとなくこの家に住む人の美意識が感じられる。

支倉さんが育った家か……

そう思うとどんな小さなことでも私にとっては興味深く感じられた。

先導する支倉さんの後に続き廊下を進んで行くと、「どうぞこちらへ」と彼が和室と思《おぼ》しき襖《ふすま》を開けた。

物があまりない十畳ほどの広さの和室。部屋の真ん中に木製のテーブルがどん、と置かれているところをみると客間として使用している部屋だろうか。

――でも、この部屋支倉さんの香りがする。

そんなことを思っていたら、香りがより強くなった。いつの間にか、後ろから支倉さんが私の体を抱き締めている。

「は……支倉さん？」

「ずっとこうしたかった」

そう言って支倉さんは、私を抱く腕に力を込めた。

「今でも、貴女に別れを告げられた日のことを思い出して胸が痛みます。こうして貴女が私の腕の中にいるのを実感しないと、まだ夢を見ているような気になってしまって」

支倉さんが耳元で囁《ささや》きながら、私の二の腕の辺りを優しく撫《な》でる。

相変わらずの甘い台詞《せりふ》に、私は顔を赤らめ目を伏せた。

「私はちゃんとここにいるでしょう？　それに、電話もメールもしているのに、夢なわけないじゃないですか」

私が背後にいる支倉さんを見上げて微笑むと、彼は「ははっ」と声を上げて笑う。

「違いない。私はどうも貴女のこととなると見境がなくなる傾向があるようですね……」

そう言うや否《いな》や。支倉さんが後ろから私の顔を覗《のぞ》き込み、そのまま私の唇に自分の唇を重ねた。

「んっ……」

すぐに舌が滑り込んできて、私の舌を絡《から》め取り食《は》む。不安定な姿勢でキスを繰り返すうちに、徐々に後ろを見上げる体勢がきつくなってきた。すると支倉さんは私の体を正面から抱き直して、ぐっと腰を自分に引き寄せた。そして再び噛みつくようなキスで私を翻弄《ほんろう》してくる。

「んっ、は、はぜ……」

肉厚な舌が私の口腔《こうこう》を余すことなく犯す。息継ぎも満足にさせてもらえず、私は彼の法衣を掴《つか》んで身を震わせる。それに気づいた彼が、少しだけ唇を離し息継ぎを助けてくれた。

ホッと息をついた私は、ふと今日ここへ来た目的を思い出した。

再び深く重なってきた彼の唇に焦りながら、私は慌てて顔を背けて彼を押し返す。

「ちょっと、待って！　だめですって！　支倉さん、今日はお習字を見てくれるんじゃないんですかっ」

「もちろん、後でいくらでも。それよりも私が以前言った言葉を覚えていますか？　次に会った時は覚悟しておいてください。そう申し上げたはずです」

そう言って、支倉さんは私の首筋に顔を埋《うず》め舌を這《は》わせる。熱い舌の感触に、ぞくりと全身が粟立《あわだ》った。

――そ、そういえばそんなこと言われたような気がする……でも……！

「ふあっ……！　ダメです！　誰か来てこんなとこ見られたら……」

私が周囲を気にすると、文倉さんは私の胸を服の上から優しく揉《も》みながら、にっこりと微笑んだ。

「ご安心ください。ここには誰も来ません」

「ええ!?　そんなの分からないじゃないで……」

反論する私に構わず、彼は指で私の胸の先端を探り当て、念入りに擦り始めた。じわじわともたらされる刺激に、私はたまらず嬌声《きょうせい》を漏《も》らす。

「あんっ……！」

思わずぎゅっと目を瞑《つむ》ると、楽しそうな文倉さんの声が聞こえてくる。

「ふふ。可愛い声ですね。では直《じか》に触れたら貴女はどんな反応をしてくれるのでしょうか」

そう言いながら、彼は私のカットソーの中に手を入れてきた。するすると肌の上を滑る彼の指が私のブラジャーの下に潜《もぐ》り込み、優しく先端に触れる。その瞬間、私の体がビクンと大きく跳ねた。

「あっ」

「声も可愛らしいがこちらも可愛い。ほら、こんなに硬く尖ってきましたよ。分かりますか」

くすくすと笑いを含んだ支倉さんが耳元で囁《ささや》くのと同時に、胸の先端を指で何度も引っ掻くように弄《いじ》られた。久しぶりの愛撫《あいぶ》に、私の体はあっという間に高められ、脚ががくがくと震え出す。

――やぁ……も、こんな……無理っ……！

「やっ、もうだめっ……」

彼の愛撫《あいぶ》に立っていることができず、私は彼の胸に縋《すが》りつく。すると彼の大きな手が私の背中に回って抱き留めてくれた。

「腰が抜けてしまいましたか。では場所を変えましょう」

私の額《ひたい》にちゅ、と軽くキスをした支倉さんは、私の体を支えつつ続き部屋の襖《ふすま》を開けた。するとカーテンで光を遮断された薄暗い部屋が現れた。

「あれっ、ここって……」

「私の寝室ですよ」

そう言った支倉さんは、私をベッドに座らせると自分も隣に腰掛けた。

へえ、ここが支倉さんの寝室なのかあ……

恐《おほ》らくダブルと思しき大きさのベッドは、白いシーツに濃紺のベッドカバーで綺麗に整えられている。ベッド脇のサイドテーブルには、電気スタンドと読みかけの文庫本が置いてあり、彼が夜寝る前に読書している姿が容易に想像できた。

初めて支倉さんのプライベートを垣間見た気がするな……

嬉しく思ってきょろきょろ部屋の中を見回していたら、支倉さんに抱き締められた。

「は、支倉さん……」

「そろそろ私を見てくれませんか。早く貴女が欲しい」

顔をぐっと近づけ囁《ささや》かれた後、支倉さんの唇が押しつけられた。唇を割ってすぐに侵入してきた彼の舌が私の舌を絡《から》め取る。キスの間も彼の手は動きを止めず、私のカットソーを胸の上までまくり上げ、ブラジャーごと胸を包み込む。

「この前も思いましたが柔らかいですね……力を入れたら壊れてしまいそうなほど」

唇を離した支倉さんはうっすら笑みを浮かべながら、私の服を頭から引き抜いた。

その際に腰掛けていたベッドの端から中央へと移動し、私をゆっくりとベッドに横たわらせた。

組み敷くような体勢で私を見下ろす支倉さんは、ブラだけになった私の上半身を、熱い眼差しで見つめてくる。その視線がこそばゆくて、私は両手で自分の体を抱き締めるように胸元を隠した。

「ちょっ、なにじっくり見てるんですか……」

すると支倉さんは私を見て一瞬困ったような表情をした。そしてすぐ、可笑《おか》しそうに笑う。

「見惚《みと》れてしまうくらい、貴女の体が美しいということですよ」

支倉さんは顔を熱くする私を見て微笑むと、私の首元に吸い付いた。首筋にじっとりと舌を這《は》わせつつ、彼は素早くブラのホックを外して私の腕から抜き取ってしまう。

そうして彼は、首筋からゆっくりと舌を下ろしていき、胸の頂《いただき》を何度か優しく舌先で突《つつ》いた後、先端を甘噛みする。

「あんっ……！」

舐《な》められるのとはまた違った快感に、私は背中を大きく反らす。私の反応に煽《あお》られてか、背中にある彼の手に力がこもる。繰り返し刺激を与えられた胸の頂《いただき》は彼の唾液で濡れ、てらてらと艶《なま》めかしく光っていた。

「や、あ、支倉さん……！」

「可愛い。とても可愛いですよ」

そこばっかり攻めないでと言いたいのに、一層激しくなる愛撫《あいぶ》に口から出るのは喘《あえ》ぎ声と荒くなる吐息ばかりだ。

うっすらと閉じていた目を開くと、私の胸の頂《いただき》を口に含み、もう片方の膨らみをゆっくり捏《こ》ねる彼の姿が見えた。

その瞬間、なんとも言えない気持ちになる。

ちょっと、さすがにこの情景は……

今の支倉さんは黒い法衣に身を包み、肩から袈裟《けさ》を掛けている。非常に見慣れた姿ではあるが、その格好でこんなことをされてると、なんていうか……とってもいけないことをしている気分になってしまう。

私は思わず、愛撫《あいぶ》を続ける彼に声をかけた。

「は、支倉さん……あの、こんな状況でなんですが、その格好でするのは……」

「……格好？」

愛撫《あいぶ》を止めて顔を上げた支倉さんは、不思議そうに片眉を上げて自分の姿をまじまじと見る。

「ああ。なるほど。ちょっと暑苦しかったですね」

そう言って支倉さんは、掛けていた袈裟《けさ》を外して床に置いた。そして黒い法衣の紐《ひも》を解くと、法衣の前が開かれ白衣が覗《のぞ》く。支倉さんは白衣の前を大きくくつろげ、そこから素早く片腕を引き抜いた。

あっという間に半裸になった支倉さんを、私はまじまじと眺めてしまう。

ちょ、これは……

今の支倉さんは、半裸にかろうじて白衣と黒の法衣が引っかかっている状態。つまり、さっきよりも格段に色気が増している。

胸のドキドキが大きくなったのが自分でも分かって、顔に熱が集中してしまう。

「花乃さん、どうしました？」

それじゃなくてもセクシーな格好をしている文倉さんが、うっすら笑みを浮かべながら口元の唾液を拭《ぬぐ》った。

何この人、これで本当に無自覚か。

色気を溢《あふ》れさせる天才を前にして、私も平常心ではいられなくなる。ついつい彼の裸の胸に固定されてしまう視線を、強引に別のところへ持っていった。

「どうしました、じゃないですよ……！　そんなに色気を振りまいて私をどうしたいんですかっ」

「何を仰《おっしゃ》っているのか分かりかねますが……」

彼は再び身を屈《かが》めて、私にちゅ、ちゅ、と啄《ついば》むようなキスを繰り返す。

そうしながら彼は私のスカートとストッキングを流れるような手さばきで脚から引き抜いた。

あっという間にショーツだけにされた私は、羞恥《しゅうち》のあまり膝と膝を擦り合わせ、彼から顔を逸《そ》らす。

そんな私に文倉さんが顔を近づけた。

「どうしたんです？　初めてでもあるまいし、そんなに恥ずかしがらなくてもいいのでは」

ニヤリ、とちょっと意地悪な笑顔で支倉さんが囁《ささや》いてくる。

「～～っ！　に、二回目でも恥ずかしいものは恥ずかしいんです！」

「花乃さんは意外と初心《うぶ》なところがあるんですね。そんなところも実に可愛らしい」

ちゅ、と唇に軽めのキスを落としてから、彼は私の胸に舌を這《は》わす。そうして徐々に体をずらしていき、ゆっくりとショーツを脚から引き抜いた。

私の膝を折り脚を開かせた彼は、その隙間に体を割り込ませる。そして私の膝の上に片手を置き、もう片方の手を私の股間へ伸ばした。繁みを優しくなぞり秘裂から小さな蕾《つぼみ》へ到達した指が、優しくそこに触れる。その瞬間、私はまた、ビクンと背中を反らした。

「あっ……！」

「貴女のここは、綺麗な色をしていますね」

指で花弁を開きそこに顔を近づけた支倉さんは、花弁の奥にある小さな蕾《つぼみ》を、舌で優しく突《つつ》き始める。

「あああ……っ、だめっ、そこは……！」

ビクビクと体を震わせ快感に悶《もだ》える私を、支倉さんは時折ちらりと確認してくる。かといって行為を止めてくれるわけでもなく、彼は舌でじっくり、じっくりと、私が感じるところを的確に攻めてきた――

体の奥の方からせり上がってくる大きな波に、私は今にも押し流されそうになる。

「――んんっ……あ、も、もう、だめぇ……！　イッちゃ……！」

私はすぐに絶頂を迎え、ビクビクと体を痙攣《けいれん》させた。

ベッドにくたりと横たわり、ハアハアと荒い息を整える。そんな私を満足げに眺めながら、彼は法衣と白衣を脱ぎ去った。ぼんやりとそれを眺めていたら、避妊具の袋を口に咥《くわ》えてピリリと破く彼の姿が目に入って、思わず視線を逸《そ》らした。

「どこを見ているんですか」

ベッドに戻って来た支倉さんは、私の手に自分の手を重ね指を絡《から》める。そして避妊具を装着した彼自身を、ゆっくりと私の膣内《なか》へ沈めていった。

「んんん……っ」

その圧倒的な存在感に、堪《たま》らず背中を反らす。すると支倉さんは「はっ……」と熱い吐息を漏《も》らした。しばらくじっとしていた彼は、少しずつ腰を前後に動かし始める。

何度かその動きを繰り返し、私に体を重ねてきた支倉さんは、もう片方の手も指を絡《から》めて繋《つな》いできた。そして至近距離から見つめ合う。

「……愛してます、花乃さん」

熱い瞳で愛の言葉を囁《ささや》くと、彼は私に深く口づけてきた。

「わた、んッ……」

私も、と返事をしようと思ったのに、その言葉はキスと一緒に彼に呑み込まれてしまった。

強く舌を吸われ、角度を変えて何度も深く口づけられる。その間も、彼の剛直は私の中を刺激し続けた。何度も腰を打ち付けられ、その度に私の口からは声にならない嬌声《きょうせい》が零《こぼ》れ出る。

「んぅ……はっ」

銀糸を引きながら、ようやく文倉さんの唇が離れていく。たちまち体が酸素を求め、大きく胸を喘《あえ》がせていると、私を突く彼の動きがさらに性急さを増した。

「あっ、あ……っ」

「はっ……」

激しい律動に体を揺らす私を見つめながら、文倉さんの表情も苦しげなものに変わる。だけど時折見せる恍惚《こうこつ》とした面持ちは、見ているこっちがドキッとしてしまうくらい妖《よう》艶《えん》だった。

そんな彼の表情を見ていたら無性に愛おしくなって、私は繋《つな》がれた手を外し、彼の首に手を回す。

「愛してるっ、私も……」

気持ちが溢《あふ》れ、つい口から彼に対する思いが零《こぼ》れる。すると彼の体がわずかにピク、と反応した。

「この状況でその言葉は……ズルいですね……」

少し照れたような表情でそう囁《ささや》くと、支倉さんはまたキスをしてくる。まるで食べられるような深いキスを繰り返され、私は息も絶え絶えになりながら応じる。

「はっ……あっ……」

キスを終え、唇を離した支倉さんが、ほうっと息を吐く。そして私の中に挿入《はい》っているそれを何度かゆっくりと前後に動かすと、ぼそりと呟《つぶや》いた。

「……そろそろ、私も限界、か……」

直後、私を追いたてる彼の動きが速まった。さっき一度達したというのに、私の体は再び大きな快感の波にさらわれていく。

ぱん、ぱんと腰がぶつかり合う音の間隔がどんどん狭くなっていくのが遠くのほうで聞こえる。

私は目をギュッと瞑《つむ》って、迫りくる絶頂の瞬間を待った。

「ああっ……！　も、ダメ、イく……」

「花乃っ……」

私の名を呼んだのとほぼ同時に、彼がビクビクと体を震わせた。

同じタイミングで達した私は目を瞑《つむ》ったまま、たとえようもない幸福感に浸《ひた》る。やがて全身から力が抜けて、口からはあっと吐息が漏《も》れた。

支倉さんは一旦私から離れ、避妊具の処理を済ませると再び私の隣へ戻ってくる。逞《たくま》しい腕で私を引き寄せると、そのまま抱き締められる。

「花乃さんは、いい香りがしますね……」

支倉さんが私の頭を撫《な》でる。

「そうですか……？　は、支倉さんだっていい匂いしますよ……」

「私がですか？　ふふ」

私の頭の辺りで、彼が笑う。

話をしている間も、私の髪や背中を優しく撫《な》でてくれる。その手つきがとても気持ちいい。

自然と彼の胸に頬を寄せ余韻に浸《ひた》っていたら、彼が私の顔を覗《のぞ》き込んできた。

「……どうしたんです？　赤く火照《ほて》って、蕩《とろ》けるような顔をしていますが……」

「え……？」

するとこれまで頭を撫《な》でていた彼の手がそこを離れ、私の股間へ触れてくる。彼の長くて骨ばった指が、花弁の奥の小さな蕾《つぼみ》に触れ、私の体はビクッと跳ねた。

「きゃっ！　は、支倉さ……」

もしかして、また……？

そう思い彼を見る。

「察しがいいですね。まだ貴女が足りないと思っていたところに、そんな可愛い顔を見せる貴女がいけないのですよ」

そう言ってにっこりと微笑む支倉さんに、何故か不穏なものを感じる。

そんなことを考えていたら、支倉さんがガブリと噛みつくようなキスをしてきた。

「んっ……！」

顔を固定されて、彼は何度も何度も私に深く口づける。唇の隙間から挿入《はい》ってきた肉厚な彼の舌に、私の舌はあっという間に絡《から》め取られ、艶《なま》めかしいキスが続いた。

「ふ……」

やっと唇が離れ、私は大きく息を吸い込んだ。彼のキスに翻弄《ほんろう》されてすっかり蕩《とろ》けてしまった私は、キスが終わってもまだトロンとした目で彼を見つめる。その私の視線に気がついた支倉さんが、こっちを見てニコッと微笑んだ。

「可愛い」

彼が一言だけ言葉を発した直後、私は体を掴《つか》まれて彼の体の上に引っ張り上げられた。

「わっ？　えっ……！」

「今度は貴女が上でしましょうか」

彼が口の端を上げニヤリ、と笑った。

「え……」

「下から見る貴女も変わらず美しいですね」

そう言いながら、支倉さんは私の乳房を下から掬《すく》い上げるようにしてやわやわと揉《も》んでくる。

「んっ……あ」

長い指が胸の先端を転がすように掠《かす》めると、体が敏感に反応してビクビクと震えてしまう。

「やあ、支倉さ……。今イッたばっかりなのにっ」

「……私を興奮させる貴女がいけないのですよ。赤く火照《ほて》ったその美しい顔も、豊かな胸も、煽情的《せんじょうてき》な腰のラインも……」

そう言いながら、彼は私の腰から臀部《でんぶ》の辺りをさわさわと撫《な》でていく。

私からすれば色気ではそっちのほうが勝っているのでは、とつい反論しそうになってしまう。

するとここで支倉さんが上半身を起こした。

対面する形になり、彼は私の乳房を両手で掴《つか》んで揉《も》みしだく。そして片方の乳房の先端に吸い付くと、ジュブジュブと音を立てて激しく吸ってきた。

ビリビリと襲う快感に、私は背中を反らして悶《もだ》える。

「んあっ……や、だめえっ……！」

彼は吸うのを止め、今度は乳首を転がすようにじっとりと舐《な》める。そして上目遣いで私に視線を送ってきた。

「……ほら、こんなに硬くなった……」

「んう……」

快感に身を捩《よじ》りながら、額《ひたい》に汗が滲《にじ》む彼の顔を見つめる。伏せた切れ長の目と、少し苦しそうな彼の表情はとても艶《つや》っぽくて、見ているこっちがドキドキしてしまう。

視線を彷徨《さまよ》わせた先に、彼の分身が再び硬さを取り戻しているのが目に入って、私の子宮がキュンと疼《うず》く。

私も彼のことを言えないか。今したばかりなのにもう彼が欲しくなってる……こんなことを考えてる自分が意外でびっくりした。でも、彼のことが愛おしくて堪《たま》らないのだから仕方がない。だからか、私は自分でも意外な行動に出た。

「あの、ゴム……私がつけてもいいですか」

「え、よろしいのですか？」

私の申し出に、支倉さんは驚いたように私を見る。

「はい……」

私がこくん、と頷くと、支倉さんはサイドテーブルの引き出しから避妊具を一枚取り出し、私に渡した。私はそれを彼の屹立《きつりつ》に被せ、根元まで装着する。

「おっきい……」

初めて見るわけではないのに、彼のモノを見つめていたら凄く愛おしい気持ちが込み上げてきた。

私は硬く立ち上がった彼のモノを両手で包み込み、片手で固定させもう片方の手で優しく上下に扱《しご》いた。するとさらに硬さが増し、彼の口から熱い吐息が漏《も》れる。

「……はっ……」

眉間に軽く皺《しわ》を寄せ、支倉さんの悩ましい表情が見えた瞬間、嬉しくて堪《たま》らなくなった。

——早く繋《つな》がりたい。

素直にそう思った私は、硬くなった彼自身を自《みずか》らに宛がい、ゆっくりと腰を落としていった。

「ん……っ」

「はっ」

私の腰を支えて動きを助けてくれる支倉さんが、熱い吐息を零《こぼ》す。

目を閉じて、自分の中にある彼を目いっぱい感じる。さらに硬さを増した彼は、圧倒的な存在感で私の中を満たす。

はー……、と薄く息を吐き、うっすら目を開けると、眉根を寄せて目を閉じる彼が見えた。

彼も気持ちよくなってくれてるかな。だったら嬉しい……

そんな思いで、私がゆっくりと体を上下させると、彼の口から「う……」という声が漏《も》れた。その瞬間、嬉しくて胸の奥が熱くなる。同時に、私の中がいっそう熱く潤《うる》んだ。

「あっ、あっ……んっ……」

私は熱に浮かされたように彼に跨《また》がって腰を動かす。

彼は、そんな私を熱のこもった目で見つめていた。

自分からこんなことをするなんて、酷《ひど》くいやらしくなったように思えて、羞恥心《しゅうちしん》でどうにかなりそうだ。だけどこの行為を、止めたくない。

「……っ、花乃……！」

おもむろに上半身を起こした支倉さんが、私を強く抱き締め噛みつくようなキスをする。繋《つな》がったまま繰り返されるキスは、これまで以上に艶《なま》めかしく、私と彼をさらに昂《たかぶ》らせた。

「は、はぜくらさ……」

「もう貴女がどんなに嫌だと言っても、絶対に離しませんよ……覚悟して？　花乃」

熱く真剣な眼差しで私を真っ直ぐに貫き、彼はそう告げた。

以前の私だったら素直に従ったりしなかった。なのに、完全に彼の虜《とりこ》になってしまった私は、この言葉が嬉しくて、幸せで仕方がない。

「はい……！」

私が微笑みと共に頷くと、微笑んだ支倉さんがまるで誓いのキスのようにそっと唇に触れた。

直後、支倉さんは素早く私をベッドに押し倒し、攻守が逆転する。

私を組み敷いた彼の腰の動きが加速し、激しく奥を突かれた。

「あっ、は……あんっ……」

——ああっ、もうイッちゃう……っ

目の前にいる彼の頭を抱いて、私は再び絶頂を迎えた。

「あんっ、イくっ……‼」

「はっ……！」

脱力する私の顔を見ながら彼も達し、私に覆《おお》い被さってくる。少し汗ばんだ彼の肌をさすりながら、私は十分すぎるほどの幸福感に浸《ひた》った。

その後、何度も抱き合い、与えられる快感に翻弄《ほんろう》され続けた私は、結局約束していた習字の稽古などまったくできずに、一日を終えることとなった。

九　花乃、再会する

仕事が休みの今日。私は朝から自宅の和室にこもり、一人黙々と着付けの練習をしていた。

今も着付け教室には通っているが、一日も早く着物に慣れるには、やっぱり実践あるのみだと思っている。なので、家にいる時は、時間のある限り着物を着るようにしていた。

練習のために使っている着物は、亡くなった祖母の着物だ。

幸い祖母は昔の人にしては身長の高い人だったので、私でも問題なく着ることができる。着物を残してくれた祖母に感謝しながら、日々活用させてもらっていた。

その甲斐もあって、今では考えるより先に手が動く。ただ着る分には、ほぼ問題ないまでになっていた。

祖母愛用の大島紬《つむぎ》を身に着け姿見で確認していると、和室の襖《ふすま》がスッと開いて母が顔を出した。

「あら。随分上手に着られるようになったじゃない。見せてごらん」

近寄ってきた母は、私の周囲をぐるりと回り着付けをチェックしていく。

「どう？　最初の頃に比べたら、だいぶ良くなったと思うんだけど」

「そうねえ。おはしょりももたついてないし、お太鼓の形も綺麗ね。上達したじゃない」

帯の一重《ひとえ》太鼓をポン、と叩いて、母が嬉しそうに笑った。

その言葉に、私も笑い返す。努力を認められたようで嬉しい。

「しかし、花乃がこんなに頑張るなんてねえ……。支倉さんは心配ないって仰《おっしゃ》ってたけど、やっぱり相当苦労するんじゃないかって心配だったのよ。でも、これだけ頑張れるなら、何があっても大丈夫ね！　安心したわ。叔母さんもあんたのこと、凄く頑張ってるって褒《ほ》めていたわよ」

「ほんと？　よかった……叔母さんにはまだ到底及ばないけどね……」

それでも何の準備もせずに彼のところに行くよりは、気持ちがずっと楽だ。

有川さんに覚悟のなさを指摘された時は目の前が真っ暗になったけど、今ではきっかけを与えてくれた彼女に心から感謝している。

一通り着付けの練習を終えて、部屋で一休みしている時、私のスマホが着信を知らせた。

相手は支倉さんで、いそいそと電話に出ると開口一番お願い事があるという。

「お手伝い、ですか」

『ええ。来週の日曜に寺で骨董市《こっとういち》をメインとした催《もよお》しがあるのです。運営は市が行《おこな》いますので問題ないのですが、寺でも少々サービスを行《おこな》う予定でして。当初は母と庄司君が担当するはずだったのですが、急に母の都合が悪くなってしまったんです。もしお時間があったら、お手伝いいただけないでしょうか』

そういえば以前、来週の日曜は仕事先の店長夫妻が親類の結婚式に出席するため臨時休業になる、と支倉さんに伝えていた。彼はきっとそれを覚えていたのだろう。

当日は、特に習い事の予定も入れていなかったので、私はいいですよ、と二つ返事で引き受けた。

『よかった、助かります』

ホッとしたような彼の声に、こちらまで頬が緩《ゆる》む。こういう時に、頼ってもらえるのは嬉しい。

催《もよお》しの当日は、支倉さんは別のお仕事があるそうで、終わり次第駆けつけてくれるそうだ。

彼の役に立てることを嬉しく思うと同時に、この前のような疎外感をまた味わうことになるのでは……という不安もちょっとある。でも、私はもう逃げないと決めたのだ。

「よし……頑張る！」

自分で自分に気合を入れ、再び花嫁修業に勤《いそ》しむことにした。

そしてやって来た催《もよお》し当日。

私は約束の時間より少し早めにお寺に着くよう家を出た。

動きやすい格好がいいと思って、今日は長い髪を一つに結び、長袖シャツにデニムを合わせた。スニーカーを履いて軽快に歩きながら寺に到着する。いつもは静かな境内《けいだい》が大勢の人で賑《にぎ》わっていた。

わっ、もうこんなに人が集まってるんだ！

急いで寺務所に行き、そこにいた庄司さんに今日の役割について説明を受けた。

私と庄司さんが行《おこな》うのはお茶出しと、お昼時にはお味噌汁の無料配布。それと、ちょっとした休憩スペースの運営だ。休憩場所となるテントはすでに設置済みなので、私と庄司さんはそのテントの下に置かれたテーブルで待機することになる。

簡単な準備を済ませた私は、作務衣《さむえ》姿の庄司さんと並んでパイプ椅子に座る。庄司さんには、支倉さんとのアレコレを見られているというのもあり、二人きりになるとちょっと落ち着かない。

しばらく無言でいたのだが、思い切って私の方から話しかける。

「あの、こういった催《もよお》しは、よく開かれているんですか？」

するると庄司さんはあっさりとこちらを向いて、答えてくれた。

「骨董市《こっとういち》は年に一回ですね。うちの住職の『もっと市民と密な関係の寺でありたい』という願いにより、ここ数年継続して開かれています。こういった行事でもなければ檀家《だんか》さん以外の方はなかなかお寺にいらっしゃいませんからね。でも、この行事のお陰でだいぶ地元での認知度が高まったように思います」

「そうなんですね」

なるほど。確かにその通りだ、と大きく頷く。庄司さんは、そんな私をちら、と横目で見る。

「本日ですが、有川様も昼頃から手伝いにいらっしゃるそうです。もし、会われたくなければ、先にお帰りになられても結構ですよ。副住職には私から上手《うま》くお伝えしておきますので」

「え？」

私が聞き返すと、庄司さんは小さく息を吐き、目を伏せた。

「先日、有川様が来る前と後で、貴女の様子が違っていたように記憶しています。おそらく有川様に何か言われたのではないかと……違いますか？」

見事に言い当てられて、私は二の句が継げないまま視線を彷徨《さまよ》わせる。

庄司さんは、やはり、と言って少し困ったように眉根を寄せた。

「私が倉庫に行かずあの場に残っていれば回避できたかもしれません。申し訳ありませんでした」

「えっ！　なんで庄司さんが謝るんですか？　私なんとも思ってません。っていうか、むしろ有川さんのお陰でいろいろ踏ん切りがついたと言いますか……だから今は感謝してるんですよ、私」

私は明るく言って微笑む。けれど庄司さんは、何故かもの凄く渋い顔をした。

「ならいいのですが……貴女に距離を置かれていた間の副住職の荒れっぷりが、凄《すさ》まじかったものですから……できればもう、あれは勘弁願いたいかと」

は？　荒れっぷり？

「え？　文倉さんが荒れるって……嘘でしょう？　いつも冷静沈着なあの人が……全然想像がつかないんですけど」

「バレると私が怒られますので、この話はどうぞ聞かなかったことに。そろそろ準備を致しましょうか」

ええ、気になるんだけど……

だが、確かに時計を見るともうすぐ開催の時間だ。見ると、お客様も少しずつ境内《けいだい》に集まりだしている。荒れる文倉さんは非常に気になるけれど、今はこっちが優先だ。

境内《けいだい》を利用して骨董《こっとう》商が各々テントを設置したり、シートを広げてその上に所狭しと商品を並べていく。ざっと見たところ、お皿などの陶器類が多いようだが、中には年季の入った箪笥《たんす》や、道具入れなんかもあって興味をそそられる。

客層は年配の方が多いかと思いきや、意外と若い方の姿もちらほら見受けられた。

なんだか楽しそうで、休憩時間があったら私もちょっと見にいこうかな……なんて思っていたら、買い物袋を持った若い女性が休憩スペースに入ってきた。

挨拶《あいさつ》がてら声をかけてみると、気さくな感じの女性は快《こころよ》く買ったものを見せてくれた。

彼女は古い着物を買いにきたのだという。

「着られるようならこのまま着ますし、サイズが合わなければ洋服などにリメイクします」

へーなるほど。リメイクか……それも素敵だな。

その方をかわきりに、休憩スペースにはいろんな方が立ち寄ってくれるようになった。

お孫さんといらっしゃったおじいさんや、骨董《こっとう》好きな若い男性。御夫婦やカップルなどなど。

お陰でしょっちゅうお茶を煎《い》れては渡しを繰り返すことになる。同時に、茶葉の交換や追加のお湯を用意しに寺務所に走ったりと結構忙《せわ》しない。

庄司さんは寺務所にやってくる参拝客の対応も兼任していたので、休憩所はほぼ私が担当していた。そして気がつけばもうすぐお昼という時間になっている。

「わー、早い！　もうこんな時間。急いで、お味噌汁の準備しますね」

「お願いします。あ、葛原さん、有川さんがいらしたら先にお昼食べてください。寺務所にお弁当が用意してありますから」

「分かりました」

お弁当を用意してくれたのか、ありがたいな。

お昼時ともあって、休憩処にやってくる人が増えてくる。

味噌汁の入った寸胴鍋の前には、あっという間に長蛇の列ができてしまった。普通だったら、この状況に慌ててしまうところだけど、私にとってこんなのはいつものことだ。

私の勤める菫亭の平日ランチの行列はこんなもんじゃない。あの忙しさに比べれば……と、私は余裕の笑みを浮かべて味噌汁の配膳を続ける。

たまたま私の横でお茶を配っていた庄司さんが、驚いたように私を見て、ぼそっと呟《つぶや》く。

「……味噌汁の配膳が速い上に量が正確ですね。具と汁のバランスも同じ……」

「普段からランチセットの配膳で慣れているので……」

「なるほど」

庄司さんが、納得したように何度も頷く。

やがて寸胴《ずんどう》の中のお味噌汁があとわずかとなり、お客様も一段落した。

「葛原さんお疲れ様です。あとはお茶だけなので私一人で大丈夫です。もうじき有川様もいらっしゃいますし、今のうちにお昼に行ってきてください」

「はい、分かりました。それじゃあ、お先にいただきます」

庄司さんに頭を下げて寺務所に戻ろうとした時、休憩のテントに着物姿のご婦人がやってきた。

「ごめんなさいね、喉が渇いてしまって。お茶を一杯いただける？」

「はい。どうぞ」

私が紙コップに入った緑茶を手渡す。ご婦人は椅子に腰掛けて、ゆっくりとお茶を飲んだ。

「ふー、落ち着いた。ご馳走様。年に一回の骨董市《こっとういち》が毎年楽しみでねえ。張り切って回ってたら、くたびれてしまって」

にこやかに微笑むご婦人は綺麗にパーマをかけた白髪に、薄い紫色の生地《きじ》に淡い花の絵柄をあしらった美しい着物を召している。見たところとても上品な女性だけど、時折帯の位置を気にして上げたりしているのが気にかかった。

――もしかして苦しいのかな？

最近着付けの練習ばかりやってたものだから、どうにも気になってしまう。私の視線に気がついたのか、ご婦人が恥ずかしそうに微笑んだ。

「ふふふ、実はね……うちの孫娘が最近着物に凝《こ》り始めてね。着付けの練習台になってくれって言うからやってもらったのはいいんだけど、ちょっときつくってね……もう見るのを諦めて迎えに来てもらおうかと思ってるの」

ご婦人は残念だけど、と寂しそうに苦笑する。

……どうしよう。直して差し上げたいけど、しゃしゃり出てご迷惑にならないだろうか。

そんな考えが頭をよぎる。

だけど、やっぱり目の前で困っている人を、このまま黙って見ていることなんてできない。

「あの、もしよろしければ……帯、ちょっと緩《ゆる》めましょうか？　差し支えなければですが……」

私が遠慮がちにそう申し出ると、ご婦人は「え？」と言いつつ、ぱっと目を輝かせる。

「お嬢さん、お着物着られるんですか」

「はい、今ちょうど教室に通って勉強しているところなんです。なのでまだまだなのですが……」

「いえいえ、そんな！　ぜひお願いしたいわ！」

ご婦人が嬉しそうに微笑み、私を見て立ち上がる。ここで私たちのやり取りをずっと見守っていた庄司さんがそっと口を開いた。

「葛原さん、寺務所の隣にある部屋を使ってください。あそこなら鏡もありますから」

「ありがとうございます。では、ちょっと席を外しますね」

私が頭を下げると、庄司さんはニコッと微笑んでくれた。庄司さんの笑顔を見たのは初めてだ。

庄司さんの厚意に感謝しながら、私はご婦人を寺務所の隣にある和室に案内する。

ご婦人の着物の帯を了解を取ってから触らせていただくと、確かにちょっときつそうだった。

これでは具合が悪くなってもおかしくない。

実は、こんな時の対処法も教室で教えてもらったのだ。それを思い出しつつ、頭の中で手順を考えていると、ご婦人に声をかけられた。

「お嬢さんは、このお寺の方なの？」

そういえばまだ自己紹介していなかったと気づく。

私はひとまず着物から手を離し、ご婦人の前に回り込んだ。

「ご挨拶《あいさつ》が遅くなってしまって申し訳ありません。私、葛原花乃と申します。このお寺の副住職とご縁がありまして、今日は臨時の手伝いをさせていただいております」

恐縮しながらぺこりと頭を下げると、ご婦人はあら、と微笑む。

「ご丁寧にありがとうね。花乃さんて素敵なお名前ねえ。私、桂《かつら》といいます。この近所に住んでるの。さ、堅苦しい挨拶《あいさつ》は抜きにして、帯をお願いね？」

そう言ってくださったので、私はその言葉に従い、黙々と帯直しの作業に没頭した。

桂さんが身に着けている帯は袋帯。金糸銀糸を贅沢《ぜいたく》に織り込んだ、素晴らしい帯だ。

私、目利きでもなんでもないけど、この帯って、もの凄く高価なのではないかしら……

ついつい、帯に触れる手が緊張してしまう。

「ねえ、副住職にご縁がってことは、お嬢さんは宗駿さんのお知り合いなの？」

「は、はい」

すると桂さんが、ぐっと私に顔を近づけてきた。

「……もしかして、お付き合いしてるのかしら」

鋭い眼光を放ちながら、桂さんが私の返事を待っている。

以前だったら返答に困っていたかもしれないけど、今の私はもう悩まない。

「はい……お付き合いさせていただいてます」

私は桂さんの目を見て、はっきりと答える。すると桂さんが「まあ！」と言って大きく目を見開いた。

「そうだったの!!　駿ちゃんたら、ついに！　もしかして結婚の約束も……？」

「プ、プロポーズはして、いただきました……」

さすがに顔が火照《ほて》ってくる。

「まーーっ!!　駿ちゃんたらもうプロポーズもしたの！　ちーっとも知らなかったわ！」

会ってすぐにされましたけど……とはさすがに言えないので、私は心の中で苦笑する。

何度もうんうんと頷いた桂さんは、ホッとしたように息をつき、感慨深げに遠くを見つめた。

「駿ちゃんは子供の頃からよく知ってるの。とっても頭のいい子でね。穏やかで優しくて、皆に愛されて育ったわ。早くにお寺を継ぐって決めて、ここも安泰《あんたい》だ……なんて思ってたら、あんなに器量がいいのに結婚する気配がなくてねえ……もうすぐ三十になるって時かねえ、私がお嫁さん候補の女性を紹介してあげようとしたら、断られちゃって。それで私、駿ちゃんと話をしたのよ。結婚する気がないのか、どんな女性ならいいのかってね」

私は、着物と帯の間に親指を入れ左右に動かし調整しながら桂さんの話に耳を傾ける。

三十前？　ってことは支倉さん、すでに私と出会っている頃かな。

「そうしたら駿ちゃん、『自分には心に決めた女性がいます。その方以外と結婚をするつもりはありません』って言って聞かなくて。どこのお嬢さんだって聞いても教えてくれないのよ。私と同じように駿ちゃんにお嫁さんを紹介したがってた人は、みんながっかりしたのよ」

だけど、と言って桂さんがふふふと楽しそうに笑った。

「駿ちゃんは、お嬢さんのことが好きだったのねえ……」

しみじみと言われて、どうにもいたたまれなくなってくる。どうしよう、顔が熱い……。

「え、えと……その……私からはなんとも……」

なんと返していいか分からずに私はごにょごにょと口ごもる。その間に私は、伊達締《だてじ》めをちょっと緩《ゆる》め、帯の位置を少し下げた。

よし、これでオッケーかな。

「どうでしょうか、帯きつくないですか？」

顔を上げて私が尋ねると、桂さんが確かめるように帯に手を当てる。

「ああ、いいね。楽になった！　きつすぎず緩《ゆる》すぎずちょうどいいよ。お嬢さん上手だねえ。着付けはどれくらい勉強してるの？」

「まだ二ヶ月くらいです。実は、初級コースも終えていない初心者で」

勉強しているだなんて言うのもおこがましいくらいで、ちょっと申し訳なくなる。

私が小さくなっていると、桂さんが驚いたように声を上げた。

「二ヶ月⁉　それでここまでできれば大したもんだわ！　うちの孫娘なんかもう半年以上教室に通ってるっていうのに、さぼりがちで全然覚えられてないのよ！　……ああ、お嬢さんの爪の垢《あか》でも煎《せん》じて飲ませたいわ」

「そんな、とんでもないです。まだまだ学ぶことがたくさんあって」

「そう。頑張ってるのねえ」

感心するようにゆっくりと頷く桂さん。この人を見ていると亡くなった祖母を思い出して懐《なつ》かしい気持ちになる。そのせいか私の口から、つい本音が漏《も》れてしまった。

「……彼があれだけ立派な人ですから、私、相当頑張らないと横にいられないなって思うんです。だから、必死なんです」

桂さんは優しく微笑み私の肩をポンポンと叩いた。

「駿ちゃんはモテるからライバルいっぱいいて大変かもしれないけど、駿ちゃんが選んだのは貴女なんだから、もっと自信を持って！　いい？　周りなんか気にしてはダメよ。外野には好きなこと言わせておけばいいの」

「はい……！　ありがとうございます……」

桂さんの言葉が胸に響いて、ほっと笑みを浮かべる。そんな私を見て、桂さんもにっこりと微笑んでくれた。

「さて、お嬢さんのお陰で楽になったし、もうちょっと骨董市《こっとういち》を見て回ってくるわね。花乃ちゃん、だったわね？　本当にありがとうね」

桂さんがそう言いながら手をヒラヒラさせ和室を出て行った。その背中を見送り、一人になった私は桂さんに言われた言葉を何度も何度も頭の中で反芻《はんすう》する。

嬉しい。頑張ってきてよかった……

喜びをかみしめていると、寺務所のドアがガラリと開いた。見ると、手伝いに来ると言っていた有川さんだった。私は慌てて居住まいを正し挨拶《あいさつ》する。

「あっ、こんにちは」

すると有川さんは、私に向かって優しく微笑んだ。

「こんにちは。――今、ここから出ていらしたの、桂の奥様ですよね？　何かあったのですか？」

さすが有川さん。桂さんのことも知ってらっしゃるのか……桂さんのお宅、この寺のご近所だって言ってたもんね。

「お着物の帯の調整をさせていただいてたんです」

すると有川さんは驚いたように軽く目を見開いた。

「……葛原さんがですか？」

「はい。ちょうど今、着付けの勉強をしているので、できる範囲で……」

「そうですか……葛原さん、覚悟をお決めになられたのですか」

有川さんが私の真意を探るように、真っ直ぐ私を見て問うてくる。

この人には、自分の気持ちをちゃんと伝えなくては。

そう思った私は改めて彼女に向かい合うと、彼女の目を見た。

「はい。決めました。……貴女のようにはなれないかもしれませんが、それでも彼のことが好きだから、頑張ろうと思います」

私の言葉を黙って聞いていた有川さんは、少しだけ目を伏せた。そしてすぐに、口元に柔らかな笑みを浮かべる。

「そうですか」

私は、そんな彼女を黙って見つめる。有川さんは、持っていた荷物を部屋の隅に置き、エプロンを身に着けて寺務所の出口に向かう。そこでふと、私の方を振り返った。

「着付けの他に、何を勉強されているのですか？」

「あ、はい……料理と、書道を……」

「ではまだ華道はされていないのですね？」

うっ。さすがにまだそこまで手が回っていない……

私は項垂《うなだ》れて「はい……」と返事をする。

「……華道を学びたくなったら、私に仰《おっしゃ》ってください。私が教えることもできますが、私が長年お世話になっている先生を紹介することもできますので。……貴女がお嫌でなければ、ですが……」

「えっ」

思いがけない有川さんの提案に、項垂《うなだ》れていた私は勢いよく頭を上げる。

「ほ、本当ですか？　いいんですか、私に……」

「ですから、貴女がお嫌でなければ、です。先日、嫉妬丸出しで手厳しいことを申し上げてしまった、嫌な女ですが……」

「そんなことないです！　私、貴女に言ってもらえてよかったと思っているんです。じゃなかったら、こうして覚悟を決めることなんてできなかったから……きっかけを与えていただき、ありがとうございました」

私がお礼を言うと、有川さんは驚いたように口を開けて黙り込んだ。でも、すぐに表情を和《やわ》らげ、綺麗な笑みを浮かべた。

「貴女とは、長いお付き合いになりそうですね。どうぞこれからも、よろしくお願いいたします」

嬉しくなった私は、精一杯の思いを込めて頭を下げて、笑みを返す。

それから有川さんと連絡先の交換をし、昼食を食べる私の代わりに彼女は寺務所を出て行った。

その後、食事を終えた私は庄司さんと代わり、有川さんと二人でお茶配りをする。

二人きりでいる間、有川さんとはポツポツと話をした。

改めて話をしてみると、有川さんは何気ない世間話にもちゃんと反応してくれる気さくな人だった。それに洋食屋の話をしたら一段と目を輝かせてたし……思っていたより付き合いやすそうな方だと感じた。

そんなこんなで、有川さんと来客の対応をしているうちに、時間はあっという間に過ぎていった。

日が傾き始めるのと同じくして骨董市《こっとういち》も終了。

お客様が帰っていくのを見送りながら、私たちもテントを畳むのを手伝い、ゴミを拾ったりしながら黙々と後片づけをする。

そういえば、支倉さん帰ってこなかったなあ……お仕事、長引いてるのかな？

そんなことを考えながら手を動かしていたら、後ろから庄司さんに声をかけられる。

「葛原さん、このビニールシートを寺の裏手にある倉庫に仕舞ってきていただけますか？　もし仕舞う場所が分からなければ先に有川様が行ってらっしゃるはずなので、聞いていただければ分かると思います」

「はい、分かりました」

庄司さんに渡されたビニールシートを手に持ち、私は寺の裏に回る。すぐに倉庫らしきプレハブが見えて、ああ、あれか……と思った瞬間、聞いたことのある話し声が聞こえてきた。

「――貴女が言っているような方ではなかったわ、彼女は」

有川さんの声だ。そしてもう一人は……

「そうかしら。由香里さん、あの人に騙《だま》されているんじゃないの？」

ちょっと棘《とげ》のあるこの喋《しゃべ》り方。これは……池本さん!?

ええ？　なんで池本さんがここにいるの？　しかもなんか、私のこと話してるっぽい……

凄く気になるけど、突撃するほどの勇気もない。私は息をひそめて彼女たちから見えない位置に隠れた。

「貴女は葛原さんを彼の上辺だけを見ていると仰《おっしゃ》っていましたが、そうは思えません。あの人はちゃんと覚悟を持って彼に嫁ごうとしています。決して軽い気持ちなどではなく。――それに何より、宗駿さんが彼女を深く愛してらっしゃる。私達にできるのは、彼らを引き離すことではなく応援することではないですか？」

「ふーん……それが貴女の答えなのね。すっかり葛原さんに抱き込まれちゃったみたいで……」

「何と言われようが、私は二人の邪魔はするべきではないと思います。では」

有川さんは池本さんにぴしゃりとそう言い、私の隠れているほうと反対側へ歩き出した。

「……ったく。これだからお嬢は……」

苛立つ池本さんの声が聞こえて、私の心はモヤモヤする。

彼女に向かって歩を進める。すると足音に気がついた池本さんが、私に気づきほんの少しだけ目を見開いた。

「あら。いたの」

とくに顔色も変えず平然と答える池本さん。

「池本さんこそ、いついらっしゃったんですか」

「さっきよ。骨董市《こっとういち》ちょっと覗《のぞ》いてたの。もう終わりだっていうんで帰ろうとしたら有川がいたから、少し話してただけ。……ねえ、貴女いろいろ勉強始めたんですって？

この間のアレ、本気だったのね」

私が本当に勉強を始めるとは思わなかったのだろう。池本さんがクスッと鼻で笑う。

「……彼に対する気持ちに嘘はないので」

「ご立派ね。でもいつまで続くかしら。どれも中途半端にならなきゃいいけど？」

相変わらず棘《とげ》のある、池本さんの言葉。

だけどこの言葉の裏には、支倉さんへの長年の思いがあることを私は知ってしまった。

一度は彼のことを諦めようとした私は、彼女が抱く辛い気持ちが分かるから……

「私なりに彼の側にいられるよう、努力し続けるつもりです。貴女が何をしてきても私は絶対負けないし、彼を好きでいることを止めるつもりはありません。もちろん、貴女の思いを否定するつもりもありません。だけどいつか、貴女に彼の嫁として認めてもらえるようになりたいと思っています」

自分の気持ちをきっぱりと彼女に伝えると、「はあ!?」と彼女の顔が歪《ゆが》む。

「貴女の気持ちと、私の気持ちを一緒にしないでくれる!? ずっと彼のことだけを思って生きてきた私の気持ちが、貴女と一緒なはずないでしょ！ 貴女なんかに、私が負けるわけがな、い……」

私に向かって自分の思いをぶちまけていた池本さんの顔が、みるみる青ざめていく。

「え？ 池本さん、どうかしたんですか……？」

不思議に思って彼女の視線を辿《たど》ると、なんとそこには意外な人物がいた。

「支倉さんっ……!?」

木の陰から姿を現した法衣姿の支倉さんが、微笑みながら私達に近づいてくる。

会えてちょっと嬉しく思う私とは対照的に、池本さんは彼を見たまま硬直し顔を引き攣《つ》らせていた。

「……そ、宗駿さんなんでここに！ というかまさか、今の話、全部聞いて……」

慄《おのの》く池本さんに、支倉さんはにっこりと微笑む。

「はい。悪いと思いながら、大体聞かせていただきました」

支倉さんから池本さんに視線を移すと、彼女は顔を真っ赤にして、口をパクパクさせている。

まあ、そりゃあそうだよね、結果的に大声で告白しちゃったようなものなんだし。おまけに、隠してきた本性もばっちりバレちゃったわけだから……。

するとそんな池本さんを見ていた支倉さんが、口を開いた。

「貴女のお気持ちには気づいていましたが、こうしてはっきりと伺《うかが》ったのは初めてですね」

その瞬間、池本さんの肩がビクッと震えた。そして何かに耐えるように唇を噛む。

「ずっと思ってくださり、ありがとうございました。お気持ちは、とても嬉しく思います。……けれど私の心には、すでにただ一人の女性がおります。貴女の気持ちに沿うことができず、申し訳ありません」

そう言って支倉さんは、池本さんに向かって静かに頭を下げた。

「……いえ、こちらこそすみません。お返事ありがとうございました」

さっきまでの勢いはどこへやら。すっかり大人しくなってしまった池本さんは、申し訳なさそうに支倉さんにぺこりと頭を下げた。そんな彼女を見て支倉さんが首を横に振る。

「貴女が謝るようなことは何もありませんよ。それに池本屋さんとは長い付き合いです。貴女の家のお菓子で育った身としては、こんなことでご縁を途切れさせるようなことはしたくない。あの美味《おい》しい葛餅《くずもち》もぜんざいも、食べられなくなるのは悲しいですからね」

「も、もちろんです！　これからもどうかご贔屓《ひいき》に……！」

支倉さんの言葉に、池本さんの表情が明るくなる。

二人のやり取りを黙って見ていた私が、ほっと胸を撫《な》で下ろした時――それまで穏やかだった支倉さんの眼光が、ちょっと鋭くなった。

「しかし……常々思っておりましたが、初美さんはもっと本来のご自分を表に出されたほうがいい。聞き分けのいい和菓子屋の看板娘より、その狡賢《こうかつ》さと頭の回転の速さを武器になさったほうが貴女の美しさが一層際立ちますよ。きっと男性も、そんな貴女を放っておかないでしょうね」

そう言って支倉さんは、意味ありげな流し目を池本さんに送った。

流し目の威力もさることながら、本性をずっと知られていたという事実に池本さんが固まる。

そんな魅力的な表情で、トドメを刺すようなことを言うなんて……もしかして支倉さん、結構怒ってたりするのかな……

「そ、宗駿さんは、その、ご存じだったんですか……？」

池本さんが絞り出すみたいな、声で支倉さんを窺《うかが》う。

「そうですね……割と最初から気づいていました。でも、いいんじゃないでしょうか、普段の貴女より魅力的だと思いますよ。ただ残念ながら、私にはその魅力を上回る人がいるというだけで」

そう言って支倉さんは私をちらっと見る。そんな場合ではないのに、ついドキドキしてしまった。

「……こんな時まで、惚気《のろけ》るのね……」

ぐったりした池本さんの呟《つぶや》きが聞こえた。かと思ったら、突然彼女は、ふふふふ、と笑い出した。表情も、何か吹っ切れたものへと変わっている。

「い、池本さん……？」

私は思わず、彼女に声をかける。すると彼女は「はーっ！」と大きく息を吐き、頭に手をやってくしゃくしゃと自分の頭を掻きむしった。

「宗駿さんには隠し通せてると思っていたのに……バレてたなら仕方ないわ。だけど私はこの寺の檀家《だんか》だからね、これからも家同士の付き合いは続くのよ、ずっとね。貴女を認めるかどうかは、その奮闘ぶりを見てから決めさせてもらうわ」

この言葉を置き土産《みやげ》に、池本さんは手をヒラヒラさせて颯爽《さっそう》とこの場から立ち去った。

なんか、結果的にはよかったのかな……？

彼女の背中を見送っていた私は、支倉さんの「花乃さん」という呼び声で我に返った。

「あっ……は、支倉さん！　もう、いつから後ろに潜《ひそ》んでいたんですか!?　全然気づきませんでしたよ」

すると支倉さんが、可笑《おか》しそうに笑う。

「潜《ひそ》んでいたわけではなくですね……仕事を終えて来て、一刻も早く貴女の顔が見たくて境内《けいだい》を探し歩いていただけなのです。だから、お二人の会話を聞いたのは本当に偶然だったのです」

「うっ……そうですか。あ、あと、池本さんの本性、知ってたんですか!?」

「私が気づかないはずがないでしょう。特に害もないので黙っておりましたが、やはり、貴女を排除しようとしたとあっては黙っているわけにもいきませんからね」

私はぽかん、と口を開けたまま、支倉さんを凝視する。

すると私が手にしていたビニールシートを支倉さんが手に取った。

「呆れました？」

「呆れ……ますけど。でもそういうところもひっくるめて、私は支倉さんが好きなんです。もう、仕方ありません」

「ははは」

そう言うと、支倉さんが嬉しそうに笑った。

そうして倉庫にビニールシートを片づけて出てきた支倉さんは、改めて私に一礼する。

「今日は一日お疲れさまでした。不慣れな環境であったにもかかわらず、貴女のお陰で随分助かったと庄司君が申しておりましたよ」

「え、本当ですか……？　よかった……お役に立てて」

庄司さんそんなこと言ってくれたんだ、よかった。

ほっとする私に、支倉さんがそれと、と言葉を続ける。

「貴女を探していたのには、会いたいのと別にもう一つ理由があったからなのです。花乃さん、ちょっと私の部屋まで来ていただいてもよろしいですか」

「は、はい」

部屋へ、と言われてこの前のことを思い出し、ちょっとドキドキした。そんな心境を悟られないように、私は黙って彼の後をついて歩く。

支倉さんの部屋に入り、「座って」と言われるがまま床に座り込む。すると、彼は部屋の片隅に置かれていた風呂敷包みを手にして、私の前に座った。

そうして、私の前にその風呂敷包みをそっと置く。

――なんだろう、これ。

目の前の風呂敷包みに目を奪われていると、支倉さんがその結び目を解いた。中から現れたのは、白の和紙――たとう紙だ。

「着物、ですか？」

「ええ。出来上がるまで貴女には内緒にしておいたんです。まあ、言えなかった、というのもあるのですが……」

喋《しゃべ》りながら支倉さんがたとう紙の紐《ひも》を解いて広げると、中から現れたのは――

「え……これ、もしかして黒留袖《くろとめそで》ですか……？」

支倉家のものと思われる家紋が入った、美しい正絹《しょうけん》と思《おぼ》しき織物に私は息を呑んだ。

「檀家《だんか》に呉服店を営んでいる方がいらっしゃいましてね。少し前、法事でお会いした際にお願いしていたのです。完全に私の我《わ》が儘《まま》なのですが……貴女に差し上げたい。もらってくださいますか」

「は、支倉さん……こんな高価なもの、いただけませんよ」

状況に頭が追い付かない。だけど混乱する私に構わず、支倉さんはいえ、と言って首を横に振る。

「貴女がもらってくださらないと、この留袖《とめそで》は誰にも着られることなく、うちの箪笥《たんす》で眠ることになってしまいます。寸法も、貴女に合わせて仕立てましたので」

ええっ、寸法!?　なんで私の寸法を支倉さんが知ってるの!?

ギョッとして彼に問う。

「私の寸法って、いつの間に計ったんですか」

「貴女の体のことなら、全て頭に入っております」

支倉さんはそう言って意味ありげな笑みを浮かべる。その意味は言わずもがな。

恥ずかしさで顔に熱が集中するのが自分でも分かった。この人は私を照れさせる天才か。

脚を崩していた私はきちんと正座をした。そして膝の上に手をのせ、強い口調で彼に問う。

「もし……私がやっぱり結婚しないって言ったらどうするつもりだったんですか」

真顔になった支倉さんは私から目を逸《そ》らし、窓から庭を見つめる。

「さあ、どうしたでしょうか……手元に置いて、これを見る度に貴女のことを思い出したかもしれませんね」

ああ、どこまでも支倉さんは支倉さんだ……と、妙に納得してしまった。そう思ったら笑いが込み上げてくる。

「ブッ！　は……支倉さん、怖すぎます……もうそれ、完全にストーカーですって……あははは！」

私は噴き出すのを我慢できず、口元に手を当てて笑った。さすがの支倉さんもこれには苦笑いを浮かべている。

「違いない。私も言ってからしまったと思いました」

そして彼も、ははは！　と声を出して笑った。

しばらく一緒に笑い続ける。ようやく笑いの収まった私が、はー……と目元の涙を指で拭《ぬぐ》っていると、支倉さんに名を呼ばれる。

「花乃さん」

正座をして真っ直ぐ私を見つめる彼の視線に、不意を突かれドキッとする。

「は、はい……？」

「もう一度、言わせてください」

支倉さんが着物を横にどかし、座ったままスッと私との距離を詰める。

「私は自分で言うのもなんですが、かなり扱いづらい人間です……ですが」

そして私の手を取ると、両掌《てのひら》で優しく包み込む。

「結婚して、私の妻になっていただきたい。花乃さん」

〝私の妻になっていただきたい――〟

ふと、夏のあの日の記憶が蘇《よみがえ》る。

あの時の私はただ驚き、戸惑うだけだった。でも今の私は……あの日の私とは違う。

――こんな扱いづらい、強情《ごうじょう》な人、私以外の誰が相手にできるというの。

この数ヶ月で知った彼に対して、私はそんな風に思えるようになった。

私は彼の目を見て、精一杯の笑顔を返す。

「はい……よろしくお願いします」

そう言って、深く頭を下げて体を起こすと、嬉しそうに微笑む文倉さんに優しく抱き締められた。

「愛しています、花乃さん」

「……私も、愛してます……」

彼の胸元をぎゅっと掴《つか》んで、私は彼としっかりと抱き合う。

なんだか懐《なつ》かしく感じる彼の香りは、あの夏に嗅いだ香りと同じだった。

十　花乃、嫁入り準備をする

季節は変わり、もうすぐ春がやって来る。毎年何気なく迎えていた春も、今年は私にとってちょっと違うものになりそうだ。

「で、準備は進んでるの？」

職場での昼休み。賄《まかな》いを食べている私に、店長の奥さんである美世子さんがニマニマと微笑みながら聞いてきた。

「はい、少しずつですけど。今は引っ越しに備えて必要ないものを捨てたりとか、主に片づけをしています。さすがに二十九年分ですからね～、ものの多さに驚きます」

「結納も無事済んで、残すは結婚式と披露宴ね。楽しみだわ～花乃ちゃんの花嫁姿」

美世子さんがうっとりしながら、はあ～と感嘆のため息をつく。

予想以上に私の結婚を喜んでくれた店長と美世子さんの二人にも結婚式に参列してもらえないか聞いてみたら、快《こころよ》くOKしてもらえた。その日はどうやら、店長権限で臨時休業になるみたい。

「まぁ……詳細は話し合いの最中なんですけどね。式はお寺で。披露宴はまだ検討中なんです。彼は私のドレス姿が見たいからホテルで披露宴をしましょうって言ってくれるんですけど……着物も着てドレスもなんて、ちょっと贅沢《ぜいたく》かなーって。もう少し話し合いが必要です」

彼との攻防戦を考えて、思わず、はあ～とため息が出てしまう。

まぁ……私がどんなに抵抗しても彼に押し切られるのは目に見えてはいるのだが。

「あらあ、一生に一度なんだから着ればいいのに。花乃ちゃんのドレス姿、きっと素敵よ。私もお式楽しみだわ～。お相手の方があれだけのイケメンだと、目の保養になっていいわね。そういえば、彼ってごきょうだいはいるの？」

今、美世子さんの眼がキラリと光ったような……

私は賄《まかな》いのカレーを食べていた手を止め、お茶を一口飲んだ。

「弟さんがいるそうです。今は仏教系大学の大学院に通ってるそうで、実家にはいないんですけど」

「ふうん。弟さんも彼みたいにいい男なのかしら？」

「さあ？　私もまだ会ったことないんですよ。聞くところによると顔はお母様似で、彼とはあまり似ていないみたいです」

「あら、そうなのね。でもほんと、宗駿さん素敵よねぇ～。久しぶりに現実でいい男を見たって気がするわ……」

そう言って、うっとりする美世子さんを見て私は苦笑する。

結婚が決まった後、支倉さんは一度この店に顔を出したことがある。その時の美世子さんの興奮ぶりといったらそりゃもう、凄かった。

『花乃ちゃん!!　ヤバいっ！　い、色気が半端ないんだけど……!!　よくこんな凄い男モノにできたわね!!』

見たことがないくらい顔を赤くして喋《しゃべ》りまくる美世子さんを目《ま》の当たりにして、私はどうリアクションしたらいいのか分からなかった。その熱狂ぶりに、いつも冷静な支倉さんまでちょっと困惑ぎみだったほどだ。

そんなことを思い出しながら、再び賄《まかな》いを食べる。今日のメニューは牛すね肉を使ったカレーだ。

——やっぱり美味《おい》しいなあ。ここの賄《まかな》いを食べ続けて十年だけど、それもうあとわずかなんだよね……

そう思ったら急に寂しさが込み上げてきて、しんみりしてしまう。

賄《まかな》いを食べ終えた美世子さんが「だけど」と言いながら私を優しい目で見つめる。

「色んなことが急にバタバタと決まったわねぇ……ずっと一緒に働いてくれた花乃ちゃんがいなくなるのは、うちとしては寂しい限りだけど」

「すみません、私も辞めたくなかったんですけど……これればかりは……。で、どうですか求人のほうは」

正社員としてフルタイムで働いていた私が辞めることになり、私に代わる人材を、と美世子さんには早めにお願いしておいた。私がいるうちに教えられることは教えてあげたいし。

「正社員の募集は継続中だけど、三月の終わりからフルで入れる子が一人いるのよ」

ん、それはもしや……私の頭の中にある人物がパッと浮かぶ。

「横田さんですか？」

私の考えは当たっていたようで、美世子さんの表情が緩《ゆる》む。

「あの子、ついに就職が決まらなかったみたいでね。正社員になることも視野に入れて、しばらくはフルで頑張ってくれるそうよ。目一杯シフト入れてくれって頼まれたわ」

「そうだったんですね……このところゆっくり話す機会もなくて全然知らなかった。でも横田さんなら頑張ってくれそうですね」

なんだかんだで彼女も半年以上ここでバイトをしているし、今は頼れる存在になっている。

私の結婚が決まったと話した時も、凄く喜んでくれた。

『本当ですかぁ！　ついに決心したんですね！　おめでとうございます！』

私の手を握り、笑顔で祝福してくれた横田さんだがすぐに表情が曇った。

『あれ？　でもそうなると葛原さん辞めちゃうの？　え！　やだぁーー!!　辞めないでーー!!』

そう言って泣きそうな顔で私の胸ぐらを掴《つか》んだ横田さんに、ぐらぐら揺さぶられたっけ。

うん。横田さん……頑張って。

そんな風に残り少ない職場での生活を考えながら、私はふと先日のことを思い出していた。

二人の気持ちを改めて確認し合った後、支倉さんが私の両親に挨拶《あいさつ》しに我が家にやって来た。

約束の時間にインターホンが鳴り、ドアを開けた私はポカンと口を開けた。

そこには見慣れた法衣姿の支倉さんではなく、ピシッと濃いグレーのスーツを着こなしたイケメンがいたからだ。

「は、支倉さんも、スーツなんて着るんだ」

支倉さんの見慣れぬ姿に何故かもの凄くドキドキしてしまう。

「そりゃあ着ますよ。結婚のご挨拶《あいさつ》なら法衣じゃなくこちらのほうがいいかと思いまして」

少し照れながら支倉さんが我が家の玄関に上がる。そしてすれ違いざまに私の肩をポン、と軽く叩いた。

「あ、今、母を……」

「まああーーっ‼ 支倉さん、お久しぶりですっ。よくいらっしゃいました‼ さー、どうぞどうぞ‼」

今母を呼びに、と言おうとしたのに待ちきれない母が、玄関まで迎えに出てきてしまった。

率直に言って母は支倉さんのファンである。故に私が支倉さんと結婚することを伝えでも、反対するはずもなく……

『やっとその気になったのね。よかったよかった。で、入籍はいつ？』

テレビを見ながらやる気のない返事を返す母に、ちょっとだけ拍子《ひょうし》抜けした。でもまあ母のこの反応は想定の内。問題は父だ。

たぶん母から支倉さんとのことを聞いているはず。そう思っていたので、いざ結婚します、と父に話す時は緊張した。反対はされないだろうと思ってはいたけど、父の返事にはちょっと驚かされた。

『お前がしたいならいいんじゃないか』

仕事から帰宅後、新聞を読む手を止めて私をちらっと見た父は、それだけ言うと再び新聞に視線を戻してしまった。

『え……それだけ？』

もっと何か言われると思ったから、かなり拍子《ひょうし》抜けした。

『それだけも何も、もうお前の中では結婚は決まってるんだろう？　なら反対したって仕方ないじゃないか。いつまでも一人でいられるより、もらってくださる方がいたほうがこっちは安心だよ』

まったくもってごもっともなお言葉に、私はただ『ハイ』と頷くだけ。

そして最後に、弟の佑の反応は、といえば――

『そっか……よかったな、姉貴』

そう言って安心したように胸を撫《な》で下ろしていた。

佑にも心配かけちゃったからな……。申し訳ない気持ちになった私は心の中でごめんと謝る。

『あの支倉さんがお義兄《にい》さんになるのかー。なんか、ちょっと嬉しい……。じゃあ姉貴、結婚したらすぐ向こうの家族と同居するの？』

『私もそうなると思ってたんだけど、しばらくは自宅の隣にある離れを使ってくれって言われてるの。今は倉庫代わりに使ってるらしいんだけど、リフォームしてくれるみたいで。同居が嫌な訳じゃないけど、ちょっとほっとしちゃった』

『そっか。じゃあたまには会いに行ってもいいのかな』

『うん、もちろん。なあに、お姉ちゃんがいなくて寂しいのかな～？』

くすくす笑いながら佑の顔を覗《のぞ》き込むと、至極真面目な顔ではっきり言われた。

『いや、支倉さんに』

——お前もファンか……

支倉さん、私の家族にまでモテすぎ。

そんなわけで我が家に結婚の挨拶《あいさつ》に来た支倉さんだったが、それはもうあっさり承諾を得られたわけで。これには支倉さんもびっくりしたようで、『実は結構、緊張していたんですけどね……』と言って笑っていた。

その後、母が作った手料理と出前のお寿司をこれでもかとテーブルの上に並べたリビングで、宴会が始まった。

最初は緊張していた支倉さんだけど、少しは肩の力が抜けたようで、父と談笑したり、母と佑からの質問攻めに笑顔で答えたりしていた。

まあ……順調に事が進み、結婚へさらに前進したと言ったところかな。


その数日後、今度は私が支倉さんのご両親に挨拶《あいさつ》をしに行った。

お父様はお坊様だし、お母様はお寺の経理などを一手に引き受けている方と伺《うかが》っている。

しかもあの支倉さんのご両親なんだから、きっと謹厳実直《きんげんじっちょく》な方々に違いない……！

当日の私の緊張っぷりと言ったら、そりゃもう凄かった。緊張のあまり、迎えに来てくれた支倉さんの言葉はほぼ全て右から左へ流れていってしまう。

お家に着いて、まずお母様のもとへ案内された。どうやら、キッチンで何か作業されているところにお邪魔してしまったようだ。

支倉さんとはそんなに似てない……ような気もするけど、とてもお綺麗な方で対面するなり嬉しそうに私に駆け寄ってきてくれた。

「貴女が、トシが好きで好きで堪《たま》らないという花乃さんね!?　まー可愛らしいこと！　良かったわねぇトシ、念願叶って！　これでやっとあんたも落ち着くのね〜〜嬉しいわ〜〜」

トシとはどうやら支倉さんのことらしい。僧籍に入る前が『むねとし』だから。

「葛原花乃と申します。初めまして」

「うんうん、知ってる知ってる。こちらこそよろしくね！　もうね、トシは私達の言うこと聞かないから、これからは花乃さんがしっかりトシの手綱引いてくれたら有り難いわぁ」

「お母さん。恥ずかしいので止めてください」

支倉さんが恥ずかしそうにそう言うけれど、お母様はまったく口を閉じる気配がない。

「この子ったらうちのお祖父さんに似て顔ばっかり良いもんだから、縁談の申し込みが後を断たなくてね。でも本人は『しない』の一点張りでしょ。いつもお断りするのに頭を悩ませてたのよ。でもようやくこれでその悩みから解放されるのね〜」

お母様の話を聞いてつい支倉さんの方を見たら、なんとなくばつの悪そうな顔をしていた。

一体どんだけ縁談きてたのよ……

「お寺にお嫁に来るのは不安かもしれないけど、私もトシもいるから、あんまり気負《きお》わずに、ね？」

「はい……ありがとうございます」

お母様の優しい言葉にちょっとホッとして泣きそうになった。

「面倒なことは全部トシがやるから大丈夫よ！」

「は、はい。どうぞよろしくお願いいたします……！」

賛同していいのか一瞬迷ったけど一応頷いておいた。

そうして次に向かったのはお父様のところ。

居間でテレビを見てらっしゃるところにお邪魔させてもらった。

眼鏡をかけ、少し怖そうな面持ちのお父様に内心ビビる私。しかし私を見た瞬間、お父様の顔がぱーっと明るくなった。

「おっ！　君が噂の花乃ちゃんかい？　こりゃまた可愛いの捕まえたな息子〜」

お父様の第一声に、私はあれ？　っと思う。印象よりかなり明るい……？

「く、葛原花乃と申します。初めまして」

すぐに衝撃から立ち直った私は、慌てて膝をついて挨拶《あいさつ》した。

「宗駿の父の支倉宗範《そうはん》です！　よろしくね。うちは男しかいないから嬉しいなぁ〜娘。ねぇ、宗駿のどこに惚れたの？　こいつ顔はいいけど頭固いよ〜？　花乃ちゃんほんとにこいつでいいの？」

「……」

笑顔のまま固まる私。

「さ、もういいでしょう。花乃さん行きましょう」

何となくいろんなことを察した支倉さんが、私の腕を取り部屋を出ようとする。

「待てこら！　お父さんはもっと花乃ちゃんとお話がしたい！」

「もっと中身のある話ならいいですけどね、時間の無駄でしょう。さあ花乃さん、私の部屋でゆっくりお茶でも飲みましょう」

支倉さんにバッサリ切り捨てられたお父様は、「えー」と口を尖らせた。

「つまんないなぁ～。もっとゆっくり話がしたかったのに。花乃ちゃんまたね。待ってるからね」

「は、はい！」

支倉さんに手を引かれて廊下を歩いていたら、彼が小さくため息をついた。

「……あんな感じの父で驚かれたでしょう。仕事中はちゃんとしてるんですけど、今は完全に素でしたからね。ちょっと想像と違ったんじゃないですか？」

支倉さんが苦笑しながら話しかけてきた。

「そうですね、もっとこう……支倉さんみたいな感じの方を想像してました」

「祖父が凄く厳しい人だったそうで、父はその反動であんな感じになったと自分で言ってました。母に言わせると、私は顔も性格も祖父に似ているのだそうです」

「じゃあ、支倉さんも将来は厳しくなるのかな？」

支倉さんはちらりと私を振り返り、ふ、と笑みを漏《も》らす。

「どうでしょう……あの父の血も混じってますからね。それに私はきっと貴女には逆らえない」

うっ……そ、そういうこと言うの反則。

「支倉さん、今からそんなことばかり言ってると後できっと後悔しますよ……」

「しませんよ」

掴《つか》まれた手にぎゅっと力がこもる。

「恋い焦《こ》がれた貴女と一緒になれるのに、後悔なんてするはずがありません」

うっわーーっ!!

恥ずかしい恥ずかしい恥ずかしい!!

もの凄い勢いで顔に熱が集中するのが分かる。

私はパタパタと顔を手で扇《あお》ぎながら、前にいる支倉さんをキッと睨《にら》みつける。

「はっ、支倉さん！　もう今日は甘いこと言うの禁止です!!」

じゃないと、身が持たないよ。

「……はい？」

何のことか分からない様子の支倉さんは、不思議そうに眉根を寄せて困ったような顔をした。

――ああ、もう……‼

つい、あの時の恥ずかしさまで思い出してしまった私は、昼休みに悶絶《もんぜつ》する羽目になったのだった。

＊　＊　＊

徐々に結婚式が迫ってきて、最近は都合が合う日に私が彼の家に行って結婚式の準備をしていた。しかし彼の部屋にお邪魔すると、私はいつもすぐ彼の腕に囚《とら》われてしまうのだ。

「んっ……はぁっ……ちょ、支倉さ……」

「もう少しだけ」

「……ま、待って支倉さん、これじゃ準備が進まない……」

部屋に入るなり彼に抱き締められていきなり濃厚なキスをされる。

しばらくはされるがままになるものの、こんな調子ではちっとも準備が終わらない。

私は、力いっぱい支倉さんを押しのける。だけど彼は私の抵抗など意にも介さない。

「話し合いなどいつでもできます。今は貴女とこうしていたい」

私の首筋に唇を当てながら、支倉さんが甘い台詞《せりふ》を囁《ささや》いた。

「だ、だめっ！　それに誰か来たら困ります！」

「私はまったく困らないのですが……」

そう呟《つぶや》くと、支倉さんは名残《なごり》惜しそうに私の首筋から唇を離した。

「……花乃さんは意外に真面目ですね……。愛している人が側にいたら、触れたくなるのは仕方のないことですよ」

「支倉さんのは触れるってレベルじゃないじゃないですか！　しかも私がここに来ると毎回なんだから……。これじゃあ、ちっとも準備が進みません！　早く決めるもの決めちゃわないと！」

私は照れながらも強い口調で文句を言う。そんな私に対して、支倉さんは気を悪くするどころか、むしろ嬉しそうに見えるのは、気のせいだろうか。

「はいはい」

くすくすと笑って、私から身を離した支倉さんが床に正座する。私も座布団の上に座り、結婚式の招待客リストに目を通し始めた。

「冷静に考えると出会ってまだ一年も経っていないのに、今こうして結婚式の段取り組んでるなんて不思議です。私まさか二十代でお嫁に行けるとは思っていませんでした」

ほんと、これに尽きる。元カレと別れてからすっかりおひとり様生活に慣れていた私が、まさかまさか、お寺にお嫁にいくことになろうとは……

「人生、何が起きるかなんて、その時にならなければ分かりませんよ。私だってずっと片思いしていた貴女と一緒になれる日が来るとは、夢にも思っていませんでした」

書類のチェックをしながら、支倉さんが私ににこりと笑いかける。

嘘だ……最初っから結婚するつもりで超押せ押せで迫って来てたじゃないの……

出会った頃のことを思い出し、私は支倉さんに疑惑の視線を送る。

「おや。信じていませんね？　嘘など申しておりませんよ」

「はいはい……」

私が苦笑していると、部屋の襖《ふすま》の向こうから「副住職」と彼を呼ぶ声が聞こえた。その瞬間、私は驚きで飛び上がりそうになる。

あっぶない……!!　イチャイチャしてなくてよかった……

「ああ、庄司君。どうぞ」

「失礼します。これ、先ほど仰《おっしゃ》ってた離れのリフォームの設計図面です。あと伊藤《いとう》様からお電話が入っております」

「ありがとう。花乃さん、これが新居になる離れの図面です。目を通して何か希望があったら教えていただけますか？　その間申し訳ありません、ちょっと席を外します」

「あ、はい」

支倉さんが立ち上がり、部屋を出て行った。その代わりに支倉さんを呼びに来た庄司さんが部屋に入り、テーブルに図面を広げる。

「どうぞ、ご覧になってください。気になるところがあればまだ変更可能ですので……」

そう言われて、食い入るように図面を見る。……が、私はあまりこだわりがないので、特に気になるようなところは見当たらない。ひととおりチェックをして、私は図面を庄司さんに手渡した。

「問題ないと思います」

「はい。……葛原さん」

庄司さんが真顔で私の名を呼ぶ。いつになく真剣な表情に、こっちは気が気じゃない。

なんだろう……？　私、なにかやらかしちゃったのかな……？

「はい……」

私がビクビクしながら返事をすると、庄司さんは私に向かって深々と頭を下げた。

「副住職のこと、よろしくお願い致します」

「えっ!!」

まさか頭を下げられるとは思っていなかったので、私は焦ってしまう。

「庄司さん、止めてください！　お願いするのは私のほうです」

「いえ、貴女に一時的とはいえ振られた副住職は、それはもう落ち込んでいて見ていられなかったので。もう、あんな副住職は見たくありませんから」

「そういえば以前、そんなこと仰《おっしゃ》ってましたね……」

私の前ではいつも落ち着いているのに、庄司さんにはそんな顔も見せるんだ……っていうか、支倉さんってなんでも庄司さんに話すの？

「あの、支倉さんって私のこととか庄司さんに話したりするんですか？」

「簡単にですが。あの方は仕事のことで感情を揺らすことはほとんどないので、目に見えて落ち込んでると貴女のことが原因だとすぐに分かります」

そ、そうなんだ……ちょっと恥ずかしいような気もするけど。でも、それだけ支倉さんが庄司さんを信頼しているって証拠だよね……

その庄司さんが改めて私にこんな風に言ってくるってことは、支倉さんの幸せを本当に願ってくれているってことだよね。

私は居住まいを正して、庄司さんに向かい合う。

「こちらこそまだまだ未熟者ですが、精一杯頑張りますのでどうぞよろしくお願い致します」

床に手をつき深々と頭を下げると、庄司さんもまた、私に向かって頭を下げていた。

「何か困ったことがありましたら、どうぞ遠慮なく仰《おっしゃ》ってください」

「え、そんな、悪いです」

「いいえ、結婚しても、しょせんは他人同士。どうしたって不平不満は生まれます。かといって、それを当の本人にはなかなか言えないでしょう。そんな時はどうぞ遠慮なく愚痴《ぐち》でもなんでもぶつけてください」

「庄司さん……ありがとうございます」

柔らかく微笑んだ庄司さんが立ち上がり、部屋を出ていこうとする。そこで、何かを思い出したように立ち止まり私のほうを振り返った。

「そうだ。一つ、いいことをお伝えしましょう。骨董市《こっとういち》の日に貴女が着付けを直して差し上げた年配の女性ですが。あの方は寺の檀家《だんか》総代である桂様の奥様です。あの一件で貴女のことをいたくお気に召したようですよ。わざわざ寺に電話を寄越して、貴女が嫁に来るのを楽しみにしていると仰《おっしゃ》ってましたから」

「え……ええっ!?」

「力強い味方ができて、よかったですね。では」

そう言うと庄司さんはぺこ、と一礼して部屋を出て行った。

残された私は、あの日のご婦人のことを思い出す。

え、え？　あの方が檀家《だんか》総代の奥様？　そんなこと一言も仰《おっしゃ》ってなかったのに。

あの時は、桂さんに励《はげ》ましてもらって、凄く心強く思ったんだよね。そのお陰もあって挫折することなくここまでこれたような気がする。

一人ジーンと感動に浸《ひた》っていたら、用事を済ませた支倉さんが部屋に戻って来た。

「お待たせしました。図面はご覧になりましたか」

「はい。特に問題ないです」

脚を崩し、再び結婚式の資料を手に取る。支倉さんも座り、お茶を手に取った。

「さっき、庄司君と二人で何を話していたんですか」

「はい？」

顔を上げて支倉さんを見ると、ちょっとだけ神妙な顔つきで私を見ている。こんな支倉さんは珍しい。私は疑問に思って首を傾《かし》げる。

「私が戻って来るまで、二人で話をしていたのではないですか？」

「ああ……この前の骨董市《こっとういち》のことをちょっと。それと支倉さんをよろしくって言われちゃいました。お優しいですね、庄司さん」

正直にそう言うと、何故か支倉さんの眉間に皺《しわ》が寄る。

「支倉さん、ココ、皺《しわ》寄ってますよ」

私が自分の眉間を指で示しながら指摘すると、彼はばつが悪そうに視線を泳がせた。

そして眉間を押さえて黙り込んでしまう。

あ、もしかして……

「支倉さん、やきもちですか……？」

まさかと思いながら聞いてみると、彼は気まずそうに私から視線を逸《そ》らす。

えー!!　支倉さんって、やきもち焼くの!?　意外だ……。

「そりゃ、妬《や》きますよ。庄司君は非常に頭の切れるとても有能な男です。それにあのクールな態度がよろしいらしく、一部の檀家《だんか》さんからは絶大な人気があるんですよ。そんな男と貴女が、仲良くしていたら、気にもなります」

「いや、仲良くって、普通です。それに、自分のモテっぷりを差し置いてどの口がそんなことを言うんですか……」

檀家《だんか》さんだけでなくうちの家族も、菫亭の従業員も虜《とりこ》にしまくっているくせに。

支倉さんは私から目を逸《そ》らしたまま落ち着かない様子で額《ひたい》の汗を拭《ぬぐ》っている。

「もう、そんな心配はまったくもって無用です！　でも意外です。支倉さんはやきもちなんか焼かないと思ってました」

正直に思っていることを伝えたら、支倉さんはため息をついて肩を落とす。

「貴女は私を一体何だとお思いですか。私だって、ただの男ですよ。それと……いい加減、『支倉さん』は止めにしませんか」

「え？　……そ、宗駿さん？」

「名前であればどう呼んでいただいても構いませんよ。宗駿でも、駿でも」

「じゃ、じゃあ……駿さん……？」

少し気恥ずかしい気もするが、彼の名を口にし、彼を見上げる。すると支倉さんの表情がみるみるうちに華やかな笑顔に変化した。

「はい。花乃さん」

喜んでくれるのは嬉しいけど、支倉さんこそいつも敬語口調だし、私のことはさん付けで呼んでいることに気づく。

「じゃあ、駿さんも私に対して敬語は止めてください。その……もう、夫婦になるわけだし……」

「ああ、そうですね。では——花乃？　こっちにおいで」

「～～っ!!」

自分から言い出しておきながら、いざ敬語を止められると何だか別の人のようでドキドキする。

「花乃？」

「……はい」

両手を広げて私を待ち構える駿さんに近づくと、そのままふわりと抱き締められた。

「困ったことがあったら、まず私に相談すること。いいね？」

「はい」

「それと……今夜は帰らないと自宅に連絡を」

「えっ⁉」

驚いて思わず顔を上げて彼の顔を見上げる。彼は悪戯《いたずら》っ子のようにニヤリと笑った。

「駿さん！　ドサクサに紛《まぎ》れて何を……」

咄嗟《とっさ》に窘《たしな》めようとする私の手に、彼は自分の指を絡《から》めてきた。

「私達は恋人らしいデートをあまりしていない。今日は私も休日なので外へ出て、普通の恋人のようにデートをしましょう。映画を見て、食事をして。……いや、花乃は家電量販店に行くのがいいのかな？」

うっ。家電量販店――行きたい！

私の数少ない趣味を的確に突いてくるとは。さすがである。

「い、行きたい……です」

「よし。では自宅に連絡を。夜は……ホテルを取りましょうか。誰にも邪魔されず、二人きりでゆっくり過ごしましょう」

「……はい、駿さん」

「愛してるよ、花乃」

そう言って彼は私の唇にキスを落とす。唇を塞《ふさ》がれて、私は言葉を発することができない。

私も愛してるって言おうとしたのに……

キスを終えたら母に連絡しなくちゃ。

四六時中甘い彼と新婚生活。

不安はたくさんあれど……、彼について行けば、私にも今まで分からなかったことや、見えなかったものが見えるようになるのかな。

まあ、なるようになるでしょう。

——そうして数ヶ月後には、ウエディングベルならぬ梵鐘《ぼんしょう》の音《ね》が辺りに鳴り響く。

この寺にやってくる花嫁を祝福するかのように。

花乃の甘い新婚生活

結婚式前日。今日は、我が家で過ごす独身最後の日だ。

これまでは、特に意識せずに過ごしてきたけれど、いざ家を出るとなるとやっぱり寂しい。テレビやドラマでよくあるように、結婚式前の花嫁って本当にこんな気持ちになるんだ……

家族も私と同じように寂しく思っているのかな。

そんな風に思って、夕飯の一家団欒《だんらん》の時に皆に今の気持ちを聞いてみた。

「ねえ……今日は私の独身最後の夜なわけだけど、やっぱりいざお嫁に行くとなると寂しい？」

父、母、弟に話を振ってみると、一瞬の間の後、最初に母が口を開いた。

「そうねえ……まあ寂しいっちゃ寂しいけど、支倉さんちのお寺、ここから車で数十分でしょ？　そんなに遠くないし。……それよりも、娘婿があんなイケメンだとお母さん緊張しちゃって！　明日の結婚式に備えて、お肌の調子を整えておかないといけないから、今日はさっさと風呂に入って寝るわよ」

「……う、うん」

肌の調子は大事よね……私も明日朝早いから早く寝るけどさ……

私は気持ちを切り替えて父を見る。元々あまり口数が多いほうではないが、さすがに結婚式前日には、何か言ってくれるだろう……

「仏前挙式だから、お父さんは一緒に歩かなくていいんだよな？」

「あ、うん」

一応事前にリハーサルというものをやったので、仏前挙式の手順は頭に入っている。

教会式のように父親と腕を組んでバージンロードを歩くことはなかった。

リハーサルをしてみて、意外と仏前挙式も落ち着きがあって素敵だというのが分かった。むしろ私にはこっちのほうが合っているんじゃないかと思う。

すると父は、「ならいい」と安心した様子で再び食事を再開した。うん、気になるのはそれだけか、父よ。

私は最後の頼みとばかりに、横に座る弟の顔を見た。だが弟の様子も、いつもと何ら変わりない。

「佑もなんとも思ってないんだ……」

私が不貞腐《ふてくさ》れて口を尖らせると、そんなことねえよ、と佑が心外そうに口を開く。

「寂しいよ。寂しいけどさー、それ以上にあの人が俺の義兄《にい》さんになるっていうのが、すげえ嬉しくて……なんかかっこいいじゃん！　落ち着いてて、大人の魅力っつうかさー」

「……ソウデスカ」

良いほうに考えれば、ここまで家族が結婚相手のことを気に入っているなんて幸せなことなのかもしれない。うん、たぶん……

「ま、とにかくおめでとう！　幸せになりなよ姉貴！」

佑が話を纏《まと》め、ビールの入ったグラスを掲《かか》げる。それに倣《なら》い父と母も同じようにグラスを掲《かか》げた。その光景を見てさっきまでの不貞腐《ふてくさ》れた気持ちは消え、私は改めて大きな喜びに包まれる。

「うん、ありがとう！」

家族からの祝福を受けて、私は明日お嫁に行きます。

葛原花乃として最後の夜は、家族の笑い声と共に過ぎていった。

結婚式当日。天気は見事な快晴だ。

いろいろあったけど、なんとかここまで辿《たど》り着いた。

「よし！」

ドキドキと逸《はや》る心を抑えながら、私はいつも以上に気合を入れて家を出た。

なにかと準備の多い花嫁は、早朝から控室に入っていなければいけない。私は自分で車を運転して、式場となる支倉家のお寺へ向かった。

そう。実は私、車の免許を持っている。とはいえ、完全なペーパードライバーだけど。

でも、結婚生活で何かと必要になりそうだったので、一念発起し教習所のペーパードライバー講習を受けたのである。

やっぱり、ペーパーで駿さんを乗せるわけにはいかないじゃない？　っていうか、そもそも駿さんは私の運転する車に乗ってくれるのかな……

そのあたりは不明だが、いざという時に運転できるようにしておくのは大事だろう。

お寺に到着すると、門の辺りで駿さんが私を待っていてくれた。私の顔を見た瞬間、彼の顔があからさまに安堵の表情に変化する。

「花乃さん……！　よかった無事に到着して。姿を見るまでは気が気じゃありませんでしたよ」

それはつまり、私の運転技術を信用してないってことだな？

駿さんの態度に、私はぷー、と頬を膨らませた。

「早朝で道路も空《す》いてるし、大丈夫ですってあれほど言ったのに」

「それでも心配なんですよ。貴女に何かあったら私は正気でいられない」

――また、そんなようなこと言って……

私はつい照れて彼から視線を逸《そ》らし、お寺の駐車場に車を停める。

「今日という日を心待ちにしておりました。いよいよですね。さあ、控室に案内します」

駿さんに手を引かれ、私は控室として使用する支倉家の客間へ移動した。

そこには、朝早くから待機してくれている美容師さん。

私は丁寧に挨拶《あいさつ》をした。その時、部屋の片隅に用意されている白い花嫁衣装が視界に入った。たちまち、私の体に緊張が走る。

――ついにこの時が来たんだ。

駿さんと出会ってからの、怒涛《どとう》の日々が次々と蘇《よみがえ》ってくる。

しかし今思い出してもいきなりプロポーズはないよね、と心の中で苦笑する。ほんと、強引なんだもの。でもそんな人を、こんなに好きになっちゃった、自分にびっくりだよ。

私がそんな感慨に耽《ふけ》っている最中も、ブライダルスタッフさん達のてきぱきとした作業が続く。さすがプロ……と感心しながら、私はその手さばきに見入っていた。

そうして、私、葛原花乃と支倉宗駿の、親族のみの仏前挙式が厳《おごそ》かに執《と》り行《おこな》われた。

私の衣装は白無垢《しろむく》。それに合わせる髪型は、かつらを使用せず自分の髪をアップにして作る新日本髪と呼ばれるものだ。駿さんに相談したところ、私の好きにしていいということでこれに決めた。

白無垢《しろむく》を纏《まと》った私と対面した駿さんは、しばらくの間言葉もなく固まっていた。今日の彼の装《よそお》いは、法衣に袈裟《けさ》を纏《まと》った僧侶の正装姿。見慣れた姿ではあるものの、特別な日である今日はいつも以上に凛《りん》として見えて、つい見惚《みと》れてしまう。

「ど、どうしたんです？　何か喋《しゃべ》ってくださいよ……」

長すぎる沈黙に不安になって声をかけると、駿さんは胸に手を当ててほうっと息を吐いてから、ようやく口を開いた。

「綺麗です、本当に……!!　あまりの美しさに言葉が出てきませんでした」

「……あ、ありがとうございます」

いつも以上の甘さで、私を褒《ほ》めちぎってくれる彼に、緊張でガチガチだった私の気持ちがちょっと緩《ゆる》んだ。

しかし、式の最中はやっぱり緊張してしまい、ほとんど記憶がない。でも、時折私に微笑みかけてくれる駿さんとか、嬉しそうな両親の表情だったりが視界に入ってきて、凄く温かい気持ちになった。結果的には、とてもいい雰囲気のお式だったんじゃないかと思う。

仏前式の後は、白無垢《しろむく》から色打掛《いろうちかけ》に着替えて親戚一同で軽く会食をした。その後休憩を挟み、場所をホテルに移動して友人や関係者を招待した披露宴が行《おこな》われる。

私が披露宴で着るウエディングドレスは、クラシカルなタイプのものだ。オフショルダーの上品なAラインドレスは、駿さんが選んでくれた。

『貴女の美しい体のラインによく似合います。ずっと眺めていたいですね』

ホテルでの衣装合わせの時、周囲にブライダルスタッフがいるにもかかわらず、そんなことばっかり言うものだから、つい駿さんを叱り飛ばしてしまった。けれど、クスッと笑うだけで彼にとっては痛くも痒《かゆ》くもなさそうだったけど。

披露宴での駿さんは、私のドレスに合わせて光沢のあるグレーのタキシードを着ている。それはもう格好《かっこう》良すぎ！　というくらい似合っていて、その破壊力にクラクラした。

披露宴は夕方の六時から開始した。

ナイトウエディングとあって、大きな窓から見えるホテルのイルミネーションや、キャンドルを多用した温かみのある幻想的な演出は、招待客にもとても好評だった。

その中で、華やかな装《よそお》いの一団とは対照的な、僧侶の集団はなかなかインパクトがあった。

そして親族席には、ようやく会うことが叶った駿さんの弟さん。

駿さんの弟は、支倉宗充《むねみつ》君という。

「初めまして。これからどうぞよろしくお願いします、お義姉《ねえ》さん」

結婚式前の親族紹介で初めて会った弟さんは、私にそう言って微笑みかけてくれた。

宗充さんは現在仏教系大学の大学院で仏教学を専攻しているそうだ。将来はもちろん僧侶になる予定で、遠縁に後継ぎのいないお寺があるから、そこを継ぐ予定らしい。

母親似という彼の面差しは、優しげで親しみやすく、性格も明るくて気さくだ。背格《かっ》好《こう》は駿さんとあまり変わらず、これまた女性にモテそうな人だった。

宗充さんがお寺に入ったら、駿さんみたいにお見合いの申し込みが殺到するんじゃないかなあ……そう思ったのは、私の胸の中にしまっておくことにする。


数年ぶりに会った友人たちは、再会と結婚をとても喜んでくれた。

しかし皆が一番気になるのは、やはり新郎である駿さんのことのようだった。

「花乃……あんたがお寺にお嫁に行くとは、まったくもって意外だったけど、頑張ってね！」

「花乃……お相手の方すっごいフェロモン出てるわよ……あんた凄い人捕まえたね……」

「花乃……美坊主、超眼福《がんぷく》……!!　幸せと萌えをありがとう!!」

などなど……いろんな反応があった。

新郎新婦入場から始まって、なれそめの紹介、友人たちのスピーチに余興。途中お色直しで赤いカクテルドレスに着替えて再入場とキャンドルサービス。段取りはちゃんと頭に入っていたけど、実際にやってみると目まぐるしくて、時間があっという間に過ぎていった。

——お、お腹空《す》いた……

目の前に置かれた絶対美味だと思われるフォアグラのソテー。食べたいのはやまやまだけど、食べる暇はほぼ無い。

駿さんも入れ替わり立ち替わりやってくる友人たちと談笑していて、料理は手つかずだ。

——とほほ……事前にブライダルスタッフさんから、食べる暇はないと聞いていたけど、本当だった……せつない。

ガックリと肩を落としていると、招待客の一人がニコニコしながら私に近づいてきた。

「葛原さん！　ご結婚おめでとうございます！」

可愛らしい声で私に祝福の言葉をくれたのは、横田さんだった。

「横田さん、今日は来てくれてありがとう」

「いいえ、こちらこそ呼んでくださってありがとうございます！　葛原さん、すっごく素敵です！　私もウエディングドレス着たくなってきちゃいました」

淡いピンク色のワンピースが可愛い横田さんは、うっとりと私のドレスを見つめる。

「横田さんなら、きっとすぐに着られると思うよ？　そういえば、あの時の彼氏とは上《う》手《ま》くいってるの？」

私がそう問いかけると、横田さんは頬を赤らめてこくりと頷く。

「はい！　自分で言うのもなんですがラブラブです！　彼、すっごく優しいので」

ああー、あのおとなしい感じの彼か。確かに口数は少なかったけど、元気いっぱいの横田さんを優しい目で見つめていたのが印象的だったな。

「私も凄くお似合いだと思ったの。喧嘩なんか無縁、って感じだし」

すると横田さんが、「そうでもないですよ」と肩を竦《すく》める。

「前にちょっとしたことで喧嘩しちゃったんです。理由はまあ、彼が知り合いの女の子と二人で出かけたからなんですけど。その時、思わず私がローリング・ソバットを決めちゃったら、すぐに謝ってくれましたけどね」

……へえ……

ローリング・ソバット――いわゆる飛び後ろ蹴り、みたいなプロレス技だ。

「……横田さんは、プロレス技もできるの？」

「うふ。ほんのちょっとだけですけどね」

そう言って可愛く笑う彼女の潜在能力は計り知れない。

宴《うたげ》の終盤はすでに夜。早朝からいろいろと準備に追われた私は、もうクタクタ。そんな私をフォローする駿さんの素敵なスピーチで披露宴を終えた。

　写真撮影タイムを挟み、皆を笑顔で見送る。久しぶりに友人に会えたのも楽しかったし、駿さんが私の友人たちに親切にしてくれたのも嬉しかった。大変だったけど、いい式だったと思う。

　皆を見送り、控室に戻って帰り支度をする。ブライダルスタッフにお礼を言ってから、私と駿さんはホテルを後にした。

「今日一日お疲れ様でした」

　タクシーに乗り込むとすぐに、駿さんが私を労《ねぎ》らってくれる。

「いえ、駿さんこそ。明日の朝も通常通りなんですよね？　起きられないと困りますから帰ったら早く休んでくださいね」

「ありがとうございます。しかし早起きは特に苦でもないので、大丈夫ですよ」

　涼しい顔の駿さんは、そう言ってにこりと微笑みかける。その様子を見て、この人まだ余力ありそうだなと思った。

　私の方はすでにグッタリだけど。花嫁衣装の重さを甘く見ていたわ……。

　家に到着するやいなや、私はリビングのソファーにふらりと倒れ込んだ。

「つっかれた……」

　お風呂にゆっくり浸《つ》かって、肩の凝《こ》りを解《ほぐ》したい……。

　そんなことを考えながら、のろのろとセットされた髪からヘアピンを一つ一つ外していく。

「……その髪型にはそんな大量のヘアピンが使われていたのですか。なるほど……女性は大変ですね」

駿さんは、私が外したヘアピンの山を見て絶句していた。

そして、彼も疲れているはずなのに、お茶を煎《い》れてくれた上に、お風呂の準備までしてくれた。

うう……いい旦那さんだ。っていうか私、いきなりダメ嫁っぷりを披露しちゃってるよ……うう、結婚初日から先が思いやられる。

「ありがとうございます。本来は私がやらないといけないのに、新婚初夜からこの有様で情けないです……駿さん疲れてないんですか？」

「疲れましたよ。でも疲れなんて吹っ飛ぶくらい、花乃さんが美しかったので……幸せを噛み締めていました」

そう言って彼は微笑む。

すぐ側にある彼の笑顔にドキドキしながら、私は彼から目を逸《そ》らす。

「もう……そんなこと言ってないで、明日も朝早いんですから私に構わず駿さんは休んでくださいね」

ソファーから立ち上がりバスルームに移動しようとしたら、ガシッと腕を掴《つか》まれた。

ぐらりと傾いた私の体は、気づけば駿さんの膝の上に乗せられている。

「ええっ、ちょっ」

「晴れて夫婦ですね。よろしく、奥様」

驚く私に向かって、私の腰を抱いた駿さんがにっこりと微笑んでくる。

そうだった。婚姻届けも披露宴の前に提出してきたので、私達は戸籍上も正式な夫婦となったのだ。

私、支倉花乃になったんだ――！

「こちらこそ、よ、よろしくお願いしま……っ！」

旦那様、と続けようとしたらその前に唇を塞《ふさ》がれた。

「ふっ……！」

ハードな一日を過ごした夜だというのに、駿さんのキスは相変わらずアグレッシブだ。

私の顔を大きな手で固定して、唇を食《は》んだり舌を吸ったり、角度を変えて歯列をなぞってくる彼の舌。その激しい口づけに私はついていくのがやっとだ。

「んんっ……ふ、……」

キスで私を激しく翻弄《ほんろう》しながらも、彼の手は私の服の下へするりと忍び込む。ゆっくりと素肌の上を滑ると、ブラの下から直《じか》に膨らみに触れてきた。

もしかして、このまま新婚初夜に突入……？

そう思った私は、慌ててキスから逃れ彼の口元を手で押さえた。

「……ちょ、ちょっと駿さん……」

私が待ったをかけると不満そうに片眉を上げる駿さん。でも、手の動きは止めてくれない。私の乳房をやわやわと揉《も》みながら私の言葉を待っている。

「あの、せっかくの新婚初夜だし、せめてお風呂に入ってからに……」

「ああ、そうですね」

やけにあっさりと聞き入れてくれた駿さんに驚きつつも、ほっとした私は彼の膝の上から下りた。

「じゃ、先にお風呂……」

「行きましょうか」

私の言葉に被せるように言って、駿さんが立ち上がった。途端に嫌な予感がする。私は咄嗟《とっさ》に彼の袖を掴《つか》んだ。

「ちょっと、駿さん。まさか……？」

「お風呂ですよね。せっかくですから、一緒に入りましょう」

にっこりと微笑み、私をバスルームに誘《いざな》う駿さん。

やっぱり。そうきたか……！

「しゅ、駿さん……!!　そうじゃなくて！　その、あの」

まったくそんなつもりのなかった私は狼狽《うろた》え、バスルームに向かって歩いていく彼の服の袖を掴《つか》んでせめてもの抵抗を試みる。が、しかし——

「もうお互いの裸なんて何度も見ているわけですし、今更恥ずかしがることもないですよね？」

くるりと振り返った彼に、菩薩《ぼさつ》のような微笑みでそんなこと言われてしまうと、何も言えなくなってしまう。

「っ……わ、分かりました……」

私が観念したのを確認して、駿さんは私の手を掴《つか》みバスルームに続くドアを開けた。

「花乃さん？　どうして背を向けているのですか」

「……察してください」

リフォームしたばかりの木の香りが漂《ただよ》うバスルームは駿さんの嗜好だ。ユニットバスでありながら壁や浴槽は木材を使用しており、ちょっと温泉宿に来たような気分になる。入るのを楽しみにしていたのに、最初がいきなりこれだなんて……

大人が二人入っても十分な広さのある浴槽で、私は駿さんに背を向けて座っている。だって、水の滴《したた》る駿さんの色気が凄くて、直視すると照れてしまうから。

——でも、彼はそれが気に食わないようである。

「せっかく一緒に入っているのだから、貴女の美しい顔が見たいのですが……まあ、背中も美しいですけどね」

そう言って駿さんの指がつつー……と私の背中をなぞる。ぞわっと体を駆け抜けるくすぐったさに、私の肩が跳ねた。

「きゃっ！　ちょっと、駿さん……」

つい声を上げて振り返ると、浴槽に肘をつき艶《つや》っぽい表情でこちらを見ている駿さんと目が合った。その視線に、ドキッとしてしまう。

「やっとこちらを見てくれましたね」

嬉しそうに口角を上げた駿さんが私に近づく。そして私の後頭部に手を回して自分に引き寄せると、噛みつくようなキスをする。

「んっ……ふ……」

「花乃……」

熱に浮かされたように頭がぼんやりする。それは決してここがバスルームだから、というわけじゃない。

まるで肉食獣に食べられているようなキスと、腰に響く彼の低くて甘い声。これだけで私の情欲は十分に煽《あお》られ、下半身がじわじわと潤《うる》み出す。

名残《なごり》惜しそうに唇が離れ、至近距離で私を見つめる駿さん。その眼差しは、とても妖《よう》艶《えん》で、なんだかこっちは目のやり場に困ってしまう。

「あの、駿さん……そんなじっと見ないでください」

「それは無理ですね。……頬がほんのりと赤く色づいて、とても可愛らしい。それにこちらも……」

駿さんの手が私の腰に回り、体をグッと引き寄せた。もう片方の手は私の胸の膨らみに触れ、指が優しいタッチで先端を愛撫《あいぶ》する。

「あっ……」

「ぷくりと膨らんで、とても美味《おい》しそうだ」

そう呟《つぶや》くと彼は胸に顔を寄せ、赤く色づいた蕾《つぼみ》を口に含んだ。

熱い口の中で肉厚な舌に蕾《つぼみ》を舐《ねぶ》られると、私の口からはため息のような喘《あえ》ぎ声がとめどなく溢《あふ》れる。

「はっ……んんっ……」

私は彼の首に腕を回し、背中を弓なりに反らせて快感に悶《もだ》えた。

彼に向かって胸を突き出すような体勢になったことで、胸への愛撫《あいぶ》がさらに激しくなった。

舌で蕾《つぼみ》を舐《ねぶ》る動きはそのままに、もう片方の乳房を優しく揉《も》みながらその先端の蕾《つぼみ》をきゅっと摘《つま》む。

「あっ」

私の体がビクン、と大きく震えた。

「やっ、駿さんっ……」

「……こちらはどうでしょう」

胸を愛撫《あいぶ》していた彼の手が、ゆっくりと私の太腿に触れてくる。優しく撫《な》で上げた後、そっと秘裂をなぞりすっかり潤《うる》んだ蜜口に、彼の指がつぷりと差し込まれた。

「は……あんっ……」

彼の長い指はあっという間に奥へ到達し、すぐに私の気持ちいいところを探るようにゆっくりと前後し始める。

「するすると指が入っていきましたよ。気持ちいいですか？　花乃」

「〜〜っ……」

——そんなの、聞かなくたって分かるでしょう……駿さんの意地悪っ！

涙目で軽く睨《にら》む私に、駿さんはふっ、と声を漏《も》らして自嘲する。

「申し訳ない。つい嬉しくて……指、増やしましょうか」

中の指をもう一本増やされ、二本の指で私の中が擦られる。ばらばらと別の動きをする二本の指は、私を確実に高みへと誘導していく。

「あっ……ん、いや……っ」

「ますます中が濡れてきましたよ」

熱い吐息を漏《も》らしながら、ジュブジュブと指を前後に出し入れしてくる駿さんに、私はイヤイヤと首を横に振る。

「んっ、ほんとに、だめっ……じゃないと私イッちゃいますっ……！」

必死に快感を堪《こら》え、私は彼の首をぎゅーっと抱き締める。すると「ぷはっ！」と駿さんが噴き出した。

「花乃……苦しい。窒息してしまいますよ」

私は慌てて腕の力を緩《ゆる》める。

「ごっ、ごめんなさい……でも駿さんがいけないんですよ……？」

お風呂に入りたかったのに、これじゃただエッチなことしてるだけだよ……

ムッとした私をなだめるように、駿さんの手が私の背中を優しく撫《な》でる。

「申し訳ない。花乃があまりにも可愛いから、我慢できなくなってしまいました……では、ここでやめにしておきますか？」

「えっ……」

しまった、思いっきり残念そうなリアクションをしてしまった。

つい「やめちゃうの？」と言いそうになって、私は咄嗟《とっさ》に自分の口をつぐむ。そんな私を、駿さんはニヤニヤしながら見つめている。

「……ここで？　それともベッドで？」

なんだかとても嬉しそうな駿さんは、浴槽のへりに腕をのせて私の返事を待っている。

「ううっ……べ、ベッドでお願いします……」

悔しいけど……私の気持ちなんて、彼にはすっかりお見通しだ。

「承知致しました。では参りましょうか」

ざばっと湯船を出る駿さんの引き締まった肉体を眺めながら、私も愛撫《あいぶ》でぐったりした体をなんとか動かし湯船を出た。

ベッドに移動した私達は、すぐにお互いの唇を激しく貪《むさぼ》り合う。

この家で愛し合うのも何度目かになるが、正式に夫婦になった初めての夜ということもあり、いつもより緊張した。

唇から首へ、胸元へとキスを移動させながら、駿さんは乳輪の周りを優しく舐《な》め上げつつ私の蜜口へその長い指を忍ばせる。深く沈められた指に、私の中はゆっくりと掻き回される。

「んっ……あっ！」

「随分、濡れていますね……ほら、聞こえますか、この音が」

彼は、わざと聞かせるように、ジュブジュブという淫《みだ》らな音を立てて中を擦ってくる。

その音に、私は手で顔を覆《おお》った。

「意地悪なこと言わないでください……」

「意地悪で言ってるわけではありません。嬉しいんです。貴女がこんなになって、私を求めてくれることが……」

そう言って駿さんは、中から指を引き抜き、すでに大きく昂《たかぶ》っている彼自身をゆっくりと沈めてくる。

「んんんっ……」

その圧倒的な存在感に私は身を震わせる。

は……と、色っぽい吐息を吐いた駿さんが、繋《つな》がったまま体を倒し、私の耳元で甘く囁《ささや》く。

「……もう、避妊はしませんよ。いいですね……？」

その言葉に、私はぼんやりした頭でこくこくと頷く。それを確認した駿さんが、少しだけ体を起こし、私を穿《うが》ち始める。

「あっんっ！」

「花乃っ……」

何度か膣内の浅いところを行き来した彼は、一気に奥を突いてきた。

「駿さん……っ！　あっ、あっ……んっ……！」

全身を貫く刺激と、私を包む彼の香りで、眩暈《めまい》がするほど興奮してくる。

ぱん、ぱん、と体がぶつかり合う音が寝室に響く。

彼の剛直に何度も激しく貫かれている間、私は彼の頭を抱いてその快楽に身を任せた。

「……貴女に、名を呼ばれると、ゾクゾクします……」

息を切らしながら、そう呟《つぶや》いて嬉しそうに笑う駿さん。

そんな風に言われたら、何度も名前を呼びたくなっちゃう。

だけど今、自分の口から出るのは甘い吐息ばかりだ。

さらに、自分がいかに濡れているのか思い知らされる、ジュブジュブといった淫靡《いんび》な水音が耳を打つ――

「ん、は……恥ずかしい……」

言うつもりはなかったのに、つい口からポロリと出てしまった。

「花乃は、恥ずかしがり屋ですね……そんな貴女の奥ゆかしいところが、私は堪《たま》らなく好きなのですよ」

彼の屹立《きつりつ》が、私の中で少し存在感を増したような気がした。それに気がつき、私は目の前にいる彼に戸惑いの眼差しを向ける。

「あっ……？　お、おっき……」

「もう、私のものだ……花乃。愛してる、ずっと」

ぎゅっと私を抱き締めて、駿さんが愛を囁《ささや》く。

そうしながら私を突き上げる間隔が狭くなり、激しく体を上下に揺さぶられた。おそらくもうすぐやってくる絶頂に備え、私は彼の体にしがみつく。

「んっ……!!　も、いっ……」

「……はっ……」

彼の艶《つや》っぽい吐息が耳にかかる。それと同時に絶頂を迎えた私は、一気に脱力し枕に頭を沈めた。

息を乱しながら、駿さんは私にキスをくれる。それはさっきまでの激しいキスではなく、くすぐったいような触れるだけの優しいキスだった。

それに応《こた》えてキスを返す私に、駿さんは嬉しそうに微笑んだ。それを見ていると、心から幸せだなあと思う。

こんなに私を愛してくれる彼と、一緒になることができてよかった……。

幸せを噛み締めながら、私は一晩中、彼から与えられる深い愛に身を任せるのだった。

＊　＊　＊

寺の朝は早い。

駿さんは毎朝五時前に起床して身支度を済ませると、外に出て寺の門を開ける。それから境内《けいだい》の掃除をし、本堂の掃除を済ませて朝のお勤めが始まる。それを終えてようやく朝食。その朝食は基本、精進料理《しょうじん》だ。

食事を終えると、告別式などの予定が入っている場合はそちらに赴《おもむ》く。もちろん寺で行《おこな》われる場合もあるが、最近はセレモニーホールなどに出向くことが増えているらしい。檀家《だんか》さんにお願いされれば、告別式の後の食事会などにも参列するそうだ。

一日に何件も予定が入っていると、帰って来るのは夜なんてこともザラである。それからデスクワークをこなすのだ。その上、常に勉強も欠かさないという勤勉ぶり。

そんな彼を見ていると、私ももっといろいろ手助けができるように、スキルアップしなくてはいけないなと強く思う。

結婚式から数日後。私は駿さんを見送った後、残っていた引っ越しの段ボール整理に没頭していた。すると、家のインターホンが鳴る。

「姉貴〜、来たよ〜」

玄関の戸がカラカラと開く音の後に、佑の声が聞こえた。

はいはいっ、と出迎えに行くと紙袋を携《たずさ》え、にんまり笑う我が弟。

「佑ありがと〜。わざわざごめんね」

「いや、俺も新居見てみたかったし。ここで生活してるのか……こぢんまりしてるけど、いいとこじゃん」

そう言ってキョロキョロしながら家に上がってくる。そうして、佑は持っていた紙袋をほい、と私に渡した。

「ありがと。私も凄く気に入ってるの。木の香りがして、気持ちが落ち着くんだよね」

「いいよな、この木の香り。それにしても物が少ないなぁ、この家」

基本的に駿さんは荷物が少ない。それにあまり部屋に物を置きたがらないので、リビングはどちらかというと殺風景だ。

しかし私が家電好きなので、これから先リビングに電化製品が増えるかも……いや、きっと増える。そう考えると、今はこれくらいの量でちょうどいいのではないかと思ってる。

「それより、新婚生活はどうなの？　やっぱいい？　結婚て」

ニヤニヤしてそんなことを聞いてくる佑の魂胆《こんたん》なんて見え見えだ。

「お陰様で」

私はにっこり笑って答えてやった。

「なんだよ～、もっとデレデレの発言を期待してたのに」

「お前の思い通りにはならん！　で、ありがとね、このおはぎ。久しぶりだ～叔母さんのおはぎ！」

佑が持ってきてくれたのは、叔母が作ってくれたおはぎ。料理上手な叔母が結婚のお祝いにと言って、作ってくれたのだ。

キッチンで重箱を開けると、彩鮮やかな三色のおはぎが綺麗に詰められている。

「うわ〜〜!!　美味《おい》しそう!!　あんこ、黒ゴマ、きなこ!!　ほら、佑も一緒に食べよう」

「お、旨《うま》そう。さすが叔母さん」

おはぎを見つめうっとりする私の隣にやってきた佑が、お皿におはぎを数個乗せる。

「そういや叔母さん、叔父さんが姉貴の結婚前に変な縁談持ちかけて申し訳なかったって言ってたよ」

「あ〜、越智さんのこと?　もう済んだことだからいいのに」

駿さんとのアレコレですっかり存在を忘れていた。

すると、佑がはあーっ、と大きなため息をつく。

「ん?　どうしたの。何かあった?」

「いや、さっきこれ受け取りに叔母さんとこ行ったら、ちょうど叔父さんもいてさあ。今度はお前の番だな!　うちの会社にいる若い女の子紹介するぞって言われた……」

「ああ……」

世話好きな叔父さんは、これまで気にかけていた私が嫁に行ったことで、今度は佑をロックオンしたようである。

ガックリと肩を落とす佑の背中を、ポンポンと優しく叩いて激励する。

「うっ……くそう、絶対紹介される前に結婚してやる。……で、今日は宗駿さんは？」

「んー？　寺務所にいるよ。会いたいの？」

「いやいや、何言ってんの姉貴。お忙しいの分かってるのに、わざわざ呼んでもらおうだなんて思ってないから」

と言いつつ顔が嬉しそうだったので、これは絶対会いたいんだなと思った。せっかく来てくれたことだし、私は駿さんを呼んでくる。

駿さんが姿を現すや否《いな》や、佑の表情が今日一番の笑顔になった。それを見た姉としては、ちょっとがっかりである。

なによ……！　あんたやっぱり、私じゃなくて駿さんに会いに来たんじゃないの。

「佑君いらっしゃい。お義父《と》様達もお変わりないですか？」

「はい、元気にしてます。むしろ姉がちゃんとやってるかどうかのほうが心配です」

「………ちょっと！」

ムカッとする私に気づいているのかいないのか、駿さんは穏やかに佑に微笑み返した。

「花乃さんはよくやってくれていますよ。最近は親類の家に挨拶《あいさつ》に行くことが多いんですが、皆良い方とご縁があって良かったと安堵されています。まぁ、私が長い間、縁談を断り続けていたのがいけないんですが」

そう言って、駿さんは、ははは、と笑う。

支倉家の親戚にも、お寺関係の方が結構いらっしゃる、ということを結婚前に知らされた。近隣にある幼稚園も、親戚が経営していると聞いて驚いた。私は、結婚前と結婚後で、かなりたくさんの方々に挨拶《あいさつ》回りすることとなったのだ。

「そうですか、ならいいんですが。うちの親も、今はそれが一番の心配事みたいで」

「ご心配なく。それに私は……今こうして花乃さんと一緒に過ごすことができて、幸せの極致なのですよ」

駿さんが相変わらずニコニコしながらそんなことを言うもんだから、私も佑も固まってしまった……

佑は駿さんの無自覚な惚気《のろけ》にあてられて、よろよろと帰っていった。

寺務所に戻る駿さんについて行って、皆でおはぎをいただくことにする。

駿さんの両親は外出しているので、今日は私と駿さんと庄司さんの三人だけだ。

お茶と一緒におはぎを食べながら、ぽつぽつと会話をする。

それで分かったことは、庄司さんは私より一つ年上で、駿さんの一つ下。駿さん曰《いわ》く、なんでもそつなくこなす器用な人で、元々は某有名企業に勤務するサラリーマンだったらしい。僧侶を志《こころざ》したのがちょっと遅かったこともあって、今も修行中の身なのだそうだ。

私も留守番で寺務所にいることがあるけど、そんな時は決まって庄司さんと一緒になる。だけど……彼が近くにいるとちょっと緊張するのだ。なんでかって、この人ほとんど喋《しゃべ》らないから。

結婚前は、そんなことなかったと思うんだけど……う～ん。

今日は駿さんがいるからいいけど、いなかったらまた二人で黙々とおはぎを食べることになっていたのだろうか……

私がはあ～と肩を落としていると、駿さんが口を開いた。

「庄司君は花乃さんといると、少し緊張しているようです」

いきなり駿さんが楽しそうにそんなことを言うので、まっさかぁと庄司さんを見たら眉間に皺《しわ》を寄せていた。

このリアクションは一体……？

「……副住職、止めてください」

庄司さんは嫌そうに言うと、お茶に手を伸ばした。

「え？　本当に庄司さん、私といて緊張してるんですか？」

驚いた私が庄司さんを見ると、彼は私の方をちらりと見て、はぁ～と重いため息をついた。

「若奥様は分かっていらっしゃらないようですが……副住職の前で貴女と話す時は緊張するんです。何故かお分かりになりませんか？」

「え？　どうしてですか？」

本当に分からなくて正直に尋ねると、庄司さんは呆れたような表情で私に言った。

「貴女とあまり仲良くすると副住職がやきもちを焼くからです。だから、必要以上に会話しないようにしています」

「え、そんな理由で？」

愕然《がくぜん》とする私だが、ちょっと待てよ……と記憶を遡《さかのぼ》る。そういえば、以前も庄司さんと二人きりで話していたら、駿さんにやきもちを焼かれたのを思い出す。

庄司さんの態度が変わったのは、ちょうどその後くらいじゃなかったか……

——まさか！　駿さんがあの後に庄司さんに何か言ったんじゃ⁉

「ちょっと駿さん。庄司さんに何を言ったんですか」

私が彼を問い質《ただ》すと、駿さんは穏やかな表情のまま湯呑を手にする。

「特に何も。ああ、ただ花乃さんを好きにならないように、と釘は刺しましたけどね」

そう言って静かにお茶を飲んだ彼は、にっこりと微笑んだ。

訝《いぶか》しげに駿さんを見ている私に、庄司さんは再び大きなため息をつく。

「大したことは言われていませんので、ご安心ください。ですが、副住職は貴女に対して異常とも思えるくらい執着してますので、こちらも重々気をつけるようにはしています」

「庄司君、執着じゃなくて愛ですよ、愛」

さりげなく駿さんの訂正が入るが、庄司さんはさらに深く眉間に皺《しわ》を寄せる。

「葛原さん……いえ、若奥様と副住職のいないところで仲良くしていたなんてことになれば、後で何を言われるか分かりませんからね。用心に越したことはないのです」

まさかと思って駿さんを見ると、楽しげにクックックッと肩を震わせていた。

笑い事じゃないよ、もう。

ここまで庄司さんに気を使わせているとなると、さすがに申し訳なくなってくる。

「あの、庄司さん、駿さんはとりあえず置いといてですね、せめて二人の時はもうちょっとお喋《しゃべ》りしませんか？　長時間会話がないと私も気まずいので……できればそうしてほしいんですけど」

庄司さんが駿さんの顔色をちらりと窺《うかが》う。駿さんはそんな庄司さんに、にこりと微笑みかけた。

「……若奥様がそう仰《おっしゃ》るなら、そのように致しましょう」

致し方ない、といった様子で頷いてくれた。それを見た私はほっと胸を撫《な》で下ろす。

はーよかった、これで寺務所で二人きりの時の苦痛がなくなるよ……

そんな私の前で、庄司さんがなんとも言えない表情で何度目かのため息をついていた。

その日の夜、新居のリビングで駿さんと食後の団欒《だんらん》中。

昼間のことを思い出した私は、お茶の入った湯呑を手渡しながら、ソファーに座る駿さんに一言物申す。

「やきもちってなんですか、もう。庄司さんは身内みたいなものなんですから、止めてくださいよっ」

のんびり緑茶を飲みながら、駿さんがクスクスと笑って私の話を聞いている。というか、こっちは笑い事ではない。ムッとしながら、私は自分の湯呑にお茶を注《そそ》ぐ。

「身内といえども男は男ですからね。ある日突然恋心が芽生えてもおかしくないでしょう」

ふわりと薫る、煎《い》れたての緑茶の香り。私はそれを楽しんでから一口飲む。

「庄司さんに限って、それはないと思いますけど」

「そんなことは誰にも分かりませんよ。ある日突然、物の見方や考え方が変わることはよくありますから」

いや……そんなことないと思うけどなぁ。私から見た庄司さんて、駿さんが大好きって感じがするんだよね。あ、変な意味じゃなくて人として一目置いているというか……

そんな人の奥さんに恋したりなんてないよ、絶対。

私が難しい顔で考え込んでいると、それを見ていた駿さんが堪《こら》えきれないように笑い出す。

「まぁ……庄司君には他にも大事な役目をお願いしていますから、そっちの方が重要かな」

「役目？　なんですそれ」

駿さんはふふ、と笑いながら「虫退治です」とだけ教えてくれた。

虫……？　何、蚊とか？　確かに庭の畑には結構、虫がいるけど……

あ、もしかして、虫って本物の虫のことじゃなくて……

「駿さん、まさかとは思うけど……」

「バレました？　私が不在時に花乃さんに変な虫が寄ってこないように、常に目を光らせてもらってます」

……ちょっと……!!

「一体何を庄司さんにやらせているんですかっ！　貴方はよっぽど私を信用していないんですね。結婚したんだから当たり前だけど、私、他の男の人に簡単になびいたりしませんよ？」

私は少し怒ったようにそう言った。だけど駿さんは変わらずにこにこと微笑んでいる。

「ふふっ。もちろん信用してますよ。ですが花乃さんの意思とは関係なく近寄ってくる輩《やから》がいるかもしれません。念には念を、ですよ」

そんな駿さんを見ていたら、思わずふーっ、と大きなため息が出た。

そんなに私のことを思ってくれるのは嬉しいけど……嬉しいけど!!　度が過ぎている。

正直やめてもらいたいところだけど、この人に何言ったって聞きゃあしないんだから、諦めるしかない。それに私……駿さんのこんな行動にもちょっと慣れてきちゃった。慣れって怖い。

私は呆れ顔で持っていた湯呑をテーブルに置くと、ソファーの駿さんの隣に座った。

「こんな面倒なお坊さんの奥さんなんて、誰も好きになったりしませんよ、きっと」

駿さんが隣に座った私の肩に腕を回す。

「だとしたら私の行動も報われますね」

うん、だって……

こんな面倒なお坊さんを、敵に回したら絶対に怖いもの。

「何を笑っているんです?」

「……いいえ。なんでもないです……」

私はそんなことを考えながら、愛すべき困った夫に微笑みを返した。

＊＊＊

新婚生活を始めて数日後。ようやく荷物も片づき、支倉家での生活にも慣れてきた。

私がキッチンで洗い物をしていたら、朝食を終えた駿さんが近づいてくる。

「花乃さん、今日はお遣いを頼んでもいいですか？」

「はい、いいですよ」

「池本屋さんに行っていただきたいのです」

『池本屋』と聞いて、私はすぐに池本さんの顔を思い浮かべる。

そういえば、彼女とは骨董市《こっとういち》の日以来、会っていなかった。池本屋さんからは、結婚式の際にお祝いをいただいたみたいなんだけど……

いい機会だし、お遣いがてらお礼を言いに行こうかな。

そんなことを考えていたら、駿さんの手が伸びてきて私の頬に触れた。

「駿さん？」

背の高い彼を見上げると、すっと間を詰めてきた駿さんにチュッと唇に触れるだけのキスをされた。

「……ちょっ……、なんです、いきなり？」

私は頬を染めつつ、彼を軽く睨《にら》んだ。

クスッと笑いながら、駿さんが私の頭にぽんと手をのせる。

「そういえば、初美さんは以前と随分印象が変わったみたいですよ」

「え？　もしかして駿さん、あれから池本さんに会ったんですか？」

何気なくそう聞いた私に、駿さんは意味ありげに微笑んだ。

「嫉妬？」

「は……はぁっ!?　違いますよっ！　なんでこんなことくらいで嫉妬するんですかっ！」

一瞬ポカンとした後、私はムッと眉をひそめる。

そんな私のリアクションを見てくすくす笑っている駿さんは、私が洗い終えた食器を拭いて、食器棚へしまってくれた。

「先日池本屋のご主人……つまり初美さんのお父様ですね。その方と電話で話をした時に伺《うかが》ったのですよ」

「あ、そうなんですね……で、池本屋さんに行って私は何をすればいいのでしょう？」

「お遣い物をお願いしてありますので、それを受け取ってきてほしいのです」

「……分かりました、行ってきます」

これも妻の務めだ。私は笑顔で頷いた。

駿さんを送り出し、一通りの家事を済ませてから家を出た。

結婚してからいろいろ聞いたのだが、池本屋さんと支倉家はかなり昔からのお付き合いがあるらしい。祝い事の際の紅白饅頭《まんじゅう》や赤飯に始まりお遣い物などまで、支倉家では決まって池本屋さんに注文しているそうだ。つまり、駿さんや弟さんからすれば一番馴染みの深い和菓子屋さんなのである。

――そんなお店のお嬢さんと大喧嘩しちゃった私って……

私は遠くを見つめ、大きなため息をついた。

しかも私あの人に向かって啖呵《たんか》切っちゃったしな……顔を合わせづらいことこの上なし。

そんなことを考えながら、私は池本屋の暖簾《のれん》をくぐる。

「こんにちは……」

「いらっしゃいませ」

私がひょっこり顔を出すと、対応してくれたのは四十代くらいの女性の店員さんだった。

あれ、池本さんいないのかな？

きょろきょろと店内に視線を彷徨《さまよ》わせた時――

「あら。若奥様、いらっしゃい」

聞き慣れた声が横から聞こえて、そちらへ顔を向ける。

「池本さん……お久しぶりです」

店の奥から店内にやって来た池本さんが、私を見て微笑んだ。

「ほんとお久しぶりね。先日宗駿さんからご注文をいただいてたから、もしかしたら貴女が来るんじゃないかと思ってたのよ。せっかくだし、お茶していきなさいよ」

そう言って、池本さんは私を奥へと手招いた。

私はお遣いの途中だしなー、と一瞬迷ったけど、まあ、いいかと彼女の後をついていった。

通されたのは以前お邪魔した時に通された和室だった。彼女は一旦部屋を出て、すぐにお茶とお茶請けを持って戻ってくる。

かしこまって座っている私を見て、池本さんはくくっと笑った。

「すっかりお寺の若奥さんね」

「あ……その節はいろいろと……」

私は彼女に向かってぺこりと頭を下げた。そんな私を見て、彼女はまた笑い出す。

——確かに、駿さんが言っていたように何かが違う……

「あの。池本さんなにかありました？　以前と随分感じが違うような……」

　私がそう尋ねると、池本さんはくす、と笑う。

「宗駿さんには完全に振られた上に、チクリと嫌味を言われて、完全に戦意喪失よ。猫被ったってさ、一番よく見せたい相手には本性がバレてるんだもの。意味ないじゃない？」

　肩を竦《すく》めながら、池本さんが私にお茶を煎《い》れてくれた。

「で、そっちはどうなの。新婚生活は楽しい？」

　お茶を煎《い》れ終えた池本さんが、テーブルからグッと身を乗り出してくる。

「んー……今はまだ新しい生活に慣れるのでいっぱいいっぱいで……でも、楽しいですよ」

「ふうん。でも、宗駿さん優しいでしょう？　ここぞとばかりに甘々になってるんじゃないの？」

「甘々っ……！　そ、そんなことはないと思いますけど……」

　でも滅茶苦茶優しいのは事実なので、私は何と返していいか分からずに口ごもった。

　ここで頭に思い浮かべたのは普段も変わらず優しい彼と、ベッドの上ではちょっと強引な彼。ついでにセクシーな駿さんの姿を思い出し、顔が羞恥《しゅうち》で熱くなってきてしまう。

　――やばっ。私ったらこんな時に何思い出してんのよ……

　私の様子から大体察知したのか、池本さんがやれやれ、とお茶を啜《すす》る。

「そりゃそうよね。ずーっと好きだった人と結婚できたんですもの、宗駿さん今幸せの絶頂なんじゃないかしら」

「……いや、あの、えーーっと……」

返事に困るようなことばかり言われて、そろそろ私も恥ずかしさが限界に達しそう。

「……檀家《だんか》の娘でね、やっぱり宗駿さんを狙ってた子が、この店に来る度に『宗駿さんの嫁はどんな人か』って聞いてくるのよね」

「えっ!?」

池本さんの言葉に、お茶請けをいただいていた私は危うく噴き出しそうになった。

「前に、宗駿さんはこの界隈《かいわい》で有名人だって言ったわよね。彼と結婚したいと思っていた女性は私や有川だけじゃないのよ。みんな宗駿さんが結婚して、ショックを受けてるわけ。もしかしたら、貴女に直接何か言ってくる子が現れないとも限らない……と私は思ってる」

「……」

駿さんはあんなだし、縁談の数からもモテるのは分かっていた。いや、分かっていたつもりだけど、やはり現実を知らされると動揺してしまう。

黙り込む私を見ながら、池本さんが静かにお茶を啜《すす》った。

「何か困ったことがあったら、私に言いなさいよ」

「え？」

思いもよらない申し出に、私は虚《きょ》を衝《つ》かれて動きを止めた。そんな私を見て、池本さんは困ったように肩を竦《すく》める。

「宗駿さん絡《がら》みだと、彼に言いづらいことだってあるでしょう？　私だったら……まあ力になれると思うけど」

「い……池本さん、どうしちゃったんですか？」

驚く私を横目に池本さんがおもむろに立ち上がり、和室を出て行った。かと思ったら手に何かを持って戻って来る。

「これ。うちの父が貴女達の披露宴で撮った写真よ」

差し出されたのはデジカメ。私は戸惑いながらもそれを受け取り、保存されている画像に目を通す。そこに写っていたのは、披露宴で幸せそうに微笑む駿さんの姿だった。

私が画像に見入ってる間、池本さんはお茶菓子を食べながら、黙って窓の外を眺めている。

全て見終えた私が、お礼を言ってカメラを彼女に返す。すると、池本さんはふーっと息を吐いた。

「頼んでもないのに、父が撮ってきてくれたのよ。中の宗駿さん、未だかつてないくらい幸せそうだったでしょ。それ見てたら、なんか……私なにやってたんだろうって一気に毒気を抜かれちゃって。相手のことが本当に好きなら、その人の幸せを望むべきよね」

「……池本さん……」

「それに、私としてはこれからも宗駿さんとはいいお付き合いをさせてもらいたいの。結婚はできなかったけど、やっぱり……あの人のことが好きだしね、私」

しみじみと駿さんを「好き」だと言う彼女を見て、じわじわと嬉しさが込み上げてくる。

「これからはいつでもいらっしゃいよ。もちろん貴女が嫌でなければ、だけど……」

「ぜっ、全然！　嫌なんかじゃないです！　嬉しいです。こちらこそよろしくお願いします！」

苦笑いする彼女に、私はやや前のめりになりながら頭を下げた。そんな私の態度に池本さんは一瞬呆気に取られていたけど、すぐにアハハと笑い出した。

「あんなことした私に、そんな風に頭下げるなんて。貴女変わってるわね」

「それはお互い様なので……」

確かに、と言って池本さんがまた笑う。つられて私も笑ってしまった。

いろいろあったけど、この人とは本音をぶつけ合った仲だ。裏を返せば意外とウマが合うのかもしれない。

帰り際、お遣い物が入った紙袋を池本さんから受け取った。

「そういえば、私中身が何なのか知らないんですけど……」

「羊羹《ようかん》よ。知り合いに持って行くって言ってたわよ」

へー、そうなんだ。誰のところに持っていくんだろう？

池本さんに挨拶《あいさつ》をして、私は帰路についた。駿さんにまつわる女性問題はこれからもついて回りそうだけど、なんだか今は凄く清々《すがすが》しい気分だ。

寺に到着し寺務所に顔を出すと、机に向かって事務作業をしている駿さんがいた。

「ただいま戻りました」

声をかけると、顔を上げた駿さんが私を見てフッと微笑んだ。

「おかえりなさい。どうだった？　彼女、前とちょっと違ってたでしょう」

「はい。ビックリしましたけど……でも、何か困ったことがあったら相談しろって言ってくれました。なんだかとっても頼りになる友人ができたみたいです」

「同感です。これからの花乃さんにとって、気の置けない存在が身近にいるのといないのとでは、随分違いますからね。……とはいえ、貴女の側には常に私が居られるよう、心がけたいものですが」

最後に歯の浮くような台詞《せりふ》を吐いて、駿さんが私に微笑みかける。するとすぐ近くで作業をしていた庄司さんが「コホン」と軽く咳ばらいをした。

その瞬間、私と駿さんはお互いの顔を見て笑い合う。

「さて。戻ってすぐにすみませんが、今度はそれを持って一緒に出かけましょうか」

一笑いし終えたところで駿さんが立ち上がり、私の手を引いて寺務所を出る。

「どこに行くんですか？」

「池本屋さんにお願いしたお遣い物、何なのか聞きました？」

「羊羹《ようかん》って聞きましたが……」

「羊羹《ようかん》が大好物な御方が最近誕生日を迎えましてね。これを持ってご挨拶《あいさつ》に行こうと思うのです。その方は私と貴女の結婚をそれはもう喜んでくださってるんですよ」

……ん？　それってもしや……

私の脳裏にある人物の顔が浮かんだ。

「加藤さんですか……？」

駿さんは「ご名答」と言って微笑んだ。

「ずっとね、私達のことを気にかけてくださっていたんですよ。会う度に『君たちどうなったの？』って仰《おっしゃ》ってね」

「ええーーっ！　知らなかったです……」

「加藤住職は私が随分前から貴女を思っていたことに気がついていたようです。まあ貴女を初めて見た時の私は、しばらく熱に浮かされたようにポーッとしてましたからね。

鋭い加藤住職はピンときたのでしょう。今となっては、私に葛原家へ棚経《たなぎょう》に行くよう言ってくれたのは、住職のお膳立てだったのではないかと思っているんです」

それはさすがに考えすぎのような気もするけど、確かにあの日がなかったら、今の私はなかったかもしれない。

それを思うと、全ての縁に感謝したくなってくる。

「加藤さんっておいくつになられたんですか？」

駐車場に停めてある駿さんの車に乗り込み、私は運転席の彼の顔を覗《のぞ》き込む。

「確か、今年で六十八になられたのかな。住職は見た目もお若いが体もとても健康でね。私達の子供の顔を見るまでは……なんて仰《おっしゃ》って、最近はより一層健康には気を配っているようですよ」

何気なく聞いていて、思わず聞き流しそうになってしまった『子供』のくだり。

「えっ！　加藤さんそんなこと仰《おっしゃ》ってるんですか!?」

驚いた私が駿さんを見れば、彼はハンドルを握りながら妖艶《ようえん》に微笑む。

「ええ。ですので……頑張りましょうね？」

「な、なにを!?」

「決まってるじゃないですか。私は男の子でも女の子でも大歓迎ですよ。……ですがもうしばらく私だけの貴女でいてほしい、という思いもあって複雑です」

困ったように微笑む駿さんを見て、「あはっ!!」と噴き出してしまった。

可愛い子供と私を愛してくれる駿さんに囲まれて、寺の嫁として日々奮闘する自分が容易に想像できた。

そう。きっとそれは、意外と近い未来だと、私は確信している。

書き下ろし番外編

五年経っても

出かける支度を済ませた私――文倉花乃は、慌ただしく寺務所のドアを開け中にいる庄司さんに声を掛けた。

「庄司さーん、行ってきますね」

「はい。あ、花乃さん携帯電話忘れずに持って行ってくださいよ。この前持たないで池本さんのところへ行ったでしょう。連絡つかなくて大変だったんですから」

呆れ顔の庄司さんに先日の失態を指摘され、非常に肩身が狭い。

「分かってます。今日は忘れずちゃんと持ちました。じゃあ、あとよろしくお願いしますね」

「はい。お気をつけて」

穏やかに微笑む庄司さんに見送られ、私は寺務所を後にした。

私がこの寺に嫁に来てから、五回目の春を迎えた。

嫁入り当初は慣れないことの連続で、一日一日を終えるのが精一杯。そんな私を夫の駿さんは常に優しく支えてくれた。そのお陰もあり、今ではすっかり寺の嫁としての生活に慣れ楽しい毎日を送ることができている。もちろん、駿さんだけでなく文倉家の人々や庄司さんのような人にもかなり助けられているのだが。

――本当にもう、ここの人達には感謝しかないわ～。それと、池本さんや有川さんも……

以前駿さんを巡《めぐ》ってやりあった池本さんとは、今ではすっかり仲良しになった。この前スマホを持たずに池本屋に行き、そこで池本さんと話が弾んでしまい帰宅が遅くなったという……それくらい、彼女とは会えばお互いの状況を話したり、この界隈《かいわい》の情報を交換したりするようになっている。

有川さんはというと、結婚前から変わらずずっと私の華道の先生として定期的に寺に足を運んでくれている。そんな彼女だが、つい最近お見合いをすると聞いた。

『父が、三十もとっくに超えたことだし、いい加減本気で見合いでもしてみたらどうだって言うの。困ったわ……』

などと艶《つや》っぽいため息をついて困惑していたが、後からその話を聞いてきた義母によると、相手はかなりの財産家の上相当なイケメンらしい。困っている体《てい》を装《よそお》っていたが、本当のところは有川さんもお見合いにかなり乗り気なのだそうだ。

――有川さん、早く子供欲しいって言ってたし。お見合い上手《うま》くいくといいなー。

そんなことを考えながら、私は最寄りの駅から電車に乗り、懐かしい場所へやってきた。そこは、私が十年近く通った町。そして目当ての店の名は、菫亭。

私が「こんにちは～」とドアを開けると、真っ正面にあるレジのカウンターから懐かしい人が顔を出した。

「あっ！　葛原さん!!　いらっしゃいませ!!」

明るい茶色に染めた髪を一つに結ぶ、笑顔が眩《まぶ》しい女性は横田さんだ。彼女は私がこの店を辞めた後、しばらくしてアルバイトから正社員になった。

横田さんはにこにこしながら「ちょっと待っててくださいね」と言うと、厨房《ちゅうぼう》の方へ飛んでいき、店長を連れてきてくれた。店長は以前よりだいぶ白髪が増えたけど、顔色も良く元気そうだ。私の前に来ると、嬉しそうに頬を緩ませる。

「葛原さん久しぶり～！　元気だった？」

店長の笑顔を前にすると、私も自然と顔が笑ってしまう。

「はい、お陰様で。店長もお元気そうですね」

「まー、元気だけが取り柄だからね。あ、そうそう、注文の品は用意してあるよ。はいこれ、ビーフカツサンド六個」

店長が紙袋に入ったビーフカツサンドを私の目の前に差し出してきた。中には、一人前で四切れ入ったカツサンドの箱が六つ重なっていた。

「わー!!　ありがとうございます!!」

私がいそいそとそれを受け取ると、横で見ていた横田さんがふふ、と微笑む。

「今やオムライスと並ぶ、うちの店の看板商品になっちゃいましたもんねえ」

そうなのだ。このビーフカツサンドは、私がこの店に勤務している時はそこまで人気商品ではなかった。しかし、お客様からの要望に応えテイクアウトを始めたところ、美味《お》しい《い》と評判になり、テレビや雑誌などで取り上げられ、瞬《また》く間《た》に人気商品となった。お陰で今では事前に予約を入れておかないと、入手できないレアな一品になってしまったのである。

——ほんと、早めに予約の電話入れておいてよかったー。

私は横田さんの言葉にしみじみ頷いた。

「五年も経つといろいろ変わるよねえ。あ、でも、横田さんはあの彼と今も続いてるんでしょう?」

「はい。付き合って五年以上経ちますけど、未だにラブラブですよ!」

「そっか」

そう言って軽く頬を赤らめる横田さんの彼氏は、この辺りに本社がある企業のサラリーマンなのだそう。仲が良いのは本当で、横田さんが遅番の日は彼がわざわざ会社帰りに横田さんを迎えに来てくれることもあるのだそうだ。

「私も葛原さんとご主人みたいに、仲の良い夫婦になるのが目標ですから」

「そ、そんな風に言われると照れるんだけど」

まあ、確かに私と駿さんって結婚して五年経つけど喧嘩もしないし、仲は相変わらずいい。というか、私がちょっとムッとすることがあっても、駿さんが持ち前の包容力でうまーくフォローしてくれるので、喧嘩っていう雰囲気にすらならない。あんなことができるのは駿さん以外にいないと私は思っているけれど。

そんなことを考えながら横田さんと話していると、店の奥からこちらを見て「あら！」と声を上げる美世子さんと目が合った。

「美世子さん！　こんにちは」

「花乃ちゃん、いらっしゃーい。旦那様やご家族の皆様はお元気？」

「はい、お陰様で。美世子さんもお元気そうで何よりです」

「元気よ〜。じゃないとお店が回らないからね〜。今日もカツサンド予約分だけで完売よ。もう、大変」

そう言いながら美世子さんが肩の辺りを手で擦る。でも、顔は笑顔だ。

「すごいですね、大繁盛じゃないですか」

「ほんとにね、この店やって相当経つけど、こんなことになるなんて思ってもみなかったわ」

どうやらこのところテレビや雑誌の取材などでかなり忙しかったらしい。横田さんも「テレビ出ちゃいました」と言って笑っていたし。

でも、大変だと言いつつ、店長も美世子さんも嬉しそう。本当にお店が繁盛してくれてよかった。

ほっこりしながら時計に目を遣《や》った私は、カツサンドの代金を支払い、皆に別れを告げる。

「じゃ、私はこれで。今度はランチ食べに来ますね」

「うん。待ってるよ」

店長と美世子さん、そして手を振る横田さんに会釈《えしゃく》をしながら、菫亭のドアを閉めた。

この店に来ると、働いていた五年前に戻ったような懐かしい気分にさせられる。

ほんのちょっとしんみりしながら、私はまだ少し温かいビーフカツサンドを胸に抱きしめる。

二十代の私の生活の半分は菫亭にあった。ここは、私にとってずっと大切な場所だ。

だから菫亭にはこの先もずっと皆に愛される洋食屋さんでいて欲しい。そう、心から願っている。

　寺に戻った私はまず寺務所に寄り、庄司さんにカツサンドを渡すと、すぐ支倉家の母《おも》屋《や》に行った。

「お義母《かあ》さん、ただいま戻りました！」

真っ先にリビングへ行くと、私の声に反応した義母が「しー」と口元に指をあてた。

「さっきまで元気に遊んでたんだけど、今、寝ちゃったわ」

微笑む義母の視線の先には、畳に敷かれた小さな布団の上で眠る、私と駿さんの一歳になる長女、理乃《りの》の姿があった。

万歳の格好でスヤスヤ寝息を立てている娘を見ると、自然に顔が緩んでしまう。

「あら……よく寝てる。あ、お義母さんこれ、菫亭のビーフカツサンドです」

紙袋からサンドイッチを取り出すと、義母の顔がキラキラと輝き出す。

「わあ、ありがとう花乃ちゃん‼　ごめんねお願いしちゃって。でも楽しみにしてたのよ～。美味《おい》しそうね！」

「早めに予約して良かったです。今日も予約分で完売でしたから」

「やっぱり大人気ね！　あ、でも、もう時間じゃない？　理乃のことは私が見てるから、行ってきて？」

　言われて時計に目を遣《や》ると、確かにもう出かけなければいけない時間だ。

「あ、本当ですね！　急がないと。すみませんお義母《かあ》さん、理乃もう少しだけお願いします」

「はーい。いってらっしゃい」

慌ただしく母屋《おもや》を出た私は一旦離れに荷物を置き、次に向かったのは、寺から徒歩二分とかからない場所にある幼稚園である。

園庭で楽しそうに走り回る子供達に目を遣《や》りつつ、門扉《もんぴ》を開けて敷地に入ると、外で遊んでいた女の子が近づいてきた。髪を綺麗にツインテールに結び、少し垂れた目がとってもキュートな女の子は、年中《ねんちゅう》さんの菅原萌《すがわらもえ》ちゃんだ。

「ひでちゃんのママー!!」

「はーい。こんにちは！」

「こんにちは。あのねー、もえねーきょうひでちゃんがおえかきしてたからね、もえもよこでいっしょにいろぬったりしたのー」

一生懸命説明する姿がなんとも言えず可愛い。きっと今、私の顔蕩《とろ》けてるはず。

「そっか、ありがとね！　ねえねえ萌ちゃん、英駿《ひでとし》どこにいるか分かるかなー？」

体を屈《かが》めて萌ちゃんと視線を合わせると、萌ちゃんはこっくりと大きく頷く。

「うん、わかるよ!!　もえ、よんできてあげる——!!」

そう言うや否《いな》や、萌ちゃんはスタタタと建物の中へ走って行った。

——今日は教室にいるのかな？

萌ちゃんの後を追って建物の方へ歩いて行くと、ちょうど園庭に出ようとしていた担任の先生が、私に気がつき近づいてきた。

「こんにちは～！　英ちゃん今来ますので。今日はお絵かきの時間にお父さんとお母さんを描きましたよ。今度の参観日に掲示しますんで、楽しみにしててくださいね」

「へえ～!!　楽しみです。パパにも言っておきますね」

先生と話をしていたら、萌ちゃんに手を引かれながら歩いてくる男の子が見えてきた。

園規定の青みがかったグレーの制服に緑のチェック柄のリュックを背負い、紺の帽子を被ったその子は、私の姿に気がつくとパッと表情を輝かせる。

「ママー」

「おかえりー」

しゃがみ込んだ私が両手を広げると、そこに向かって笑顔で飛び込んできたのは、私と駿さんの長男、英駿だ。

なんと私はこの五年の間に出産を二度経験し、二児の親になったのである。

支倉家の親族が経営しているという事情もあり、英駿は今年の春からこの園でお世話になっている。ちなみに英駿はまだ三歳になったばかりなので、未満児クラスだ。

「萌ちゃん連れてきてくれてありがとうね。ほら、英ちゃんご挨拶《あいさつ》」

私が背中をポンと押して促《うなが》すと、息子の英駿は萌ちゃんの方を向き、ペコッと頭を下げた。

「もえちゃん、さようなら」

「うん、さようなら！　またあしたね!!」

嬉しそうに微笑む萌ちゃんに私と英駿二人で手を振り、幼稚園を後にした。

「萌ちゃん優しいね。幼稚園のお友達は皆優しいの？」

手を繋《つな》ぎ家までの短い道のりを歩きながら、何気なく英駿に尋ねた。

「やさしいよ。もえちゃんだけじゃないよ、ゆうくんも、りおちゃんも、たいきくんも、みんなやさしいよ！」

「そっかー、よかったね。それを聞いてママも安心だよ」

最初、幼稚園に入れてはどうか、と勧めてくれたのは園を経営する親族の方だった。どうしようかと悩む私の背中を駿さんや義母が押してくれたのだが、今となってはお願いしてよかったと思っている。

英駿も幼稚園でお友達がたくさんできたみたいだし、楽しいよ、と言ってくれる。それに、私にも数人ママ友ができた。

家族に不満があるわけではないが、たまには家族以外の人と育児の悩みなどを共有できるのは、とっても有り難いことだと思っている。

――ほんと、園のこととか聞けるママ友がいるとすっごく助かる……。

いくら親族が経営しているとはいえ、あまり深く突っ込んだ話はできないし。そういう点で、上にお兄ちゃんやお姉ちゃんがいるママ友からの情報は非常に有り難く、滅茶苦茶参考にさせてもらっている。

　ぼんやりそんなことを考えていると、繋《つな》いだ手がくいっと引かれた。

「ねえママー、カツサンドかってきた？」

　言われてすぐ英駿を見ると、不安そうな顔で私の反応を窺《うかが》っている。

　ママがお勤めしていたお店のカツサンドが美味《おい》しいんだよ、と教えてあげたその日から、彼なりに楽しみにしていたらしい。今朝、カツサンド買いに行ってくると言ったらすごく喜んでたし。

「あ、うん。買えたよ！　夕飯で出そうと思ってたけど、おやつでちょっと食べる？」

　買えたことが分かると、英駿は満面の笑みになる。彼はお肉が大好きなのだ。

「たべるー！」

「よーし、じゃあ家に帰ったら、お茶煎《い》れておやつにしようか」

「わーい、おやつ！　おやつ！」

　嬉しそうに連呼する英駿を見ていると顔が笑ってしまう。そして、おやつ連呼が私にまで伝染する。

「お・や・つ、お・や・つ！」

　子供と手を繋ぎながら、おやつを連呼して家に帰る。これ、かなり幸せ。

　家に着くとリビングに作務衣《さむえ》姿の駿さんがいた。手洗いを済ませリビングに戻ってきた英駿が、「パパー!!」と言って彼に向かって駆けていく。

「英駿おかえり。幼稚園は楽しかった？」

「うん、たのしかったー」

微笑む駿さんの膝の上に乗り、キャッキャと声を上げる英駿にまた頬が緩む。

駿さんはかなりの子煩悩《こぼんのう》で、出産後なかなか体が回復しない私の代わりに、よく英駿の世話をしてくれた。理乃の妊娠が分かってからは、私の代わりに英駿の健診にも行ってくれたし。

もちろん子供の世話だけじゃなく、寺の仕事も、家事も常に私のサポートを怠《おこた》ることはない。それに結婚前と変わらず、私を愛してくれている。

ほんと、つくづくこの旦那様には頭が上がらない。

「そうだ、理乃は？」

ソファーに座り英駿を抱っこしながら、駿さんが尋ねてくる。

「お義母《かあ》さんのとこ。寝ちゃってるのよ」

「そうか。じゃあ迎えに行ってくるよ」

「お願いします。あ、それとね。今日幼稚園で英駿、パパとママの絵を描いたんですって！　今度の参観日に掲示するって先生が言ってた」

「へえ……都合がついたら参観日行こうかな」

嬉しそうにしている駿さんだけど、彼が幼稚園に行くと目立つから、私的にはちょっと複雑である。

複雑といえば、息子の英駿は駿さんの子供の頃にそっくりだ。滅茶苦茶可愛いのはいいのだが、ここまで似ていると、英駿の将来が今から気がかりだったりする。

――パパに似て色気が凄くなりそうで……ママめっちゃ不安……

ビーフカツサンドをお皿に並べ、お茶を煎《い》れていた私は、ふとさっきの出来事を思い出した。

「そういえば迎えに行ったとき、萌ちゃんっていう年中《ねんちゅう》の女の子が英駿のこと連れてきてくれたの。萌ちゃん私が行くといつも英駿呼んできてくれて、ほんと助かっちゃう。しかも、すごく可愛いのよ」

「そうなのか？　英駿」

「うん」

「英駿は萌ちゃんみたいな女の子が好きなのか？」

駿さんの何気ない呟きに、両手でカツサンドをしっかり持った英駿が首を縦に振る。

「うん。でもぼくママがいちばんしゅき」

「あら〜。ありがとう英ちゃん」

息子にこう言われて嬉しくない母などいないはず。私が喜んでいると、英駿を抱っこしている駿さんが真顔になる。

「英駿。申し訳ないが、ママはパパのお嫁さんだからダメだ」

断言する駿さんに、私はつい苦笑してしまう。が、息子にそんな余裕はない。本気で嫌そうに首をぶんぶん横に振っている。

「やだ。ぼくママとけっこんしゅる」

「だから、英駿。それは……」

三歳の息子相手に駿さんは退《ひ》くことなく、むしろ真顔で諭そうとする。

――また始まった。

「もう、大人げないなあ。っていうかこのやりとり何回目ですか？」

私はヤレヤレと思いながら仲裁に入る。駿さんは相手がたとえ子供でも、自分の考えを曲げる気はないらしい。

「何回目と言われても、花乃は私のものなので」

息子の英駿を抱っこしながら、美しい顔でにっこり微笑む支倉宗駿、三十六歳。若い頃の鋭さは若干薄れたものの、未だにその美貌《びぼう》は衰《おとろ》えない。いや、むしろ年を重ね、以前よりも落ち着きと渋みが増したようにも思える。

そんな駿さんは相変わらずその美しさと色気で、女性の檀家《だんか》さんやご近所さんのハートを鷲掴《わしづか》みにしている。でも、心を掴《つか》まれているのは私もだ。

結婚して五年も経っているのに、駿さんはいつまでも私を『子供達の母親』ではなく『一人の女性』として見てくれる。だから私も出会った時のように、駿さんの言動にいちいちときめいてしまうのだ。

——たまに甘すぎて困惑する時もあるけど、やっぱりときめきがある生活っていい。

私はクスッと笑って、ムッと口を尖らせる英駿の頭を撫《な》で回す。

「だって、英駿」

私が笑っているのを見て、駿さんも堪えきれず「ははっ」と声を出して笑った。

五年経ってもこうなのだから、きっと彼の私への愛は、これからも変わらないだろう。でも私に向けたような重めの愛を、今度は娘に捧げるのではないかと、その辺が若干気がかりではあるのだが。

——まあでも、それはそうなったときに考えればいいか……

とりあえず今は、息子と娘、そして私に惜しみなく愛情を注ぐ駿さんを、優しく見守っていよう。

と、こっそり思う私なのだった。

イベント企画会社で働く二十八歳の佐羽《さわ》。恋よりちょっぴり仕事を優先する生活を送っていたら——同棲中の彼氏が出て行ってしまった！ 突然の出来事に佐羽は落ち込み、仕事もうまくいかなくなってしまう。しかしある日、憧れの元上司である暮《くれ》林《ばやし》優《ゆう》弥《や》から飲みに誘われる。彼は、佐羽が彼氏にフラれたことを知ると、普段の無口な態度を一変させ肉食モード全開で溺愛宣言してきて——？

B6判　定価：本体640円＋税　ISBN 978-4-434-26737-6

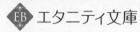

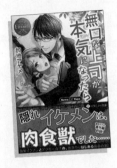

昼は工場勤務、夜は清掃バイトに勤しむ天涯孤独の沙彩《さあや》。ところが、突然工場が倒産し、さらに清掃先で高価な壷を割ってしまった!! 大ピンチ連続の彼女に、イケメン御曹司・神野《じんの》から「壷の代金は支払わなくていいから、俺の婚約者のフリをして欲しい」と驚きの提案が！ 思わず飛びついた沙彩だったけど…!?

B6判 定価：本体640円＋税 ISBN 978-4-434-25448-2

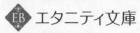

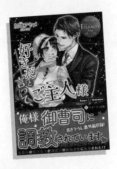

年齢＝彼氏ナシを更新中の未散《みちる》、26歳。ある日彼女は、酔ったはずみで、社内一のモテ男・笹森《ささもり》に、いまだに男性経験がないことを嘆いてしまう。すると彼が「それなら俺で試してみる？」と誘ってきた！　おまけに、そのまま彼と付き合うことになったけれど、この関係は、会社では絶対秘密だと口止めされて!?

B6判　定価：640円＋税　ISBN 978-4-434-23760-7

本書は、2017年3月当社より単行本として刊行されたものに、書き下ろしを加えて文庫化したものです。


この作品に対する皆様のご意見・ご感想をお待ちしております。

おハガキ・お手紙は以下の宛先にお送りください。

【宛先】

〒150-6008 東京都渋谷区恵比寿4-20-3 恵比寿ガーデンプレイスタワー8F
(株)アルファポリス　書籍感想係

メールフォームでのご意見・ご感想は右のQRコードから、
あるいは以下のワードで検索をかけてください。

アルファポリス　書籍の感想　検索

ご感想はこちらから

エタニティ文庫

僧侶《そうりょ》さまの恋《こい》わずらい

加地《かじ》アヤメ

2020年7月15日初版発行

文庫編集－熊澤菜々子・塙綾子
発行者－梶本雄介
発行所－株式会社アルファポリス
〒150-6008 東京都渋谷区恵比寿4-20-3 恵比寿ガーデンプレイスタワー8F
TEL 03-6277-1601（営業） 03-6277-1602（編集）
URL https://www.alphapolis.co.jp/
発売元－株式会社星雲社（共同出版社・流通責任出版社）
〒112-0005 東京都文京区水道1-3-30
TEL 03-3868-3275
装丁イラスト－浅島ヨシユキ
装丁デザイン－ansyyqdesign
印刷－中央精版印刷株式会社

価格はカバーに表示されてあります。

落丁乱丁の場合はアルファポリスまでご連絡ください。

送料は小社負担でお取り替えします。


ISBN978-4-434-27502-9 C0193